HÉLIOS

Du même auteur :

Métaphysique du vampire

45, chemin du Peney
73000 Chambéry

ISBN : 978-2-36629-808-6

WWW.EDITIONS-ACTUSF.FR

JEANNE-A DEBATS

L'HÉRITIÈRE

Les personnages de ce livre sont fictifs. Toute ressemblance avec des personnes réelles, vivantes, vaguement zombies et/ou assimilées, non mortes, ou mortes tout court serait pure malveillance de la part de l'auteur.

À un guéridon Louis XV

I will battle for the sun, sun, sun
And I won't stop until I'm done, done, done
PLACEBO, « BATTLE FOR THE SUN »

Chapitre 1

Pénétrer sans autorisation et en escarpins dans le cimetière du Père-Lachaise une petite heure avant la minuit du Grand Sabbat n'est pas vraiment une façon classique de commencer son samedi soir.

Suspendue à la grille ornementale, les pieds battant dans le vide, ma jupe prise dans la pointe d'acier d'une fleur de lys, je devais avoir l'air fin. Surtout quand mon sac à main déversa son contenu dans les ténèbres avec de joyeux tintements de clés et d'objets divers.

Heureusement qu'il faisait doux en ce début de printemps.

J'étais beurrée comme un petit Lu, en plus, mais les raisons de l'expédition ne devaient rien à mon état d'alcoolémie. Au contraire, c'était la condition essentielle de sa réussite, ainsi que la nuit très particulière que j'avais choisie.

Le 30 avril, c'est le Grand Sabbat ; les étoiles s'alignent dans une position unique. Alors les fantômes filent en vadrouille loin, très loin de leur point d'attache habituel et quittent la planète pour danser en haute atmosphère. Ils ont rendez-vous avec le Père éternel, ou les signes du Zodiaque, je n'ai jamais très bien su ; surtout que ça dépend de leur provenance, aux fantômes. Le 30 avril, c'est tout bonnement un aimant à spectres. Certains n'en reviennent jamais et personne ne s'en plaindra. Et moi, les revenants, j'aime autant ne pas les croiser, si je peux l'éviter.

C'est pourquoi, cette nuit-là entre toutes, quand mes consœurs sorcières de pure lignée dansaient nues dans les forêts en invoquant quelqu'un dont les réponses leur parvenaient deux minutes plus tard à cause du décalage de distance – même la magie n'est pas plus rapide que la lumière –, je faisais des efforts désespérés pour ne pas me fouler une cheville en dégringolant les grilles ouvragées du cimetière le plus célèbre de Paris.

Les escarpins avaient été une très mauvaise idée. À ma décharge, je n'avais déjà plus les pensées très claires quand j'avais choisi cette paire. J'avais besoin de chaussures noires, cirées ; je n'avais réfléchi qu'à ça. Après tout, j'allais me recueillir sur la tombe de ma mère, de mon père et de mon frère. Et Maman, de son vivant, avait toujours été très rigide en ce qui concernait la tenue. Je n'imaginais pas une seconde que la mort avait pu infléchir cet état d'esprit.

D'où la jupe qui n'avait rien de l'inspiration du siècle, elle non plus.

Je décidai de me débarrasser de mes talons. Ils disparurent dans l'obscurité pendant que je tentais de libérer le tissu. Pendue par un bras, j'essayai fébrilement de le remonter le long du pétale d'acier. Peine perdue : un bruit de tweed déchiré m'en informa. Je glissai d'un bon mètre contre la hampe de fer forgé avant de réussir à ralentir ma chute. Elle s'arrêta net à cause d'une seconde fleur de lys encore plus teigne que la première qui choisit de s'attaquer à mon chemisier de soie, juste au niveau du nombril. Je perdis deux boutons ainsi qu'un bon centimètre de peau. Mon soutien-gorge tint le choc de justesse au prix d'une élongation définitive ;

mais je remerciai quand même le ciel : quelques centimètres de plus et j'y empalais ma jugulaire.

Puisque c'était comme ça, je n'allais pas m'obstiner. Mon regard fouilla les ténèbres, le sol ne devait pas se trouver à plus d'un mètre cinquante. Je pris une large inspiration, mon élan et lâchai tout. La réception sur les gros pavés gris fut brutale. Une fine ligne tiède courut le long de mes mollets, tachant mes bas. Je ne m'étais pas écorché les genoux comme cela depuis mes huit ans.

Je cherchai mes chaussures. La gauche gisait à un mètre à peine. La droite pendouillait à l'armature rouillée émergeant d'une aile d'ange de plâtre décrépit. Je la récupérai en marmonnant de vagues excuses, au cas où. Dénicher mon sac à main et mes affaires me prit plus de temps. Mes clés et ma pharmacie de secours s'éparpillaient au pied de l'ange délabré, le reste s'était égayé à proximité. Je remis la main sur presque tout, à l'exception de mon miroir de poche qui avait dû se briser à l'atterrissage.

— Merde ! fis-je d'un ton concentré.

Puis je jetai un regard navré, alentour. Ce n'était pas l'endroit pour proférer des grossièretés. Ça non plus, ma mère n'aurait pas approuvé.

Il me sembla entendre un léger ricanement parmi les tombes. Je haussai les épaules avec défi : avec ce que j'avais avalé, les fantômes qui auraient décidé de ne pas honorer leur rendez-vous cosmique annuel pouvaient venir. Ils se heurteraient à une barrière de single malt 18 ans d'âge vieilli en fût plus épaisse qu'un blindage NBC.

Le Lagavulin du Nicolas à côté de la maison de mes parents est une tuerie, le préféré de Papa qui s'en était découvert la passion peu avant sa mort. J'ignore si les bienheureux boivent au Paradis, mais j'espérais pour mon père qu'il avait eu le temps de se constituer une bonne réserve de souvenirs tourbés.

J'avais vidé sa dernière bouteille, avec méthode, en moins d'une demi-heure, verre après verre, en respirant le moins possible entre chacun. Un vrai sacrilège, même si je l'avais commis dans le cristal de baccarat à cet effet. Je ne pouvais tout de même pas boire au goulot : ma mère ne m'aurait jamais pardonné un laisser-aller pareil. Elle aurait été fichue de revenir me hanter rien que pour ça.

J'espérais seulement que des tréfonds de sa dernière demeure, elle ne se rendrait pas compte que, sur la fin, j'avais été assez maladroite et m'en étais versé sur le chemisier. Ivre, contusionnée, écorchée jusqu'à l'os, empestant le whisky, j'étais parfaite.

Je tentai de déchiffrer un plan qui recensait exclusivement les morts célèbres avec une avidité suspecte. Colette, l'ancien emplacement de Voltaire, et Sartre, il n'y en avait que pour eux : leurs photos de la taille d'un ongle empiétaient sur tout le reste. On ne pouvait même pas distinguer le numéro des différentes sections.

En revanche, le mur des Fédérés n'était qu'une simple ligne séparant la terre consacrée du reste de la Cité. Je grimaçai en constatant que ce mur était très proche de ma destination, il faudrait prendre garde quand je passerais auprès de lui. Les cent quarante-sept fusillés pendant la Commune représentaient sûrement une bonne partie des fantômes les plus énervés du cimetière. Des types du genre à ne *pas* se rendre au Grand Sabbat juste par esprit de contradiction… et à déchirer mon ivresse protectrice comme un voile de soie.

Je m'orientai, ça devait être plutôt vers le nord. J'avais escaladé la partie la plus accessible du

Père-Lachaise, évitant ainsi les murailles XVIIIe plus larges que des remparts et la porte monumentale du boulevard de Ménilmontant. Les pavés et mes talons hauts engagèrent un duo sonore. Le sang qui s'écoulait de mes genoux s'insinuait sous la plante de mes pieds et rendait la semelle glissante et poisseuse. L'entorse s'annonçait, je me résignai à marcher pieds nus. Je rangeai mes escarpins dans mon sac à main. Ce fut sans doute ma décision la plus sage, cette nuit-là.

J'enfilai l'une des allées, entre les mausolées baroques, couverts de gargouilles, d'encorbellements et d'angelots. Il y avait de tout, de la chapelle rococo sculptée de fleurs ou de fruits à la pyramide flanquée de dames sphinx aux poitrines pointues et à l'œil perçant. Tout cela, fort beau, ressemblait quand même énormément à un HLM de luxe, la largeur d'un pied à peine séparant chaque sépulture de ses voisines.

Il régnait partout une odeur lourde, tourbe et feuilles putréfiées, à laquelle mon imagination enfiévrée par l'alcool et le chagrin rajoutait sans doute ce relent de chair décomposée. La terre collait désagréablement sous mes pas et je trébuchais parfois sur de petits cailloux. Cela dit, moi qui ne sortais pas souvent, j'avoue que j'appréciais la promenade plus que je l'aurais cru, étant donné les circonstances.

Soudain, des murmures et des gémissements m'alertèrent. Prudente, je quittai le chemin et me coulai dans l'ombre des mausolées. Je jetai un coup d'œil et haussai les épaules. Un petit groupe de gothiques célébrait une messe de son cru sous les arcs ouvragés de la chapelle protégeant les gisants d'Héloïse et Abélard.

Les gothiques bredouillaient de vagues paroles en latin autour d'un couple qui s'était carrément couché nu sur les statues des deux amants légendaires. Je mis quelques minutes à reconnaître la liturgie du mariage qu'ils récitaient à l'envers. Et encore, j'y parvins seulement parce que les nouveaux mariés consommèrent leur union avec enthousiasme sous les yeux attendris et les encouragements de leurs amis.

Les applaudissements ne cessaient pas. À l'exception d'une toute jeune fille maigrichonne vêtue de dentelles lacérées et retenues par des épingles à nourrice qui s'éloigna à ce moment-là. Elle se rapprocha de moi sans le savoir, je me reculai précipitamment entre deux stèles, avant de l'entendre siffler avec hargne :

— Putain, baiser sur le dos d'un castré, les cons !

Sur le fond, j'étais assez d'accord avec elle : ce n'était pas très gentil de rappeler à ce pauvre Abélard ce qui lui avait été arraché pour l'amour de sa dame. J'espérai brièvement que le brave homme avait emmené Héloïse danser dans les étoiles avec les autres, ce soir-là.

Mais une jalousie dévorante perçait sous chaque mot de la gamine. De petits spectres de haine en naquirent, assez puissants et concentrés pour traverser mes défenses alcoolisées. Je vacillai sous l'impact mais ils disparurent très vite. Les esprits des sentiments ne sont pas assez forts pour résister à un appel comme celui du Grand Sabbat. À peine nés, ils seraient confrontés à l'Infinie Froideur du Cosmos.

Je contournai la petite réunion aussi discrètement que possible en tentant de maîtriser ma nausée soudaine et me réengageai sur le chemin un peu plus loin. Je n'avais pas parcouru cent mètres que je fus encore stoppée. Par de la musique, cette fois. Quelqu'un écoutait une version crachotante de *Riders On The Storm* à très bas volume dans la moiteur de la nuit toute piquetée d'étoiles.

Jim Morrisson dormait là pour l'éternité et il recevait une bonne cinquantaine de visiteurs nocturnes, de son côté. Beaucoup moins pittoresques que les goths. Encore que, ça se discutait pour le gars avec la crête orange et violet fluo qui luisait dans l'obscurité et la donzelle si couverte de piercings qu'elle tintait à chaque respiration. J'entendis quelqu'un l'appeler Clochette.

Des seringues vides craquaient sous leurs pieds. Je scrutai le sol autour de moi et remis mes chaussures, pas question de prendre le risque de me piquer sur l'une d'entre elles. Je frissonnai. Une chape de néant pesait sur ces gosses. Ils ne créeraient pas de spectres, ceux-là, leur âme était en train de mourir. S'ils continuaient, ils ne laisseraient aucune trace de leur passage sur cette Terre. Sauf peut-être dans le cœur désespéré de leurs parents.

Je me secouai et malgré mon malaise croissant, je les doublai furtivement pour m'engager dans une contre-allée bornée de hauts cyprès dont la cime se perdait dans la nuit. Il n'y avait pas un souffle de vent. Je slalomai entre deux cénotaphes et trois urnes grandioses avant de dépasser les discrets tombeaux de Molière et La Fontaine.

Je souris à ces deux vieux amis qui me rappelaient mes brefs passages à l'école primaire puis je filai droit devant moi en tentant de laisser le mur des Fédérés, désormais tout proche, le plus loin possible sur ma droite. J'entendis tout de même des salves de fusils et des hurlements de douleur. Apparemment, les Communards profitaient du Grand Sabbat pour se rappeler pourquoi ils étaient là. Les fantômes font ça tout le temps, figurez-vous. Se souvenir qu'ils sont morts, je veux dire. Moi, ça m'a toujours paru un truc assez difficile à oublier ; mais évidemment, je ne suis pas morte donc je ne suis pas spécialiste.

Comme la fusillade s'intensifiait et que montaient des cris de plus en plus douloureux, je leur sifflotai le *Temps des Cerises,* à tout hasard. Ça les calmerait peut-être.

Enfin, je bifurquai pour m'engager sur un chemin minuscule serpentant entre les pierres et les statues. Le silence retomba quand j'arrivai enfin devant une dalle toute simple, blanche, et très récente.

La dernière demeure de mes parents était creusée là. Je m'assis sur le marbre clair. Une feuille humide s'était collée sur la plaque de bronze, je la grattai machinalement du bout des doigts.

« Ici reposent Louis et Jehan Cleyre aux côtés de leur épouse et mère bien-aimée. Ils sont passés comme ils ont vécu : ensemble. 13 avril 2029. »

Aucune mention du prénom de ma mère : les sorcières sont discrètes jusqu'au tombeau. Surtout quand elles se marient en dehors de leur lignée.

Ils me manquaient tant tous les trois. J'étais venue pour ça, pour leur dire adieu, puisque je n'avais pas pu venir à leur enterrement, environ deux semaines auparavant. Mais la brume lourde de l'alcool retenait les sanglots dans ma gorge comme un gros tampon d'ouate qui m'empêchait de respirer.

Alors, je décidai de nettoyer : en plus de quinze jours, tout avait eu le temps de faner. Il restait bien des chrysanthèmes un peu vifs dans leurs cache-pots de plastique rose, mais Maman avait toujours détesté ces fleurs. Sans doute un mauvais coup de notre voisine. La gerbe de roses thé que j'avais envoyée du fond de ma prison, elle, tenait encore bien le choc. J'avais compté là-dessus, les roses sont des fleurs qui atteignent au sublime en mourant.

Tout en déblayant, le fatras de feuilles desséchées et de pétales flétris, je dégageai avec surprise un magnifique vase de cristal, une coupe antique profonde avec un pied à cinq griffes, comme une patte de dragon. Elle contenait un ballot de tiges déjà noires.

Je me penchai pour la récupérer, pas question qu'elle reste à la merci des voleurs et du gel. De son vivant, Maman adorait cette coupe, cadeau de l'oncle Géraud ramené de Venise des années auparavant. Mais j'eus beau m'efforcer de la soulever, je n'y parvins pas. Je frottai la boue accumulée autour et finis par comprendre qu'elle était scellée dans le marbre. Pour l'emporter, il faudrait également s'encombrer d'une demi-tonne de carrare, ça limitait les risques de vol.

Le gel restait un problème, je me demandais qui avait pris cette initiative sans m'en parler. Certes, j'avais été peu joignable ces derniers temps ; mais enfin, le type des pompes funèbres avait quand même réussi à me dénicher dans ma cellule pour que je signe son chèque. Il s'agissait sans doute d'une des dernières volontés de ma mère, et comme j'avais été absente aussi à la lecture du testament…

Bizarrement, les flics n'avaient pas songé à me laisser sortir ce jour-là, ni celui de l'enterrement lui-même.

C'était de ma faute. Depuis toute petite, je revendiquais un profond désintérêt pour le monde extérieur à la maison familiale. Je n'avais pas le choix : ledit monde extérieur m'était presque inaccessible à cause des revenants en tout genre. Mais j'avais toujours préféré affirmer que ma claustration était une question de goût plutôt que de survie. L'orgueil nous pousse souvent à émettre d'insondables conneries.

Ça avait fini par me jouer un tour inattendu. Tout se paye. J'ignorais que la potion que Maman m'administrait tous les matins pour me rendre aveugle aux fantômes contenait un ingrédient absolument illégal dans la plupart des pays européens.

Cannabis sativa est l'une une des plantes préférées des sorcières depuis la nuit des temps. Souveraine contre la fièvre et les douleurs chroniques, ses qualités médicales ne sont plus à démontrer. Toutes les civilisations préchrétiennes s'en sont servies et pour toutes sortes d'utilisations pas uniquement médicales. On prétend que la Bible de Gutenberg fut imprimée sur un papier pressé à partir de ses fibres. Mais l'ingrate Église catholique et romaine, afin d'éliminer toute trace des religions précédentes, a posé un interdit très fort sur le chanvre. Le Code pénal s'en est institué le relais à sa façon subtile.

Moi qui ne quittais jamais de la maison familiale qu'un pistolet sur la tempe et en compagnie de mes parents ou de mon frère, je n'avais pas noté ce détail.

Alors, deux semaines plus tôt, trois policiers s'étaient avisés de ma démarche titubante à la sortie de la morgue où je venais de reconnaître les restes de ma famille. Puis, au vu de mes pupilles plus dilatées qu'un puits aux âmes, ils avaient exigé un examen toxicologique. Il paraît que j'avais assez de tétrahydrocannabinol dans le sang pour concurrencer un champ aux alentours d'Amsterdam. Les agents n'avaient pas apprécié ; sans compter qu'ils étaient inquiets pour ma survie : la dose aurait été mortelle pour plusieurs êtres humains normaux. J'avais évité de leur signaler que j'en prenais depuis le berceau et que, du coup, je ne risquais rien de plus que m'endormir dans le bus et rater ma station.

Sur le moment, j'avais eu le sentiment que ça n'arrangerait rien à la situation.

Un vent léger folâtra soudain dans mes cheveux, des doigts de brise tendre, qui me firent frémir. Je levai les yeux vers la cime des grands arbres, rien ne bougeait. Mauvais signe. Cela voulait dire que mon taux d'alcoolémie n'était plus assez élevé pour monter un barrage suffisant contre les spectres. Bientôt, tout ce qui grouillait encore de revenants danserait la sarabande devant moi. À la concentration qui devait régner dans cet endroit, même cette nuit-là, je n'étais pas persuadée d'y survivre. Je devais partir. Je soupirai. J'avais eu dix minutes à peine. L'alcool n'était pas aussi efficace que je l'avais espéré.

Je tentai de dessiner un pentacle protecteur dans la poussière, l'un des rares sorts de ma mère à ma portée, un sort mécanique que même un humain pouvait lancer. Ça les arrêterait temporairement. À condition que je sois prête à quitter les lieux en vitesse ensuite. Mais la terre battue était trop dure et je n'avais rien de plus pointu sous la main que les tiges molles et putréfiées des fleurs mortes.

Il fallait partir *maintenant*.

Chapitre 2

À regret, je me redressai, frottant mes mains couvertes de débris végétaux et de terre sur ma jupe. Le vase attendrait. Je jetai un dernier coup d'œil à la stèle plus propre qu'à mon arrivée, quand j'eus l'impression brutale de couler dans un immense nuage de coton sombre, une paix titanesque. La brise s'essouffla, puis s'arrêta d'un coup et je cherchai ma respiration. Un néant moelleux s'était abattu sur le cimetière comme si rien n'avait vécu, n'était mort, ou n'avait été enterré là depuis le commencement des temps. Celui qui attendait les jeunes camés n'avait pas été si profond ni si doux que celui-là. C'était terriblement anormal. D'habitude, je ne rencontrais cette sensation de vide serein que lorsque je venais de boire les préparations de ma mère.

On toussota dans mon dos. Je pivotai d'un bloc, manquant de peu la dalle familiale. Des doigts fermes me rattrapèrent au dernier moment et je tombai dans les bras d'oncle Géraud au lieu de me fracasser contre le marbre. Derrière lui, une haute silhouette d'homme se découpait, ombre contre noirceur. J'eus le temps de noter que le second intrus avait les mains croisées dans le dos et les pieds légèrement écartés comme un soldat au repos. Je me blottis contre Géraud et parvins enfin à pleurer.

— Tu es de retour ! larmoyai-je.

Il resserra ses bras autour de moi, avec cet air emprunté qu'il prenait toujours dans ces cas-là.

— Oui, dit-il.

C'était tout lui, ça. Il venait de disparaître neuf ans de ma vie et de celle de ma mère, nous n'avions jamais su pourquoi. Il revenait en pleine nuit dans un cimetière accompagné d'un sombre inconnu, et tout ce qu'il trouvait à me répondre, c'était ce « oui » laconique et tendu.

— Comment ? demanda-t-il ensuite.

Je mis une bonne seconde à comprendre ce qu'il voulait.

— Un camion leur a refusé la priorité. Papa et Maman ont été tués sur le coup, Jehan est mort dans l'ambulance…

Je repris ma respiration, dans l'idée de me lancer dans une seconde série de sanglots. Mais il me saisit aux épaules en douceur et me fit reculer pour s'agenouiller à son tour devant la tombe. Dans la pénombre, je pouvais distinguer sa calvitie précoce et l'arête de son nez aquilin. Il pencha la tête de côté, les yeux fermés. Un rayon de lune caressa sa mâchoire crispée, un signe de colère chez lui.

— Et l'autre ? m'interrogea-t-il encore d'un ton sec sans rouvrir les yeux.

Cette fois, je ne me demandai pas de quoi il parlait, mais ce fut avec soulagement que je lui répondis :

— Le camionneur n'a pas eu le temps de sortir, son bahut s'est embrasé quelques mètres plus loin.

— Tant mieux.

C'était clair, le conducteur avait eu de la chance dans son malheur. Sinon Géraud s'en serait occupé lui-même. Il y eut un silence.

— J'aurais voulu revenir plus tôt…

J'ouvris la bouche puis la refermai, j'ignorai à qui il s'adressait, ma mère ou moi ? Il plaqua la main sur le marbre, j'entendis un grondement, comme si une vague légère avait reflué autour de nous. Je posai les doigts sur son épaule et voulus l'arrêter. Je savais ce qu'il faisait, ça n'en valait pas la peine ni le prix qu'il aurait à payer. Il me repoussa presque avec violence, le grondement s'accentua.

— Non ! fit l'homme dans notre dos.

Je ne me retournai pas. Le spectacle sur la tombe me fascinait trop.

Avec un bruit soyeux, les fleurs et les feuilles mortes se gonflèrent lentement d'une vie nouvelle. Pétales et hampes luisirent de vitalité féroce en se défroissant. Les gerbes et les couronnes se redressèrent, frémissantes. Leurs couleurs ternies s'intensifièrent au point de devenir visibles dans l'ombre. Dans les pots, azalées et cyclamens s'ouvrirent à nouveau tandis que des pâquerettes et des violettes sauvages fleurissaient autour de la pierre. La magie de Géraud négligea les chrysanthèmes dans leur cache-pot ridicule : ils se flétrirent et partirent en poussière.

Avec un léger temps de retard sur les autres, cinq roses rouges splendides, énormes, aux pétales roulés comme des cigares, s'épanouirent dans la coupe de cristal. Impériales, elles écrasaient de leur beauté toutes les plantes alentour. Je les scrutai quelques secondes en fronçant les sourcils de perplexité.

Puis, les parfums et les pollens jaillirent comme au sortir d'une boîte et je chancelai sous l'assaut sucré des lys, des pivoines et des roses avant de partir dans une terrible quinte de toux. Je cessai alors de respirer car ma gorge se bloqua tandis que l'œdème m'étranglait.

Merde, je n'avais pas pensé à ça, non plus.

Ah, oui je suis allergique, aussi.

***

Je repris conscience sur la banquette de cuir fauve d'une limousine en train de rouler le long d'une avenue parisienne. Il y a des grondements de pavés qui ne trompent pas. J'ouvris un œil sur ma main gonflée par l'œdème avec ses ongles noirs de terre. Merveilleux. Le même néant doux qu'au cimetière m'enlaçait en une brume caressante. Je mis cela sur le compte des séquelles de mon évanouissement.

— Comment te sens-tu ?

Oncle Géraud rangeait la seringue d'adrénaline vide dans mon sac à main. Je ne m'en sépare jamais. Ce n'était pas la première injection qu'il effectuait en urgence, il me connaît depuis toujours. Il existe très peu de choses en ce monde qui ne me déclenche pas au moins de l'eczéma. Sans parler des chocs anaphylactiques comme sur la tombe de mes parents.

Je me redressai sur un coude, puis m'assis complètement. Nous roulions le long du boulevard de la République entre la double rangée d'immeubles XIXe. L'autre homme du cimetière conduisait. Je ne pouvais toujours pas distinguer son visage. Ses cheveux mi-longs pointaient soyeusement sur sa nuque, les longues mains fermes qui pilotaient étaient gantées de noir. À un moment, il jeta un coup d'œil dans le rétroviseur et grogna d'une voix indistincte :

— On nous file. Une voiture officielle du Haut-Cénacle…

Géraud se retourna et je suivis son regard : effectivement une voiture noire aux vitres fumées nous collait pratiquement au parechoc. Il répondit :

— De toute façon, s'ils ne sont pas débiles, ils connaissent notre destination.

L'homme jeta de nouveau un regard dans le rétroviseur et haussa les épaules.

— Oui, sinon ils ne nous colleraient pas comme ça. Ils veulent qu'on sache qu'ils sont là.

— Sème-les. Pour le principe.

— Si je peux ! fit l'autre d'un ton goguenard.

Géraud rit brièvement et je ne compris pas tout de suite les raisons de cette gaîté soudaine. Après tout, des gens sûrement mal intentionnés nous filaient le train, mais cela n'avait pas l'air d'émouvoir particulièrement ni mon oncle ni son employé. J'étais encore trop ivre et trop malade pour avoir peur. Le calme indécent de mes compagnons me gagna et je m'alanguis sur la banquette douce.

Le chauffeur ôta sa casquette, passa une longue main forte dans ses cheveux blond chaud. Et s'engagea au dernier moment dans une ruelle adjacente en grillant un feu rouge qui laissa les autres sur place quelques secondes. Je me tournai vers nos poursuivants. Ils décidèrent d'ignorer le feu eux aussi, mais trop tard : trois voitures surgirent sur leur gauche, deux leur barrant le chemin, l'autre pilant à quelques centimètres à peine de la place du mort. Notre conducteur effectua un nouveau virage et continua à enfiler les rues étroites à une allure folle, brûlant les priorités sans frémir. Mais il avait une telle maîtrise de la conduite, son estimation des vitesses était si évidente que je ne tremblais même pas, moi qui avais horreur des voitures. Il finit par éclater d'un grand rire chaud et vibrant, et appuya sur l'accélérateur, par pur plaisir semblait-il.

Géraud sourit à côté de moi, se contentant de susurrer :

— Ne gaspille pas ton talent pour rien, d'accord ? Nous les avons eus.

— Oui, Géraud, fit l'autre en ralentissant à peine.

Heureusement que le piéton était rare à cette heure, nous aurions aplati la moitié de ceux que nous aurions croisés, sinon. On traversa le boulevard Voltaire pour nous engager dans de nouvelles ruelles tortueuses. Enfin, nous ralentîmes même si nous restions largement au-dessus des limites de vitesse autorisées.

Je souris dans ma tristesse quand nous nous coulâmes sur le boulevard du Temple : je n'avais jamais vu de près l'ancienne avenue du crime, si célèbre dans le cinéma d'avant-guerre. C'était à peine à deux ou trois kilomètres de la petite maison de mes parents mais je ne m'y étais promenée que virtuellement. Seul Géraud, autrefois, osait m'emmener dans des expéditions aussi lointaines et exotiques que le muséum d'Histoire naturelle ou le Louvre.

J'étais dans un état étrange, plus vraiment ivre, mais pas sobre non plus. Mon cœur boosté par l'adrénaline battait la chamade. Je tâtai ma gorge qui désenflait. Mes mains n'avaient pas eu le temps de reprendre leur aspect normal, mes doigts toujours bouffis étaient douloureux. Je voulus secouer la tête pour en déloger les derniers nuages de désorientation et cette brume douce qui noyait tout. Mais j'hésitai.

Dès que je reprendrai mes esprits, ceux des autres vont revenir en force.

Heureusement Géraud me saisit la main et toussota :

— Tu ne risques rien ici, ne t'inquiète pas.

Ahurie, autant par ses mots que par le geste d'affection dont il était plutôt avare, je le contemplai :

— Tu as inventé un blindage anti-fantômes ? Je comprends que tu aies été absent si longtemps…

Ma voix était rocailleuse et j'avais du mal à articuler. J'espérais seulement qu'il n'avait pas interprété ma phrase comme un reproche. Je lui en avais voulu au début, quand il était devenu clair qu'il ne reviendrait pas de sitôt. Mais ma mère n'avait cessé de me répéter que je me trompais, qu'il ne nous avait pas abandonnées. J'avais fini par partager sa sérénité et sa confiance absolue. Enfin, la plupart du temps. Mon oncle haussa un sourcil amusé, se contentant d'appeler :

— Navarre ?

L'homme au volant se retourna.

— Oui, Géraud ?

Il avait la voix de basse profonde la plus harmonieuse que j'avais jamais entendue. Mais son accent était indéfinissable, d'une neutralité absolue qui résonnait étrangement aux oreilles comme s'il nous parlait de très loin. Ou de très longtemps. Le contraste avec le ton distingué de mon oncle était saisissant. Pourtant, ce ne fut pas cela qui me renversa en arrière sur mon siège, le souffle coupé.

— Conduis-nous chez Corben, ordonna mon oncle. Il doit être encore ouvert à cette heure ; mademoiselle Agnès a besoin d'un remontant.

Ledit Navarre éclata d'un rire franc, solaire, horriblement paradoxal, tandis que je le fixais, les yeux exorbités.

— Mademoiselle Agnès a déjà pas mal descendu du remontant, si tu veux mon avis.

Il se concentra sur la route.

— Je pensais à quelque chose d'un genre plus toxique ; du thé, par exemple… suggéra Géraud.

Navarre se retourna, toujours hilare. Les deux canines protubérantes étincelèrent encore une fois entre les lèvres incarnates qui tranchaient sur sa peau d'ivoire.

— De l'eau chaude et le Lipton de Corben ? OK, c'est plus toxique…

Je balbutiai :

— C'est un… ?

Je ne me résignai pas à finir ma phrase. Navarre se tourna vers nous pour la troisième fois :

— Oui, mademoiselle, je suis un vampirrrrrrre !

Sa voix musicale était descendue dans des basses ronflantes et son rire vibrant avait des accents de méchant de cinéma. Il se payait ma tête, avec gentillesse. C'était peut-être ça le plus terrifiant. À moins que ce ne soit l'eau tiède qui se répandait dans mes os, mes muscles et les recoins les plus secrets de mon anatomie, la plupart de ceux qui se trouvaient en dessous de ma ceinture notamment. Je pinçai le tissu déchiré et sali de ma jupe entre deux doigts ; d'un seul coup, il m'avait semblé que la fente découvrait un peu trop mes cuisses. Sans compter mes genoux couronnés qui devaient être du plus bel effet.

Ce n'était pas juste : les copains de mon frère Jehan, les rares garçons de mon âge que j'avais pu croiser dans mon existence, n'avaient pas eu l'ombre de cette présence physique. Je n'étais absolument pas armée pour affronter ça.

Merde, il était magnifique !

Le qualifier de beau ténébreux aurait tenu de l'insulte. Il était plus lumineux qu'une éruption solaire, plus flamboyant qu'une nova ; ses cheveux blond chaud, ses yeux d'un bleu profond de mer tropicale, ses traits réguliers de statue romaine, le front haut et le nez droit lui composaient un visage ouvert et franc tout empreint d'une joie de – hum ! – vivre… communicative.

D'après ce que j'avais lu dans les livres de ma mère, on pouvait estimer l'âge d'un vampire aux canons de beauté en vigueur à l'époque de sa création. À vue de nez, je lui donnais environ six cents ans, pas plus, mais pas moins. Ce monsieur Navarre, c'était l'homme parfait de la Renaissance, celui qui s'inscrit, nu et triomphal, dans une étoile à cinq branches sur les esquisses de Léonard de Vinci.

Doublé par Alexander Skarsgård.

Putain, c'était le premier vampire que je rencontrais ! Oh, je savais rationnellement qu'ils existaient : Jehan et moi avions passé une partie de notre enfance plongés dans le *De Nomenclatura Creaturarum* de ma mère, malgré – ou plutôt « à cause de » – l'interdiction absolue que nous avions d'y toucher. Jehan penchait pour les fées et leurs décolletés ; moi, j'aimais les licornes que je prenais pour des versions mollassonnes des « My Little Pony » que je recevais à Noël. Mais mes fantômes, ma sorcière de mère et Géraud mis à part, je n'avais jamais rien croisé de plus surnaturel qu'un téléphone portable avec abonnement Internet illimité.

Je me tournai vers Géraud.

— Tu trafiques avec l'AlterMonde, maintenant ?

Cette fois, mon ton était accusateur. Géraud soupira.

— Depuis toujours. J'en fais partie. Toi aussi, d'ailleurs.

Je secouai la tête avec autant d'énergie que je le pus.

— Mais pas du tout, Maman…

Géraud m'interrompit :

— Elle s'en est exilée par mariage avec ton père humain, m'interrompit Géraud. C'est tout. Jehan était pleinement humain, lui aussi, et ta mère pensait que sa lignée s'éteindrait avec elle… Enfin, avec toi.

Il me jeta un regard plein de la compassion sans pitié que je connaissais bien puisque j'avais affaire à elle depuis ma plus tendre enfance, depuis qu'on m'avait sortie hurlante de l'hôpital, presque bleue d'une terreur sans nom. Il paraît qu'une heure à peine après l'accouchement, j'étais déjà capable de « voir ». Maman avait plié bagage et s'était enfuie avec moi sous le bras, malgré les supplications indignées des docteurs qui voulaient me mettre en couveuse. Au service de soins néonataux, je serais sans doute morte, tant cet endroit devait suer l'angoisse et la douleur. Celle des parents, celle des gosses prématurés ou malvenus. Sans compter ceux qui ne s'en étaient pas sortis.

C'est que je perçois tout : toutes les morts violentes ou dérisoires qui traînent derrière chacun de nous. Parfois je distingue même les restes des amours défuntes du type que j'ai en face de moi ! J'ai horreur de ça. Un esprit d'amour, en général, c'est gluant, froid, pétri d'autoapitoiement. En prime, ça geint. Au moins, s'ils pouvaient fermer leur grande gueule ! Depuis vingt-sept ans que je les entends, j'ai presque fini par geindre comme eux. On devrait rajouter une catégorie aux Jeux olympiques, je viserais sans souci la médaille d'or en jérémiades. J'ai eu d'excellents professeurs.

Sans compter qu'ils laissent des traces… De longues traînées visqueuses, puantes, que je contiens au fond de mon esprit malade. Avec les années, ces empreintes se sont concentrées en larges flaques mouvantes, dans une marée perpétuelle et sombre qui va s'amplifiant. Une version spectrale de moi-même est assise sur le couvercle d'une poubelle mentale et s'agrippe de toutes ses forces aux poignées pour l'empêcher de s'ouvrir sous la pression. Sauf lorsque je prends la potion de Maman ou que je bois. Là, plus rien ne bouge, paralysé par mon taux de tétrahydrocannabinol ou d'alcoolémie, le couvercle reste clos. Le jour où il cédera, on n'aura qu'à brûler mon cadavre encore chaud : cela vaudra mieux pour tout le monde.

Entre mes allergies et ça, on comprendra que je n'ai guère envie de mettre le nez dehors.

Géraud ouvrit la bouche, puis la referma, il hésitait, ce qui n'était pas habituel non plus.

— Navarre devrait bloquer les *manifestations indésirables*, fit-il enfin.

Il n'avait pas voulu dire cela, j'en étais persuadée. Mais je me résignai à contempler à nouveau la nuque de notre chauffeur.

— Pourquoi ? articulai-je.

Je maîtrisai avec peine le rush tiède au creux de mon estomac et priai pour que ce soit Géraud qui réponde. Je ne fus pas entendue. Sans quitter la route du regard, Navarre expliqua :

— Il ne peut pas y avoir de hantise dans les parages immédiats d'un vamp. Nous sommes les meilleurs exorcistes du monde…

Voilà qui expliquait l'absence suave dont j'étais entourée, mieux que de bras protecteurs. Je frissonnai à l'idée de ces fameux bras et tentai en vitesse de me rabattre sur une autre comparaison.

Ça ne fonctionna pas car Navarre se retourna à nouveau pour me sourire.

Chapitre 3

- Exorcistes temporaires, précisa Géraud. Un sous-produit de leur talent pour la séduction forcée, je pense, ou alors l'aura négative des buveurs de vie…

Dans le rétroviseur, je vis Navarre tiquer à l'analyse sans indulgence. Mais il se rasséréna vite et me sourit à nouveau dans le miroir. Le salaud.

— Sûr qu'échanger un fantôme contre un vamp, ce n'est pas forcément un marché win-win, rigola-t-il.

Après le boulevard de Bonne Nouvelle, la voiture tourna dans la rue Montmartre. Deux ou trois cents mètres plus loin, Navarre stoppa devant un porche grandiose avant d'actionner une télécommande. Les portes de métal entourées de colonnes néoclassiques et surmontées d'une Athéna en char s'ouvrirent lentement sur une cour pavée de marbre rouge. Le vampire se gara au pied d'une autre statue, une Artémis verdie assise sur un cerf consterné. Je n'eus pas le temps d'actionner la poignée de la portière, qu'il me l'ouvrait déjà avec respect. Je ne l'avais même pas vu quitter sa place, la rapidité légendaire des vampires n'était donc pas un vain mot.

Percevant mon trouble, Géraud sourit :

— Et encore, il a été sage en conduisant.

Navarre renchérit :

— Ah, j'adore ça ! Plein gaz en laissant les flics sur le carreau ! Dommage que les autres clans ne se soient pas foulés pour avoir le permis ! Zalia mise à part, je n'ai jamais personne pour s'aligner !

— À qui le dis-tu ? soupira Géraud avec une lassitude à moitié feinte. Le nombre de contraventions que nous faisons sauter, Thomas et moi, pour les éternels est proprement indécent...

— Oui, rien de pire que ceux qui aiment ça et qui savent pas...

Nous avions quitté la cour de l'immeuble et marchions le long du trottoir. Je les écoutai plaisanter sans rien dire, me contentant de les suivre. Les éternels ? Leurs contraventions ? Je décidai de ne pas chercher à comprendre. Je respirai l'odeur de la nuit à pleins poumons, jouissant de cet instant unique à ce jour dans ma vie : me promener en toute conscience, même pas saoule, dans une rue, sans risquer de me trouver nez à nez avec un spectre. Il était à peine trois heures du matin, les rues luisaient de cette lumière dorée si particulière à Paris que j'adorais contempler des fenêtres de ma chambre sans jamais pouvoir en profiter directement.

On traversa la rue en direction d'une longue vitrine opaque, en trois parties. Le *design* était délirant. Sur le verre, on avait peint un rideau pourpre à glands dorés en trompe-l'œil. Les trois baies portaient une inscription centrale en caractères gothiques noirs rehaussés d'argent pailleté de la taille d'un être humain : « Goth Goth Bar ». Les deux vitres arborant le mot « Goth » coulissaient. Deux silhouettes féminines en bas résilles et robes moulantes, aux longs cheveux noirs et aux yeux charbonneux, flanquaient les deux côtés de la vitrine.

— Contrairement aux apparences, il ne s'agit pas d'un café-concert, murmura Géraud.

Je le regardai sans comprendre où il voulait en venir.

— Ce que Géraud veut dire, mademoiselle, c'est qu'il n'y a pas de putains dans ce bar, traduisit Navarre, pince-sans-rire.

Je rougis aussitôt bien sûr, et me maudis intérieurement. Je n'étais pourtant pas vraiment innocente non plus. D'accord, je ne sortais pas souvent avant la mort de ma famille, mais le monde venait à moi par Internet. De plus, nous avions la télévision malgré les réticences de Maman. Et les quelques copains de Jehan ne venaient pas toujours à la maison *seulement* pour voir mon frère... Une fois, ça avait même été une de ses *amies*. Je devins pourpre à la pensée de Malika...

La porte coulissante s'ouvrit devant nous dans un accord de grandes orgues digne de figurer au répertoire du Capitaine Nemo ou de Dracula. Quelqu'un ici montrait un mauvais goût très sûr. À l'entrée, une bouffée d'huiles essentielles me sauta au visage. Affolée, je voulus sortir mais Géraud me retint par le bras.

— Pas de risques de crise, ce sont des parfums « cuits » si j'ose dire. Il n'y a pas de pollen dedans. Corben est précautionneux.

Les murs étincelaient de panoplies, masses d'armes, étoiles du matin, écus ouvragés et épées à deux mains. Des appliques en forme de dragon surmontées d'ampoules rouges dispensaient une lumière douce quoique sanglante. Il y avait de la musique, mais au volume si bas que j'eus toutes les peines du monde à reconnaître les paroles d'*Enter Sandman* dans le brouhaha des convives.

Géraud me guida parmi les tables en fer forgé au format bizarre, presque toutes occupées malgré l'heure tardive. La clientèle s'harmonisait avec la déco intérieure : cuir et dentelles, perles de jais et rouge à lèvres sombres pour la plupart. Une fille minuscule mais magnifiquement proportionnée, à la longue chevelure de feu qui lui tombait jusqu'aux hanches, corsetée dans une combinaison très moulante en python vert bouteille, nous fit signe de loin, avant de retourner à sa conversation avec le barman, une espèce de colosse velu très impressionnant. Un autre serveur à la silhouette longiligne se baladait avec nonchalance dans la partie restaurant. Il se dirigea vers nous en adressant un hochement de tête à Géraud qui le lui rendit :

— Haniel.

— Bien le bonsoir, Maître Géraud.

Il nous plaça dans une alcôve triangulaire protégée du reste de la salle par des jalousies mi-mauresques mi-médiévales.

— C'est Corben qui s'occupe de la salle aujourd'hui. Désolé, j'ai encore du monde au restaurant. C'est samedi et la nuit du Grand Sabbat énerve tout le monde.

Son regard appréciateur s'attardait sur mes jambes, je levai les yeux et il me sourit finement avant de disparaître vers ses clients.

Je considérai les lieux avec incertitude. La forme de la salle était étrange. Cinq zones se délimitaient autour d'un bar central – un large anneau de cuivre, gravé de runes que je ne reconnus pas – en se terminant chaque fois par une alcôve comme la nôtre. Dans chacune, deux bancs rembourrés placés en angle entouraient une table en forme de triangle isocèle. Je finis par comprendre que tout cela dessinait un pentacle géant.

Du coup, je me détendis, même lorsque Navarre nous quitta après un coup d'œil rapide dans la foule, prétendant ramener nos verres. Ici, aucun fantôme ne pourrait jamais m'atteindre. L'endroit était une sorte d'énorme sens interdit pour eux. Je fis un sourire ravi à mon oncle : dans la partie de chat perché que je jouais avec le monde des esprits depuis toujours, les places totalement « propres » n'étaient pas légion.

Il me rendit mon sourire en contemplant Navarre s'éloigner.

— Il va oublier notre commande ! murmura-t-il.

Je suivis son regard. En effet, le grand vampire s'approchait d'une table occupée par un couple : un Black superbe à l'œil mauvais sanglé dans un cache-poussière de cuir sombre et une blonde pétillante, musclée, en jean et chemisier ouvert sur une poitrine opulente. Navarre se pencha et les embrassa tous les deux à pleine bouche, avant de s'installer pour engager une discussion animée avec eux.

— Wesley Snipes et Sarah Gellar, dit encore Géraud avec lenteur.

Il plaisantait, mais les jeunes gens présentaient en effet des ressemblances frappantes avec les deux acteurs. Je me mordis les lèvres en considérant « Sarah Gellar » avec plus d'attention. Je soupirai et détournai le regard. Le miroir dans le dos de Géraud me renvoya mon image : les cheveux d'un auburn discret, les yeux trop grands, trop noirs, le visage mince, les épaules étroites et la poitrine menue en plus d'une taille à peine moins ridicule que celle de la rousse au bar. À côté de la fille qu'avait embrassée Navarre, j'avais l'air d'une souris grise. Une jolie souris grise, mais une toute petite souris quand même. Je bénis mes talons hauts en secret et me jurai de ne plus jamais rien porter d'autre en présence du vampire.

Géraud se leva avec une résignation amusée pour commander. Il revint s'asseoir et interrompit mes réflexions moroses :

— Comment comptes-tu vivre, maintenant ?

— Je ne sais pas. Papa m'a laissé de l'argent. Beaucoup. Je pourrais rester dans la maison et engager quelqu'un pour…

Géraud secoua la tête. Il allait parler, mais à ce moment-là, le colosse aux sourcils méphistophéliques surgit. Il brandissait un plateau d'argent qui paraissait minuscule entre ses pognes noueuses. Une grosse théière martelée trônait au centre, flanquée de tasses en porcelaine fine et cernée d'une horde de petits gâteaux. Rien qu'à l'odeur, il était clair que le thé n'était pas de seconde zone, contrairement aux affirmations de Navarre, un peu plus tôt.

— Votre mélange russe, Messire : orange et bergamote, assorties d'une pointe de genièvre, annonça le cube vivant. Et quelques douceurs en prime pour la jeune dame.

— C'est parfait. Je te remercie, Corben.

— Ma maison est la vôtre, Sire Géraud.

Le géant m'enveloppa d'un regard scrutateur, de ma jupe dans un état épouvantable à mes mains sales.

— Une nouvelle recrue ? Sorcière, n'est-il pas ? devina-t-il à ma profonde stupéfaction. Et réservée, aussi… Voici qui nous changerait fort agréablement de damoiselle Zalia…

Il jeta un coup d'œil involontaire à la rousse en python vert qui patientait au comptoir, attendant son retour. Géraud plissa le front et Corben battit en retraite aussitôt.

— Pardonnez-moi, doux sire, je n'avais pas l'intention de me montrer indiscret.

Géraud acquiesça avec indulgence. Puis, il se concentra à nouveau sur moi.

— Ce n'est pas une bonne idée, affirma-t-il simplement.

Géraud ne se fatigue jamais pour expliquer ce qu'il pense évident.

— Tu vois une autre solution ? protestai-je. Je ne peux pas travailler. Dès que je mets un pied dehors à jeun, je risque l'hôpital psy. Si ce n'est pas à jeun, c'est la prison qui me pend au nez !

Géraud leva un sourcil interrogateur.

— Je t'expliquerai, dis-je n'ayant pas l'intention de me lancer dans le récit de mes aventures avec la police.

Mon passage récent entre les mains de la Justice m'avait laissé de très mauvais souvenirs. Le temps que le juge décide enfin de me laisser sortir avec un sursis de trois mois si récidive après ma comparution aux flagrants délits, j'avais bien compris que je ne devais plus jamais me retrouver en prison. Ce serait une façon de me suicider très désagréable. Les concentrations éthériques qui se développent là-dedans atteignent des niveaux inimaginables ! Si Amnesty International comptait des médiums dans ses rangs, ça ferait longtemps qu'ils auraient collé la France au ban des nations.

— Et je n'ai aucune qualification monnayable… ajoutai-je aussitôt pour éviter qu'il insiste sur le sujet.

— Si ta mère t'a aussi bien élevée que je pense, tu parles plusieurs langues…

— D'accord, mais les moins disparues et les moins mortes avoisinent le grec et l'araméen. Ah, oui, j'ai de bonnes compétences en médecine par les plantes et je ne suis pas totalement nulle avec un PC. Jehan m'a appris.

Mon frère qui, lui, avait eu la chance de naître humain, hasard merveilleux de la génétique, avait passé un diplôme d'ingénieur en informatique. Le jour de leur accident, mes parents étaient sortis pour le fêter, justement. Toute cette intelligence, cet humour détonnant et cet amour de la vie qu'avait eus mon frère, écrasés par le hasard et l'incompétence… Je tentai de maîtriser la boule qui menaçait d'exploser dans ma gorge, mais les larmes débordèrent de mes yeux. Géraud me tendit un fin mouchoir de baptiste qui semblait s'être matérialisé dans sa main.

— Ta mère ?

— Quoi, ma mère ? répondis-je en sanglotant.

Il se racla la gorge.

— Elle savait que je reviendrais, n'est-ce pas ?

Son visage froid arborait une expression que je lui avais rarement vue, une sorte de colère glaciale, qui me fit rentrer la tête entre les épaules avant que je comprenne qu'elle s'adressait surtout à lui-même. Je me redressai et me mouchai avant de lui murmurer :

— Elle t'attendait, je le sais.

— Comment ?

Je ne me laissai pas impressionner par le ton tranchant :

— J'ai signé le bordereau pour les couronnes… Et les chrysanthèmes de la voisine mis à part, tout venait de moi…

Je fis une pause.

— Il n'y avait pas de roses rouges dans ma commande, dis-je en lui rappelant les fleurs qui s'étaient épanouies dans le vase en cristal scellé sur la tombe, j'en suis sûre. Celles-là, elles étaient pour toi. De Maman.

Il cilla.

— Merci, dit-il avant de se détourner.

Puis il se leva d'un bloc, le dos très raide, pour filer dans le fond de la salle. Je le vis commander un large verre de liquide doré et grimaçai à travers mes larmes, je tenais peut-être là l'explication de la passion tardive de mon père pour le whisky.

Je restai seule quelques minutes. Navarre s'en aperçut ; de loin, il me fit un petit signe encourageant de la main. J'accusai réception avec un sourire crispé, priant pour que mes yeux rougis ne soient pas visibles de sa table.

Corben surgit à nouveau pour me tendre une serviette chaude et humide d'antiseptique parfumé. Je la saisis avec une reconnaissance éperdue et nettoyai enfin mes paumes maculées, avant de m'occuper de mes genoux. Je grimaçai à nouveau : le désinfectant qui imbibait le tissu piquait en diable. Avec nervosité, je tentai de me rappeler si j'étais à jour de mes vaccins en reposant la serviette. Je piochai machinalement un muffin sur le plateau pour me consoler, quand mon oncle retraversa le bar, toujours aussi raide. Il se planta à côté de moi sans me regarder.

— Navarre va te raccompagner. Après-demain matin, une voiture spéciale viendra te chercher à huit heures et demie, sois prête. Nous signerons ton contrat. Bonsoir.

Il tourna les talons et quitta le bar, cette fois. Ses phrases étaient tombées comme des billes de plomb, l'une après l'autre. Elles ne souffraient pas de discussion.

— Bonsoir, balbutiai-je dans le vide.

Chapitre 4

J'avais sommeillé le reste de la nuit, les genoux brûlants et la tête pleine de roses rouges où gisait Navarre – habillé, heureusement, sinon je n'aurais pas dormi du tout. La gueule de bois due au Lagavulin n'était pas la seule responsable. Le « merci » de Géraud me poursuivait au plus profond de mes cauchemars. J'y coulai pour en ressortir sans transition, presque éveillée, avant de replonger aussitôt dans la souffrance inexprimable contenue dans ce seul mot. Et mon oncle ne la formulerait jamais. D'ailleurs, à y repenser, je ne sais pas vraiment ce qu'il contenait. S'agissait-il vraiment de souffrance ? Seule la colère, dévorante, phénoménale, était certaine. Tout ce que je connaissais vraiment des relations de mon oncle avec ma mère se résumait au fait qu'ils couchaient parfois ensemble et qu'elle l'adorait.

Ceci mérite un éclaircissement. Oncle Géraud n'est pas mon oncle. Enfin si. Enfin non. Pas par le sang en tout cas. Déjà, il naquit quelque part du côté de Rennes dans le courant du XIIe siècle. Il y monta sur le bûcher deux fois à ma connaissance. La première pour sodomie – ce qui était une ignoble calomnie, du moins en ce qui concernait les hommes – la seconde pour nécromancie, et, dans ce dernier cas, il était coupable à cent pour cent. J'ignore à quel genre d'éternel il appartient, mais il accuse huit cents ans de plus que moi au bas mot. Ce qui limite le lien familial potentiel entre nous.

Il fut l'amant de ma mère pendant les cinquante-cinq dernières années de sa vie à elle. Dès qu'elle avait été en âge. Je crois savoir aussi que ce fut elle qui jeta son dévolu sur lui. Géraud, qui avait renvoyé jusqu'à l'Inquisition les couilles entre les dents dans sa ligne des vingt-deux, s'était avéré incapable de se défendre de tant d'amour et d'obstination mêlés. Mais, consciente de la folie pour une mortelle, même sorcière, à aimer un éternel, elle s'était efforcée de trouver un compagnon de vie ; du coup, elle avait déniché mon père ; lequel ne représentait pas, encore moins que Géraud, un compagnon classique pour une femme de son rang.

Nous n'avions jamais eu le moindre contact avec les convents à cause de cela. Pour les sorcières, enchanteresses et autres ensorceleuses, ma mère avait tout bonnement programmé la fin de sa lignée : que ce soit avec Géraud qui ne pouvait procréer, ou avec mon père, si désespérément humain.

Elle les aimait autant tous les deux et avait refusé net de choisir. Ma mère était relativement facile à vivre, jusqu'au moment où elle avait pris une décision ou adopté une attitude. À partir de là, plus rien ne pouvait la dissuader. Sauf mon frère lorsqu'il s'était agi de laisser dormir ses copains à la maison. Je l'avais appuyé sur ce coup-là, ça m'arrangeait aussi, et ma mère avait fini par céder. Je crois que sa ténacité légendaire n'allait pas plus loin que ce qu'on pouvait espérer des gens. Et ce n'était pas son style de formuler une interdiction qui n'avait aucune chance d'être respectée, même si elle avait essayé pour ses grimoires.

J'ai toujours connu Géraud. Il venait à la maison de temps en temps quand mon père et Jehan étaient absents. Moi, je restais là puisque je ne pouvais pas sortir. Ils s'enfermaient tous les deux pendant trois heures au premier et ma mère paraissait rajeunie de vingt ans toute la semaine suivante. Même mon père était heureux après le passage de mon oncle. Je ne suis pas sûre que Géraud rendait l'amour que Maman lui portait ; mais il se sentait responsable d'elle à l'évidence, la choyait et la rassurait. Maman semblait avoir décidé que c'était bien pareil. Enfin, quand un homme séduisant de quarante ans d'âge apparent couche encore avec une vieille dame de soixante-cinq, on peut se dire que si ce n'est pas de l'amour, ça y ressemble beaucoup.

Lorsqu'il redescendait de l'étage, Géraud venait toujours jouer avec moi et essayait de m'apprendre à contrôler mon don. En vain. Mais c'est dans ses bras que j'ai appris la sécurité, le bien-être et à cesser d'avoir peur des fantômes, temporairement du moins. Il était comme un second père, à vague coloration incestueuse celui-là, quoique l'inceste aurait été plutôt de mon côté. Lui, je pense qu'il m'avait adoptée comme il avait adopté mon père, mon frère, une dizaine de caniches abricot successifs – morts eux aussi – et par définition, tout ce qui appartenait à Maman.

Lorsqu'il avait brutalement disparu, ma mère avait vieilli d'un coup et le blanc avait gagné dans sa chevelure. Mais jamais elle n'avait douté de son retour, ni que son absence n'était pas volontaire. J'en étais moins assurée, mais j'abordais à cette époque-là un passage difficile où ma vie future de recluse m'apparaissait avec une lucidité tranchante et je ne m'y étais pas encore résignée. Selon moi, Géraud nous avait abandonnées toutes les deux au pire moment.

Ma nuit avait donc été pénible. Je passai mon dimanche dans un état comateux dont je n'émergeais que pour une tasse de thé. J'eus le courage d'une brève expédition à la cave pour vérifier les serres de maman en fin d'après-midi. L'arrosage automatique semblait avoir rempli son office, la petite jungle souterraine pétait de santé. Je soupirai en songeant qu'il faudrait bientôt en arracher une bonne partie : je ne tenais pas du tout à donner des explications si par hasard il prenait aux flics d'opérer une véritable fouille de la maison. Ils avaient négligé les serres lors de mon arrestation parce que ma mère avait joué à habiller la porte de la cave en fausse bibliothèque. Elle avait donc résisté sans mal à un coup d'œil distrait. On ne pouvait même pas parler de cachette pourtant, puisque la poignée était bien visible dans son cadre au centre d'une étagère entre deux éditions reliées de *L'Homme qui rit* et *Notre-Dame de Paris*.

J'étais dans un tel état de fatigue – mon corps me présentait en bloc l'addition de trois semaines de chagrin, de stress et d'angoisse, sans compter mes exploits de la veille – que je sombrai comme une masse, la nuit à peine tombée.

Le lundi matin, lorsque la cloche de la porte d'entrée résonna à l'heure pile indiquée par Géraud, je n'eus que le temps de dégringoler de mon lit pour ouvrir à mon visiteur. À ma grande déception – mêlée de soulagement parce que je devais arborer une tête épouvantable –, ce n'était pas Navarre.

La lilliputienne rousse en python vert de la boîte s'encadrait dans le chambranle, un petit sac plastique à la main. Elle interpréta correctement ma déconvenue et éclata de rire. En un français très pur mais teinté d'une pointe d'accent rauque de “r” roulés comme des tambours elle s'exclama :

— À cette heure, vous ne risquez pas de le voir ! Navarre dort jusqu'à vingt heures en cette saison. Alors que moi, je suis du matin, de l'aube même ! Quand on s'est vues chez Corben, je prenais mon petit déjeuner. Vous n'êtes pas prête ? Allez vite vous débarbouiller, monsieur Géraud n'aime pas attendre. Je vais faire le café, filez !

Noyée sous ce flot de paroles joyeuses, j'obtempérai en silence tandis qu'elle se dirigeait droit vers la cuisine sans cesser de parler à toute vitesse. Je n'avais pas une chance de lui répliquer, elle posait les questions et se répondait toute seule.

— C'est vraiment une délicieuse petite maison de sorcière ! J'adore les briques rouges vernissées sur la façade et les deux clochetons mauresques sur le toit ! Il y a un grenier bien sûr ? Avec de grandes malles ? Une folie 1930, n'est-ce pas ? Un héritage de ta mère, sans doute. Plus personne ne peut s'acheter ça de nos jours. Et les rosiers devant sont une merveille. Mais vous, dans vos lignées, vous avez la main verte ! Moi, je n'arrive à rien, sauf avec les nénuphars et les iris. Même les lotus, c'est une catastrophe, ils sont trop exotiques pour moi, tu vois ? Où est le café ? Ah, le voilà ! Du Blue Mountain, rien que ça ! Oh, une cafetière italienne, c'est du goût, ça aussi ! Ça donne un bien meilleur café que toutes ces horreurs à capsules ! Tu mettras un tailleur, ou un ensemble jupe, d'accord ? Pour l'Étude, c'est mieux…

Elle était passée au tutoiement sans s'en apercevoir et je n'essayai même pas de lui demander de quelle Étude elle parlait. Je ne fis pas remarquer non plus que sa combinaison était loin du sérieux professionnel qu'elle voulait me voir afficher, quelle que soit la profession en question. Je ne tentai pas de dénicher le tailleur prescrit au fond de mon placard, pas question d'arborer mes rotules bleues et couvertes de plaies. Un ensemble pantalon noir avec une veste cintrée conviendrait très bien. L'arôme du café chaud emplit la maison. J'étais dans la salle de bains à l'étage quand je l'entendis brailler :

— C'est prêt ! À propos, je suis Zalia !

Je la rejoignis à la cuisine et me retrouvai devant un bol énorme cerné de tartines beurrées et couvertes de miel. Elle avait dû apporter le pain et le beurre avec elle, moi je n'avais pas pu faire de courses depuis… Je soupirai discrètement dans mon café.

— Géraud m'a prévenue que tu risquais de ne rien avoir dans ton frige pour le petit dej', alors je me suis permis… ces 8 à 8 sont l'invention du siècle ! On y trouve même des préservatifs ! Pas mal, l'ensemble. C'est un peu sévère en noir mais pas mal ! Surtout avec ton chemisier anthracite. Le satin, c'est toujours magnifique. Les escarpins, c'est peut-être trop, mais ce n'est pas grave. N'empêche, tu aurais été mieux en jupe ! T'as l'air d'avoir de très jolies jambes, faut que le monde en profite. Ça va être très sympa de bosser ensemble, tu vas voir…

Je cessai de l'écouter, elle me paraissait gentille dans son genre volubile mais elle me tournait la tête. J'avais à peine terminé mon bol et mes tartines qu'elle s'en empara en m'envoyant chercher mon sac pendant qu'elle lavait la vaisselle :

— Je suis secrétaire de direction, alors l'orgeat, ça me connaît, continua-t-elle.

Je la rejoignis et elle me cornaqua jusqu'à la sortie après un coup d'œil appréciateur sur mes talons hauts.

— N'oublie pas de fermer… Ah non, je vois le charme de protection ! N'empêche, c'est plus sûr ! Viens, je suis garée devant le portail, tu n'auras pas à aller loin.

Je marquai un temps d'arrêt avant de franchir le seuil du jardinet, à partir de là, je pouvais croiser n'importe quoi. La limousine de Géraud était en double file devant la maison au mépris de toutes les signalisations en vigueur dans le quartier. Je déboulai dans la rue comme un apnéiste avale sa dernière goulée d'air avant une très longue plongée. Je n'avais que deux mètres à parcourir jusqu'à la portière, je les traversai en zigzaguant entre les divers endroits que j'avais repérés depuis longtemps pour leurs infestations. Comme au Père-Lachaise, mes souliers ne furent pas mes meilleurs alliés mais je m'en tirai sans me fouler une cheville, une première victoire.

Lorsque je connais très bien le terrain, c'est ainsi que je procède, je m'économise. Si je peux éviter de traverser un révolutionnaire au crâne ouvert par une balle, une grand-mère écrasée sous un autobus ou seulement l'angoisse dévorante déposée au fil des ans sourdant de l'atelier clandestin voisin, je ne me prive pas.

Tout acte, tout sentiment, toute vie donnent naissance à un fantôme. Ils s'accrochent surtout aux gens, mais certains, les plus anciens ou les plus forts d'entre eux, élisent domicile où ils veulent. Ma vie à l'extérieur est un slalom spécial où j'essaie de me glisser subrepticement entre les diverses sources spectrales.

Un petit papillon bleu ornait le pare-brise de la voiture, les fliquettes du vingtième arrondissement sont d'une efficacité redoutable. Zalia s'en empara et le fourra dans sa pochette de poitrine avec cette énergie affolante qu'elle semblait déployer pour tout.

Elle me fit asseoir à l'arrière et me demanda d'un ton ferme de mettre ma ceinture :

— Le prends pas mal, mais je conduis plutôt sport et je n'aime pas avoir quelqu'un qui devient vert à côté.

C'est une couleur qui ne va qu'à moi en général et ça me déconcentre…

Elle démarra en trombe pour dévaler la rue des Orteaux puis l'avenue suivante à quatre-vingts à l'heure. Je m'agrippai aux accoudoirs. Elle se faufila dans le boulevard de Charonne à la même allure et prit encore de la vitesse. Parvenue à un feu qui virait à l'orange, elle stoppa contre toute attente, le type derrière nous faillit nous emboutir. À ma grande stupéfaction, elle sortit de la voiture et, sans prêter la moindre attention aux insultes dont l'abreuvait le chauffeur dans notre dos, elle colla quelque chose sur le toit de la limousine.

De retour dans l'habitacle, Zalia alluma une espèce de compteur que je n'avais pas remarqué sur le tableau de bord.

— J'avais oublié de mettre le capot de taxi. Géraud m'a envoyée passer les exams, je suis inscrite à leurs rôles, expliqua-t-elle. Ça me permet d'utiliser leurs voies réservées et parfois ça sert…

Sa voix mourut tandis qu'elle jetait un coup d'œil – le premier – dans le rétroviseur. Elle se rembrunit. Le feu passa au vert, Zalia démarra comme une fusée, tout en saisissant son cellulaire. Elle composa un numéro d'un doigt à une vitesse improbable.

— Monsieur ? dit-elle dans l'appareil. J'ai le colis.

Elle hocha la tête à une phrase inaudible et reprit :

— Ça va nous prendre quelques minutes de plus, je pense que nous sommes suivies. Non, je ne sais pas quel clan, ça m'a tout l'air d'être une bagnole volée. Sûr que ce sont pas des vamps à cette heure, mais ils peuvent envoyer des féaux. Vu le coin, je pencherais plutôt pour un clan de garous du vingtième : ils doivent se demander ce que je fiche là, on vient jamais par ici d'habitude.

Elle raccrocha et se concentra à nouveau sur la route. Elle avait ralenti durant l'échange. Entretemps, j'avais réuni assez de courage pour examiner la voiture. Pendant la nuit, quelqu'un l'avait arrangée pour moi : on avait collé des pentacles partout, des amulettes pendaient à chaque saillie et le tout tintait comme des clochettes à chaque mouvement.

Zalia sourit entre ses dents serrées :

— Ouais ça fait pampilles, mais c'est provisoire. On trouvera une solution élégante plus tard.

Je réussis enfin à placer un mot :

— Zalia ? Qui nous suit, là ? Et pourquoi ?

Elle se tourna vers moi et quitta la route des yeux à ma profonde terreur… Mes jointures blanchirent sur les accoudoirs, une fine ligne de sueur glacée se distilla dans mon dos.

— Tu m'as entendue ? Je ne sais pas. Cela dit, ça doit pas être bien grave. Juste une patrouille de reconnaissance. Et puis, ne t'inquiète pas, je vais les semer bientôt.

Son sourire s'épanouit en un rictus mauvais tandis qu'elle fourrageait dans la boîte à gants de la main droite. Elle en tira une télécommande qu'elle glissa entre ses dents, puis saisit le volant des deux mains afin d'opérer un demi-tour complet en dirigeant la voiture sur le terre-plein central du boulevard. La façon dont elle avait manœuvré pour ne pas broyer le châssis de la limousine restait un mystère pour moi : les marches étaient hautes, il y en avait trois et l'ensemble avait été étudié pour empêcher les voitures de passer, justement. Nos poursuivants n'y échappèrent pas, eux, et pourtant, ils conduisaient un engin beaucoup plus petit, léger et maniable que le nôtre. Leur véhicule s'arrêta net en biais dans un bruit crissant de tôle en souffrance, une roue tournant follement dans le vide.

Zalia remonta ainsi la route sur une centaine de mètres en zigzaguant entre les piétons furibards. Puis elle descendit à nouveau en face d'une porte cochère dont le rideau de fer s'ouvrit dès qu'elle appuya sur la télécommande qu'elle avait lâchée dans son giron. Le vantail d'acier se referma derrière nous tandis que nous descendions le long de la rampe d'un parking souterrain. Lorsqu'on parvint au dernier niveau, Zalia appuya sur le champignon et les piliers de bétons défilèrent, avant que la voiture remonte une nouvelle rampe qui nous ramena en surface dans une petite rue adjacente.

Zalia réitéra la manœuvre deux rues plus loin dans un autre parking dont la deuxième sortie nous ramena sur le boulevard à la hauteur de Ménilmontant. Elle ralentit enfin, après un dernier coup d'œil dans le rétroviseur.

— C'est bon, on les a eus ! annonça-t-elle, triomphale.

J'eus la force de lui répondre par un soupir trémulant.

— Bon, ce n'était pas très utile, vu qu'on les a laissés sur place mais j'adore le coup des parkings ! me confia-t-elle. C'est une idée de Navarre ; il est bon dès que ça devient souterrain…

Le reste du voyage se déroula sans incident, jusqu'à l'immeuble 1920 toujours gardé par son Athéna carrossée. Zalia dut m'aider à me débarrasser de ma ceinture, tant mes doigts tremblaient. Avant de quitter l'habitacle, elle appuya sur ses clés, la limousine cligna des phares une fois et *redescendit* sur ses pneus. Jusque-là, elle avait été suspendue en hauteur, plus haut qu'un 4x4. Je compris mieux l'exploit des marches du boulevard, vingt minutes auparavant.

— Navarre et moi, on est fous de ce genre de gadgets ! expliqua Zalia en descendant. La plupart du temps, on parvient à convaincre Monsieur Géraud.

Elle s'efforça de ne pas montrer son amusement tout en me soutenant jusqu'à l'ascenseur. À l'arrivée de la cabine en fer forgé redoré au bronze fin, elle poussa les portes de bois ouvragé. Je fis un pas à sa suite et reculai aussitôt, l'avant-bras collé devant mes paupières.

Là, en surimpression avec le visage ahuri de Zalia, une bouche suintante de liquides décomposés s'ouvrait devant moi.

— Qu'est-ce qui t'arrive ?

Cette fois, ce ne fut pas son débit qui m'empêcha de répondre mais la déferlante qui jaillissait de la cabine. Ils étaient des centaines, là-dedans. Esprits d'angoisse ou de haine, chargés d'une impatience létale ou d'un violent désir de fuite, tous ceux qui avaient pris cet ascenseur, la mort dans l'âme et la terreur aux tripes. Hélas, la joie ou la tendresse laissent moins de marques…

Leurs images grimaçantes, leurs relents de mort et leurs gémissements parvenaient jusqu'à moi, même à travers le rempart de mon bras. Je reculai encore en suppliant Zalia :

— Referme ça, par pitié !

Il y avait un vrai mort, là-dedans, aussi. Un type qu'on avait égorgé entre deux étages, pendant l'Occupation selon toute vraisemblance, au vu du costume porté par le fantôme. Zalia obéit sans poser de question. Elle rabattit les portes d'un coup sec et considéra attentivement les marches de l'escalier.

— Tu penses que ce sera moins pire par là ? dit-elle d'un ton rêveur.

— Au moins, je pourrai les contourner, c'est large. Les voir, ça n'est rien, mais les toucher… Ils sont *sales*… Et c'est comme s'ils laissaient quelque chose en moi…

Je m'efforçais de lui répondre avec fermeté mais ma voix grelottait autant que mes genoux. L'attaque que je venais de subir n'était pas la seule raison de mon état, je trouvais aussi très étrange de parler de mon problème à cette quasi-inconnue.

Zalia hocha la tête et m'offrit à nouveau son bras. Je le pris avec reconnaissance. Elle était vraiment gentille, cette bavarde invétérée. On grimpa de conserve, en évitant les deux ou trois infestations à peine qui pourrissaient l'endroit. Je m'étais attendue à ce résultat : les gens sont fainéants, ils prennent surtout les ascenseurs.

À l'instant même où nous parvînmes au troisième étage, Géraud nous ouvrit la porte et je n'eus pas le temps de déchiffrer la plaque de cuivre vissée dessus. Une ride de contrariété barrait son front large. Zalia leva les mains en l'air :

— Tirez pas, Patron ! Entre les loups et les fantômes, ça s'est bousculé au portillon, c'était pas du nougat roux, là dehors !

Géraud grimaça à peine devant l'horrible calembour et s'effaça pour nous laisser entrer.

Chapitre 5

Nous traversâmes une antichambre aménagée en salle d'attente : une table basse d'acajou couverte de journaux, entourée de fauteuils Voltaire tendus de soie grise semée de cerises ainsi que le canapé assorti.

— Le cabinet de toilette, dit Zalia en désignant une petite porte couverte de miroirs dans un angle de la pièce.

Puis, je pénétrai dans une très grande pièce claire parquetée en étoile, pardon en pentacle, là aussi. Un très bel ouvrage d'ébéniste et de sorcier. L'air sentait le soleil, le tabac de Virginie, la cire d'antiquaire, le vieux cuir et une chaîne stéréo invisible diffusait une sonate de Bach en sourdine. Trois bureaux se partageaient l'espace. Le plus grand d'entre eux, Empire, en acajou sombre, d'un ordre et d'une propreté cliniques, était disposé sur la gauche.

Je reconnus l'aversion de Géraud pour le désordre, son amour de la perfection. Les crises brutales de ma mère pour le ménage à fond me revinrent en mémoire, signes précurseurs infaillibles de ses visites à la maison. Le reste du temps, Maman laissait ces choses triviales à la bonne volonté de chacun.

Deux chaises plastique ultra modernes aux airs snobs mais assez inconfortables faisaient face à ce bureau.

Géraud ne tenait pas à ce que ses clients soient plus à l'aise que ça en sa présence, une stratégie intéressante.

Un petit secrétaire XVIIIe flanquait Géraud à sa droite. Zalia s'y installa pour se faire les ongles à l'abri de l'écran d'un ordinateur qui la dissimulait aux regards. Près de la fenêtre à deux battants trônait un large fauteuil Chesterfield auquel un guéridon était accolé. Une large boîte d'argent, un cendrier et une pile de livres, des comics me sembla-t-il, y avaient été disposés.

Je dus retenir mon envie de siffler d'admiration. Géraud me guida jusqu'à la table de travail en chêne en face de la porte. Elle était couverte de parchemins méticuleusement rangés dans des chemises de vélin.

— Ton bureau, annonça-t-il.

Je me laissai tomber sur le fauteuil de cuir doux pour saisir le parchemin en évidence sur le maroquin central. Je le déchiffrai : un testament en latin, datant environ du XIVe siècle. Je jetai un coup d'œil interrogateur à Géraud qui m'encouragea du regard à poursuivre mon examen, avant de retourner au travail sans plus de cérémonie.

Ce ne fut pas sans difficulté. Le latin en question était terriblement bâtard : le type qui l'avait rédigé ignorait presque tout de cette langue à l'évidence. Il n'avait usé des verbes conjugués qu'à chaque fois qu'il lui était tombé un œil. Dommage, ils auraient pu éclairer ma lanterne. Sans compter une dizaine de mots que je ne connaissais même pas et qui, fait exprès, revenaient toutes les deux lignes. Je voulus en avoir le cœur net et tendis machinalement la main vers l'endroit approximatif où le dictionnaire est rangé sur mon bureau chez moi. Et ne l'y trouvai pas, comme de juste. Je fronçai les sourcils. Zalia intervint :

— Tu peux te connecter à l'Oxford Dictionnary Online si tu veux, on a un abonnement.

Du doigt, elle désigna la tablette en dessous de mon bureau. Je n'avais pas noté sa présence. Je cherchai l'écran des yeux. Zalia sourit :

— Non, je t'ai pris un virtuel, c'est si coooooool et j'avais le budget !

Elle jeta un regard lourd de reproches informulés à mon oncle qui, assis à son propre bureau, étudiait un autre parchemin à la loupe. Il ne réagit pas, aussi se replongea-t-elle dans son ouvrage, passant le pinceau avec une application d'écolière. Sa petite langue rose pointait entre ses lèvres et l'odeur chimique du vernis parvenait jusqu'à moi.

— Suffit que tu démarres la connexion… ajouta-t-elle sans lever les yeux de son chef-d'œuvre manucure.

Je plissai le nez, puis appuyai sur l'icône idoine dans le clavier. Aussitôt un écran de lumière s'épanouit devant mes yeux émerveillés. Ah, c'était autre chose que ma vieille bécane même si Jehan l'avait bricolée afin de mettre l'interface aux normes les plus récentes. Chez moi, j'avais quand même besoin du casque pour l'immersion totale *online*. D'ailleurs, je cherchai l'icône sur mon nouveau jouet. Impossible de mettre la main dessus.

Ce fut Géraud qui intervint, cette fois :

— J'ai refusé cette option.

Interloquée, je le contemplai pensivement. Ah, il était de ceux qui croyaient que le Net rendait fous ses usagers ? Au lieu de se rendre à l'évidence qu'ils l'étaient déjà avant ? Je haussai les épaules, peu soucieuse d'entamer le débat, après tout à son âge mon oncle avait bien le droit d'être conservateur…

Zalia dut lire mon amusement sur mon visage et me détrompa tout en soufflant sur ses ongles luisants, désormais de la même couleur que sa combinaison :

— Pas du tout. Vu certains de nos visiteurs, mieux vaut que personne ne soit aveugle et sourd quand ils débarquent. Même en présence de Navarre.

Je ne relevai pas et me perdis dans les méandres du dictionnaire d'Oxford. Les Anglais sont les meilleurs latinistes du monde, c'en est presque vexant. Et pourtant, non, les mots que je cherchais ne s'y trouvaient pas. Je mis deux heures à comprendre, ce qui ne rendait pas justice à l'enseignement de ma mère…

À l'heure du déjeuner, Géraud envoya Zalia chercher nos repas au Goth Goth Bar, qui servait aussi de cantine.

— Alors ? me demanda-t-il dès qu'elle eut tourné les talons.

— Alors, le haut et puissant seigneur comte de Pardiac était un emmerdeur. De plus, il ne savait pas s'entourer, dis-je fermement.

Géraud acquiesça, m'intimant de continuer.

— Dans sa soixantième année, en 1392, il lègue, la Grande Mère sait pourquoi, au second fils de son épouse, et pas à l'aîné – mais peut-être que la tête du môme ne lui revenait pas – l'intégralité de ses possessions. Pour rédiger l'acte, il désigne un notaire qui ne connaît rien au latin. Ce type, quand il ignore un mot, il le prend en gascon et le « latinise ». Ce qui donne des trucs barbares du genre « bordae », que j'ai décidé de traduire par « ferme ». Il semble que le haut et puissant seigneur en possédait pas loin d'une centaine dans une vallée perdue du Gers. Là-dessus, le comte exige que le légataire réalise un maximum du legs en « bel or, sonnant et trébuchant » et laisse les biens non vendables à son tour et à sa mort au fils de l'aîné. C'est bon, j'ai capté ?

— C'est parfait, rétorqua Géraud. Maintenant, regarde.

Il me tendit un papier, une sortie d'imprimante cette fois, l'arbre généalogique du testataire. Le nom du comte lui-même avait été encadré au crayon rouge, pareil en ce qui concernait son fils aîné, mais pas le cadet. L'arbre se ramifiait jusqu'à nos jours et une fois par génération, le nom du descendant direct était également cerclé.

Je levai les yeux vers mon oncle, ahurie. Il laissa tomber :

— Tous les noms entourés désignent des vampires…

Je me replongeai dans l'arbre et réfléchis :

— Donc, si le comte était un vampire, il n'est pas mort. Il s'agit d'un genre bizarre de « donations entre vifs », c'est ça ? Mais pourquoi au cadet et pas à l'aîné qui doit être devenu vampire aussi ? Ah, parce que justement, seuls les mortels peuvent vendre les biens à la longue. Ça finit par se voir que les autres ne vieillissent pas…

Géraud me fit un sourire et j'ajoutai :

— Ce que tu viens de me montrer, c'est la façon dont les vampires se transmettent à eux-mêmes leur argent au fil des siècles ? D'accord, très futé. Qu'est-ce que tu viens grenouiller là-dedans ?

Le sourire de mon oncle s'élargit encore :

— Je suis leur notaire, Agnès. Et pas que pour les vampires, pour tous les autres éternels. Ni Zalia ni Navarre ne peuvent traduire des documents antiques comme toi ou moi et je ne peux pas engager un mortel. Donc j'ai besoin d'un assistant, et toi, tu as besoin d'avoir une vie. Ton contrat est sous la pile, termina-t-il en se replongeant dans son propre manuscrit.

Zalia me sauva du ridicule en surgissant avec le plateau couvert de plats fumants. Je refermai ma bouche béante.

***

La soirée approchait, j'avais signé mon contrat qui m'allouait un joli salaire de « consultante-paléographe », et je suais sur un nouveau parchemin. Une véritable affaire en cours celle-là : deux vampires, des demi-frères, se disputaient le contrat de mariage de leurs demi-parents respectifs. J'en étais arrivée à la conclusion que la notion de famille recomposée avait été inventée par les vampires et qu'ils avaient poussé très loin le concept. Bien avant que les humains s'y mettent à leur tour. L'ennui, c'est que les uns n'étaient pas moins de mauvaise foi que les autres, et que les premiers avaient les moyens de la montrer de façon très désagréable.

J'étais surprise du plaisir que j'y prenais. Quand j'étais enfant, sous la direction de ma mère, je m'étais enfilé des volumes entiers de grec et de latin, parfois d'hébreu ancien ou même des extraits des Manuscrits de la mer Morte. Mais je m'étais ennuyée à mourir en traduisant ces histoires-là. Pourtant, certaines étaient passionnantes ou débordaient d'une poésie rare quand elles ne racontaient pas les dix manières de transformer son prochain en zombie, ce qui était assez rigolo, au final. Sans doute que l'ennui féroce qui me saisissait à l'époque était dû à l'idée que nous avions été des milliers à nous pencher dessus depuis la rédaction de ces textes. Et à la certitude consternante que beaucoup de mes prédécesseurs avaient été bien meilleurs traducteurs que moi.

Heureusement ou malheureusement, ma mère avait abandonné cette partie de mon éducation, enfin convaincue que je ne serais jamais une sorcière comme elle. Moi qui ne pouvais fréquenter longtemps l'école, elle m'inscrivit au Centre National d'Enseignement à Distance et je passai sans enthousiasme une maîtrise de Lettres classiques qui me servirait autant que ses manuels d'incantations. Je ne pouvais pas plus enseigner que je ne pouvais ensorceler, mais elle avait eu l'impression de me donner une éducation plus en rapport avec ma condition semi-humaine.

Cela dit, je n'étais pas sûre que les humains normaux fassent non plus grand-chose d'une maîtrise de Lettres classiques

« Je suis désolée, ma chérie, je t'ai légué toutes les malédictions et aucune des bénédictions », me disait Maman parfois, les yeux brillants.

Les seuls moments où je la détestais. Quand elle se laissait aller à la culpabilité inutile, improductive et surtout hors de propos. Elle avait opéré des choix, peut-être contestables, mais rien ne pouvait prédire un accident aussi improbable que ma naissance. Jehan était tout ce à quoi elle avait pu s'attendre. Un humain, basique, tellement normal, lui, que c'en était presque anormal.

Là, c'était très différent des traductions qu'elle m'avait infligées autrefois, malgré l'aridité du langage juridique. Non seulement j'étais peut-être la première à m'y intéresser depuis leur composition, mais en prime, il pouvait en sortir quelque chose dans le présent. Peut-être même quelque chose d'utile, vu que les deux frères envisageaient de passer à la guerre ouverte, si ce conflit ne se réglait pas.

Géraud prit quelques notes, puis rangea soigneusement son dossier dans une chemise scellée qui disparut dans les entrailles de son bureau. Il leva les yeux vers la fenêtre et parut se rendre compte de l'heure :

— Dès qu'il sera réveillé, Navarre te raccompagnera.

Il pêcha un nouveau parchemin dans ses tiroirs et on replongea dans le travail. Une heure plus tard, les sonates de Bach s'arrêtèrent brusquement pour se voir remplacées aussitôt par la bande-son de l'opéra *Orfeu Negro*. Mon oncle dit sans lever le menton de ses papiers :

— C'est extrêmement impoli, Navarre. Je ne parle même pas de changer la musique sans demander ce que nous en pensons…

Le visage magnifique de Navarre apparut en surimpression derrière mon écran qui, pour l'heure, affichait la définition Wikipédia d'un partage féodal *per perticam*.

Moi, j'avais presque sauté hors de ma peau tant il m'avait surprise. L'instant d'avant, il n'y avait personne, et d'un coup Navarre était apparu, adossé à la porte, les bras croisés sur un large perfecto clouté. Il était… à croquer. D'ailleurs, je me mis à saliver. Je ne savais plus où me mettre, du coup.

Navarre me fit une moue désolée :

— Mes excuses, je pensais que la petite me percevrait comme toi, Géraud, fit-il. Et j'ai horreur de Bach, tu le sais.

— Je suppose que nous pouvons nous estimer heureux que tu ne nous aies pas gratifié d'un de ces groupes épouvantables que vous adorez Zalia et toi…

Zalia leva le nez de son secrétaire, interrompant de mystérieuses activités à base de fond de teint et de blush, et tira la langue à l'adresse de mon oncle.

— Puisque c'est comme ça, je vais prendre ma pause chez Corben pour écouter de la Vraie Musique, Monsieur Géraud !

Elle partit dignement après avoir collé une bise sonore sur la joue de Navarre.

— Ramène-nous sa compilation de Motörhead, tiens. Ça nous changera, du bon vieux rock antique, demanda-t-il à demi sérieux.

Là-dessus, il se vautra dans le grand fauteuil Chesterfield qui était, semblait-il, sa place attitrée, et tirant un comics de la pile, il s'absorba dans sa lecture, battant du pied la mesure de *Manhã de Carnaval.* Géraud soupira avec indulgence, fourragea dix minutes dans ses papiers, puis releva brutalement la tête avec un air tendu.

— Navarre ? Devant le bureau d'Agnès, s'il te plaît.

Chapitre 6

Je n'eus pas le temps d'avoir peur ni de le voir bouger, comme l'avant-veille quand il m'avait ouvert la portière. Une seconde plus tard, le dos du vampire se dessinait à travers l'écran de mes recherches tandis que la porte sur la salle d'attente explosait. Des dizaines de fragments fusèrent dans tous les sens comme des éclats de grenade. La poitrine de Navarre arrêta ceux qui se seraient fichés dans mon visage. D'instinct, je me jetai sous le bureau.

Simultanément, Géraud fit un geste calme de la main, les autres débris stoppèrent net en pleine course pour tomber droit par terre, comme emportés par la vague sonore qui semblait les accompagner. La poignée de cuivre ouvragée et la serrure suivirent avec un bruit de ferraille entrechoquée. Navarre tiqua – lui, pas plus que moi, n'aimait voir Géraud utiliser son pouvoir – mais il ne dit rien et se concentra sur la silhouette imposante qui avait remplacé le beau panneau de chêne.

— On peut savoir ce que tu magouilles avec tes mecs sur mon territoire, Géraud ? mugit l'homme.

Il était grand, bâti comme un lutteur de foire, les traits grossiers, le cheveu noir et dru, comme les sourcils qui se rejoignaient au-dessus de son nez cassé. Il s'avança dans le bureau en roulant des épaules, suivi par deux autres brutes, taillées sur le même modèle que lui, et qui répandaient une violente odeur de pastis et de sueur. Je reniflai de dégoût sans pouvoir m'en empêcher. Notre visiteur me jeta un coup d'œil intrigué tandis que je reprenais ma place sur ma chaise, gênée.

— Je la connais, celle-là, dit-il à ma profonde stupéfaction. Ça pue, tout ça… Alors ?

— Je ne vois pas ce que tu veux dire, Artus, dit mon oncle serein en balayant les fragments et la sciure qui étaient parvenus à atteindre son bureau. J'ai passé trente ans sur ton territoire sans que ta Meute en prenne ombrage.

Il fit un signe à Navarre qui se pencha et éteignit la musique. Les accords langoureux de *A felicidade* moururent doucement.

— Ouais, mais tu n'y traînais pas un vamp, ni une pute écailleuse, non plus ! Sans compter celle-là ! Elle sort d'où, d'abord ? Et d'où je l'ai déjà vue ?

Il me désigna d'un doigt énorme. Géraud haussa les épaules tandis que Navarre dansait sur ses pieds entre Artus et moi, avec une lenteur pleine de menaces. Mon oncle posa ses mains à plat sur le bureau. L'autre choisit de le prendre mal et fit un signe à ses hommes de main.

— Allez les gars, cassez tout, jusqu'à ce que monsieur Géraud ait repris ses esprits et appris à répondre à une question simple.

Artus s'adossa au mur, me fixant d'un air intrigué et lourdement appréciateur. Je détournai les yeux.

Géraud souffla :

— Je ne ferais pas cela, si j'étais vous…

Les deux hommes de main n'écoutèrent pas, ils commencèrent par la salle d'attente. La table basse fut balancée quelque part dans un bruit déchirant de bois brisé et de journaux froissés. L'un d'entre eux voleta à travers la porte et s'étala dans la pièce aux pieds de Navarre. Il cilla en direction de mon oncle qui approuva du menton, aussitôt le vampire disparu à la suite des deux autres. Un fracas de meubles écrasés se fit entendre à nouveau. Des gémissements outrés éclatèrent, tandis que la porte d'entrée claquait avec tant de fureur qu'on l'entendit se dégonder. Je crus percevoir une dégringolade lointaine du côté des escaliers.

Trois secondes plus tard, Navarre était de retour, la pommette droite entamée, mais cela guérissait déjà. Du sang perlait sur sa lèvre délicatement ourlée.

Géraud l'interrogea du regard et Navarre fit une moue écœurée :

— Tu n'y penses pas, Géraud, ce sont des *garous* ! (Il cracha presque le mot.) Plutôt crever que de mordre des cabots !

Devant la défaite évidente des siens, Artus ne se démonta pas. Il chercha une victime du regard, élimina Géraud, puis Navarre. Avec une rapidité étonnante pour un homme de sa taille, il se jeta sur moi. Son crâne s'écrasa contre le torse du vampire qui le saisit par la crinière et l'envoya valdinguer contre le mur. Une gravure ne résista pas au choc, elle se détacha du plâtre pour s'écraser sur la tête de notre agresseur. Faisant fi des débris de verre minuscules qui encombraient sa chevelure, Artus s'élança de nouveau, droit contre Navarre. Pendant quelques secondes, je ne distinguai plus rien. Les deux adversaires étaient trop rapides, je les entendais gémir, râler, mais seule une ombre aux reflets de cuir et de nylon voltigeait devant moi.

Un moment, ils se séparèrent et reculèrent pour s'observer. Au coup d'œil qu'il me jeta au passage, je compris qu'Artus ne m'avait pas oubliée et que seul

Navarre l'empêchait de s'occuper de mon cas. Je le considérai avec attention, j'étais pourtant persuadée de n'avoir jamais rencontré cet homme. Et ma mère était trop snob pour recevoir chez elle quelqu'un de ce genre.

Artus fit mine de se jeter encore une fois sur Navarre mais au dernier moment, il feinta et fonça à nouveau vers mon bureau. Géraud qui ne regardait même pas la mêlée et continuait à nettoyer son bureau, eut seulement un léger geste du doigt. La vague habituelle déferla quelque part. Artus fut stoppé net à quelques centimètres tandis que Navarre lui tombait sur le dos.

Je lançai un coup d'œil égaré à mon oncle qui me fit un petit sourire d'encouragement et signe de patienter. Avec la même sérénité que s'il s'était agi d'attendre son tour chez le boulanger.

Les deux combattants s'immobilisèrent et je pus les percevoir à nouveau. Artus était juché sur Navarre et lui tordait le bras selon un angle inquiétant, tentant de le mordre à la nuque. J'eus le temps de distinguer ses dents tandis qu'il ouvrait grand la bouche : ses incisives étaient impressionnantes, lisses comme des rasoirs, quant à ses canines, elles valaient bien celles de Navarre.

Mon oncle fronça légèrement le sourcil. Je lui décochai un regard inquiet, mais il secoua la tête, débonnaire, alors qu'un sinistre claquement résonnait. Un quart de seconde plus tard, Navarre, debout devant Artus, saisit son propre bras de la main gauche et tira d'un coup sec, l'épaule réintégra son logement. Il l'avait délibérément déboîtée pour se dégager. Je portai ma main à mes lèvres pour arrêter le cri d'horreur qui y montait tandis que les yeux de saphir noircissaient de souffrance. Ensuite, il fixa son adversaire haletant.

J'eus l'impression que ses prunelles tournoyaient un instant, Artus cilla.

— Viens prendre ta branlée, connard, articula posément Navarre.

Ça n'avait rien d'encourageant. L'autre avança pourtant d'un pas tremblant, comme s'il n'était pas sûr de son geste. Il semblait lutter contre l'impulsion d'approcher. Je compris que Navarre était en train de le charmer lorsqu'un afflux de chaleur tendre noya mon propre estomac et que je fus saisie de l'envie soudaine de me lever et d'aller vers lui, moi aussi. Merde, il *diffusait* son charme de vampire ! Soudain, la colère balaya la terreur qui me paralysait depuis le début du combat. Le salaud ! J'étais furieuse et je ne démêlais pas très bien pourquoi. Lorsque je compris que c'était juste parce que ce déploiement de séduction ne m'était pas destiné et que j'étais ridiculement *jalouse* d'Artus. Je me retins au plateau de ma table si fort que mes phalanges blanchirent.

— C'est bien, Agnès, fit mon oncle toujours aussi tranquille.

Il n'avait rien compris ou alors trop bien, comme souvent. Je penchai pour la deuxième option et le fusillai du regard : c'est à peine s'il ne se remettait pas au travail tandis que les deux autres s'égorgeaient devant nous.

Artus luttait de toutes ses forces, lui aussi. Chaque pas lui arrachait des grondements sourds qui roulaient dans sa gorge. Il avait vraiment l'air du fauve qu'il était, un fauve aux abois, et la sueur perlait sur son front. Il faillit pourtant échapper au contrôle de Navarre. Ouvrant la bouche, il grogna à l'adresse de Géraud :

— Putain, tu vas me dire d'où je connais cette petite garce ? Géraud ?

Je trouvai étrange qu'il perde son énergie à jacasser alors qu'il avait tant de mal à se débarrasser du filet de charme que le vampire tissait autour de lui. Obliger ses muscles à ne pas se contracter lui demandait un effort surnaturel.

Mon oncle soupira :

— Agnès Cleyre, ma nièce, je te présente Artus, alpha de la Meute Charonne, fit-il on ne peut plus cérémonieusement.

— La petite Cleyre ? Oh merde ! gémit Artus comme s'il regrettait amèrement quelque chose.

Mais c'était presque terminé : les yeux papillotants, il s'arrêta enfin à un petit mètre de Navarre qui le cueillit au menton d'un uppercut monstrueux. J'entendis la mâchoire craquer et le garou s'effondra pile devant mon bureau.

À demi sonné, il se glissa dessous par réflexe en deux mouvements de reptation. Sa tête hirsute surgit entre mes chevilles, il ouvrit la bouche, crocs en avant. J'étais pieds nus, ayant ôté mes escarpins pendant que je travaillais. Sans réfléchir, je me reculai vivement. Je me penchai à une vitesse que je ne me connaissais pas, saisis une de mes chaussures par la pointe et lui assenai un solide coup de talon derrière l'oreille.

Je me dressai d'un bloc, mon arme improvisée en main, mais Artus ne bougeait plus. Cette fois, il était étendu pour le compte.

Tremblante, je fis face à mon oncle et à Navarre qui me contemplaient tous les deux, sidérés :

— Ben quoi ? J'ai quand même eu un grand frère, vous savez !

Je brandissais toujours mon escarpin. Ne sachant comment m'en débarrasser, je le cachai derrière mon dos en rougissant. Navarre éclata de son rire merveilleux qui m'agaça encore plus, chargea l'homme évanoui sur son épaule et se tourna vers moi :

— Je lui avais cassé la mâchoire, il ne vous aurait pas mordue efficacement, mais le coup était assez joli, mademoiselle Agnès. Bienvenue à bord, me félicita-t-il avec chaleur.

Je rougis plus violemment. J'étais toujours très en colère contre lui. Géraud toussota :

— Bon, tu ramènes ces cabots dans leur chenil. Si tu en trouves un encore à peu près conscient ou doué d'un cerveau, tu lui expliques la situation. Il répercutera à Artus lorsqu'il aura repris ses esprits. Surtout que les Charonne comprennent bien qu'on ne vient pas exiger des explications chez moi sans y mettre les formes. Et tu leur montres ce que j'entends par là.

— Vigoureux comment ces rudiments d'éducation, Géraud ?

— Tu as carte blanche.

Navarre tourna les talons avec grâce et s'en fut en sifflotant, ravi. Si ravi que Géraud le rappela :

— Navarre ?

— Oui ? fit la voix du vampire de l'escalier.

— Sans effusion de sang, d'accord ? On ne veut pas déclarer la guerre aux Charonne non plus…

— De toute façon, c'est meilleur en *infusion*, les *Charognes*, intervint une voix morne.

Les restes démembrés de la porte s'ouvraient sur une Zalia nettement moins vive qu'en début de journée. Elle jeta à peine un regard blasé aux décombres.

— OK, petite, fit-elle à mon adresse. Je suis passée chez toi aussi, et j'ai bien reçu ta commande du supermarché, le ticket est là. J'en ai profité pour porter tes manteaux au pressing et ai envoyé quelqu'un pour prendre… les habits qui ne serviront plus. (Et devant mon air affolé :) Ne t'inquiète pas, j'ai conservé la grande robe de dentelles qui était dans la penderie chez ta mère ! (Elle se tourna vers Géraud.) Géraud, je pars me coucher, j'ai rendez-vous plus tard.

Géraud approuva et demanda distraitement :

— Qui a perdu, cette fois ?

Elle sourit vaguement, un reste de sa malice de la matinée dans son œil cerné :

— Corben. Je tiens ma revanche !

Elle disparut comme elle était venue, nous laissant à nouveau seuls, mon oncle et moi.

— Je n'ai rien compris, dis-je avec précaution. C'est toujours comme ça ?

— Il y a des semaines entières où il ne se passe rien de plus passionnant qu'un évier bouché, répondit-il en se levant et s'approchant de mon bureau. Tu permets ?

Sans attendre de réponse, il pianota sur mon clavier et mon écran s'ouvrit devant nous. Il modula les paramètres ; le cadre virtuel prit les dimensions d'un grand tableau arborant un plan de Paris en détail. Je le regardai s'activer ainsi pendant deux minutes, ne comprenant pas du tout où il voulait en venir. Mon oncle sembla plonger les doigts dans l'écran et ses ongles se teintèrent d'un bleu cobalt luisant. Il partagea la capitale en croix dessinant quatre quarts à peu près égaux.

Par transparence, on pouvait distinguer, mais à peine, l'une des gravures de chasse qui ornaient les murs derrière.

Navarre ressurgit à ce moment-là, avec l'air satisfait d'un chat bourré de crème, il s'affala dans son fauteuil que le désastre avait épargné.

— Déjà ? fit mon oncle.

— Ils m'ont facilité le travail, j'ai pas eu à aller les chercher chez eux, Géraud. La Meute entière attendait son patron au Café du Croissant de l'autre côté de la rue. C'est une de leurs bases, aux cabots, tu sais bien.

Géraud hocha la tête.

— Et ?

— Le patron, Jean-Marc, est un alpha de la Meute Clignancourt. Il m'a aidé à les jeter dehors. Lui non plus, il n'aime pas trop les Charonne.

— Ah tiens, pourquoi ? interrogea mon oncle qui achevait ses derniers ajustements.

— Jean-Marc m'a dit qu'il ne croit plus à l'action directe. Ne me demande pas ce qu'il entend par là, je comprends rien à ces histoires de garous. Il m'a semblé plutôt direct avec les autres, pourtant…

Et il se replongea dans sa lecture d'une antique version de *Vampirella.*

Chapitre 7

Géraud sourit et se tourna vers moi désignant son plan virtuel. Je m'arrachai non sans peine à la contemplation de Navarre.

— Ta mère avait décidé de vous tenir à l'écart de l'AlterMonde, donc à priori, il y a des choses que tu ignores. Ça pourrait devenir un problème, comme aujourd'hui…

Je regardai la carte, luttant contre l'émerveillement devant cette splendeur technologique. Jehan aurait adoré ça. Du coup, je protestai mollement :

— Ce n'est pas Maman qui ne voulait pas voir l'AlterMonde, elle ne leur a juste pas pardonné de ne…

— … pas avoir envoyé un spécialiste de la Seconde Vue quand tu es née, oui. Mais le résultat est là : tu ne sais même pas qui dirige ton quartier.

Je me rembrunis :

— Quelqu'un dirige mon quartier ? Première nouvelle !

Il m'ignora et désigna le quart nord-est qu'il avait délimité sur la carte :

— En gros, ici, ce sont des Meutes. Dont Artus que tu viens d'assommer si parfaitement… (Il eut un sourire plein d'une fierté presque invisible mais qui me fit chaud au cœur.) … est un des gros bonnets. Sa Meute, la Meute Charonne, est l'une des plus actives, et dans des domaines pas toujours recommandables. Tous les onzième, douzième, dix-huitième, dix-neuvième et vingtième arrondissements ainsi qu'une partie de Bagnolet et Montreuil sont sous la coupe des garous. C'est bien normal, ce sont les anciens quartiers populaires de la ville et c'est plutôt dans ces populations que les loups recrutaient jadis.

— Ma rue est pleine de loups-garous ? Mais je ne les ai jamais sentis !

— Tu ne sors pas beaucoup, Agnès. Lui, il t'avait déjà vue.

— Et les gangs humains ? Les flics ? Ils ne s'aperçoivent de rien ?

— Qui dirige ces gangs, d'après toi ? Bon, à l'ouest, tu as les vampires, dans les huitième, seizième, dix-septième arrondissements... Une petite remarque sociologique, peut-être ?

— Les vamps sont plus snobs que les garous ? intervint la voix de cuivre chaud et rocailleux issue du Chesterfield.

— Rappelle-moi ton nom, Navarre, s'il te plaît ? fit Géraud calmement.

Navarre sourit avec perplexité :

— Mon nom ? Mon nom humain ? Comte de Navarre-Monfort de Bussy-Saxe-Savoie...

— Et tes surgeons ?

— Dana et Dieter Von Kaiserberg... c'est un hasard, se défendit-il, j'ai trouvé Dana, enfin, c'est elle qui m'a trouvé ! Je ne l'ai pas créée, tu le sais ! Mais d'accord, je vois ce que tu veux dire, Géraud...

Il leva ses longues mains fines en signe de reddition et reprit sa BD. Je le considérai, indécise. D'où sortait-il réellement, ce type qui semblait avoir assez de sang royal pour monter sur la plupart des trônes européens ? Et qui étaient Dana et Dieter ?

— Longue histoire, me fit Navarre avec un clin d'œil.

Géraud continua :

— Il y a une poche d'origine japonaise dans le quartier de l'Opéra, des kamis, ces sortes de choses. Mais on ne peut pas parler d'organisation, ce sont de tout petits clans. La diaspora japonaise est encore en phase de réorganisation depuis le désastre de 2011. Nous n'avons guère affaire avec eux, à l'exception de quelques gangs de yakuzas. Ils sont trop occupés à prendre leurs décisions à l'unanimité et il y a dix-huit ans que ça dure. Le neuvième est tenu par des Russes et là, c'est l'anarchie la plus complète : ils n'ont pas été fichus de se structurer depuis 1917, eux. Ce qui est assez paradoxal, quand tu penses que ce sont surtout des Blancs. Zalia est l'une d'entre eux…

— Zalia est une vampire ? demandai-je étonnée.

Navarre éclata de son rire vibrant. J'en fus toute remuée.

— Dans son genre, oui !

— C'est une roussalka, intervint sévèrement mon oncle.

Et devant mon air d'incompréhension :

— Un genre de sirène d'eau douce. Elle noie les jeunes filles… Elle t'aime bien, mais je serais toi, je n'approcherais pas de la Seine en sa compagnie…

— Ni même d'une flaque si petite soit-elle, renchérit Navarre, hilare.

Cela m'agaça encore plus. J'avais pris les attentions de Zalia pour de la simple gentillesse et je n'avais pas perçu une seule fois les aspects plus sombres de son intérêt pour moi. Apparemment, les deux autres y avaient pensé, eux.

— Et avec vous, je ne risque rien, bien sûr ? grinçai-je à l'adresse de Navarre.

— Je suis navré, mademoiselle, je ne donne plus dans la jeune première depuis plusieurs siècles. J'ai trouvé mieux. Sans compter que je ne cours pas après l'idée d'une explication avec Géraud. Je me contrôle très bien, votre vertu ne risque rien. Ni le reste…

Je fus encore plus vexée, inutile de le préciser. Je contins ma déception imbécile, non sans mal.

— On pourrait revenir à nos moutons ? fit Géraud. Le quart sud-est est tenu par toute une organisation asiatique dont je sais peu de choses. Quant aux sorciers en tout genre, ils se cantonnent aux cinquième et sixième arrondissements et une partie du quart sud-ouest.

— Logique, fit Navarre, c'est là qu'on trouve les bibliothèques et les salons de thé. Ces types ne savent pas s'amuser. Vous avez vu le quinzième ? C'est le quartier le plus funèbre de la capitale…

— D'accord, fis-je avec lenteur. Qu'est-ce que ça a à voir avec toi, tout ça, mon oncle ?

Géraud prit une large inspiration :

— L'AlterMonde est compliqué. Il est ramifié en un nombre incalculable de branches et de strates qui se sont encore complexifiées au fil des siècles, des croyances et des migrations. Et en plus, il doit rester secret… Même avec les pouvoirs incroyables dont disposent ses membres, les humains sont beaucoup plus nombreux : ils écraseraient les clans, les uns après les autres. Il vaut donc mieux garder profil bas et les guerres de sang sont à exclure au maximum. Ça finirait par se voir, on ne peut pas toujours tout étouffer. Et puis certaines Instances… (Je sentis la majuscule lorsqu'il la prononça.) … se sont prononcées en faveur des hommes depuis le commencement des… (Il buta sur le mot.) … temps.

Elles sont toujours là et elles veillent à ce que cela reste ainsi. Alors, malgré leurs divergences de coutumes et de besoins, les clans n'ont qu'une solution : se trouver des intermédiaires impartiaux. Les notaires, dont je suis, font partie de ces intermédiaires. Si l'on fait appel à nous, on doit se conformer à nos décisions qui prennent alors force de loi…

Je titubai sous le choc. On pouvait passer son enfance dans le *De Nomenclatura Creaturarum*, savoir jusque dans ses os que la magie existait et même croiser des revenants dès le petit déjeuner, mais se confronter au voisinage réel de l'AlterMonde, c'était une autre histoire. Jusque-là, ça n'avait été qu'un genre de pays lointain – celui de ma mère et de Géraud – et mon père, Jehan et moi n'étions pas destinés à le visiter. Même pour les vacances. Voilà que j'avais traversé la frontière et rencontré Artus aussitôt. Je n'étais pas sûre d'apprécier.

— Il y en a d'autres ? Des *notaires*, comme toi ? demandai-je avec difficulté.

— Pas énormément. Un par continent, normalement. C'est très… épineux de trouver quelqu'un avec les compétences nécessaires et pas d'affiliation avec un clan.

Il hésita :

— C'est pour ça que j'ai été absent si longtemps. Un contrat ardu à rédiger outre-Atlantique…

Il serra les dents et la colère que j'avais surprise, deux fois déjà, flamboya un instant dans son regard ferme. Il se reprit avec peine.

— Le cours est terminé, dit-il d'un ton sec. Navarre ? Ramène Agnès chez elle et reviens au rapport.

Navarre demeura pensif quelques secondes, considéra un instant les clés de la limousine que Zalia avait laissées sur son bureau puis se tourna vers moi.

— Ça vous dirait de voler, mademoiselle ?

Il ouvrit la fenêtre et je saisis sa main machinalement. Il me hissa près de lui sur le chambranle. Le vertige me prit quand je vis les trottoirs tout en bas mais Navarre assura sa prise sur ma taille. Paris s'étala sous nos pieds tandis qu'il s'élevait avec lenteur. Je tremblai : la Ville Lumière vue des bras d'un prince des ténèbres. Un vrai prince, en prime…

Il me tenait contre lui, un bras sous mes genoux, l'autre soutenant mes épaules, comme on franchit le seuil d'une maison avec une jeune mariée. Je posai ma joue contre sa poitrine que je ne m'étais pas attendue à trouver si tiède. Son parfum poivré m'enveloppa tandis que nous montions sans fin, tout droit, vers le ciel piqueté d'étoiles, dans la brume cuivrée en coupole au-dessus de la cité.

— N'ayez pas peur, je ne vous laisserai pas tomber, souffla-t-il.

Je secouai la tête sans répondre, la gorge nouée. La température était fraîche et vive. Les odeurs de la cité lourdes d'essence et de fumées s'estompaient pour laisser place à un air si pur qu'il en semblait métallique. Le vent sifflait dans nos oreilles et masquait tous les bruits venus d'en dessous.

— Ça vous plaît ? Qu'est-ce que vous diriez d'aller plus haut ?

J'acquiesçai vigoureusement, toujours muette. Il prit de la vitesse et on atteignit des couches d'air un peu plus froides.

— Je ne peux pas aller plus loin, vous manqueriez d'air.

Ça m'était bien égal, j'aurais voulu qu'on file encore plus haut, encore plus vite, jusqu'à sentir mes yeux brûler, mes poumons éclater.

Il me jeta un coup d'œil approbateur.

— Vous aimez, vous aussi ?

— Oui.

— J'ai appris ça, il y a très peu de temps. Je ne m'en lasse pas, j'ai pensé que c'était un truc pour vous.

— Oui.

C'était tout ce que j'étais en état de répondre mais mon sourire extasié parlait pour moi. Il vira sur la droite et on descendit vers la Seine, un ruban luisant traversé de ponts rutilants comme des barrettes de diamants. Les sons de la cité nous rattrapèrent, klaxons lointains, bribes de musique et cris intermittents. Je me serrai instinctivement plus fort contre lui tandis qu'il jouait à se faufiler entre les clochers de Notre-Dame dans un salut moqueur aux gargouilles. Un instant, il me sembla que l'une d'entre elles lui répondait avec ironie.

— Elle a bougé, celle-là, non ? osai-je.

— Je ne crois pas, rit-il. Mais si vous voulez vérifier, il faudra y aller seule, j'évite l'endroit en général.

J'allai demander pourquoi, quand l'évidence de la réponse me frappa et je ris à mon tour. Il descendit alors, je m'efforçai de dissimuler ma déception. Mais au lieu de prendre le chemin du retour vers chez moi, il nous déposa dans un clocheton néogothique sur le toit de cuivre d'un édifice officiel de l'île de la Cité, le Palais de Justice sans doute, ou l'hôpital Saint-Louis, j'étais un peu perdue. On contempla un moment la ville en silence… Il m'avait gardée contre lui, la tourelle était très étroite même seulement pour nous deux. La brise de sol légère rosissait mes joues, je crois que je n'avais jamais été aussi heureuse de ma vie. Les sommets des bâtiments peu éclairés semblaient contenir une marée de clarté mouvante. De temps à autre, mon compagnon me montrait un monument quelconque : le Panthéon, la Tour Montparnasse.

— Qu'est-ce que c'est ? demandai-je à un moment.

— Quoi donc ?

Je désignai des feux minuscules qui dansaient sur un toit plus loin. De toutes petites lueurs irisées, vives et pulsantes, comme une nuée de lucioles hystériques. Navarre suivit la direction indiquée.

— Le Grand Palais… Il y a des ruches là-bas autour du dôme, fit-il comme si cela expliquait tout.

— Euh… oui ?

— Des fées, sûrement, elles adorent le miel.

Je ne commentai pas, contenant non sans peine ma stupéfaction. Des fées, bien sûr ! À Paris ! Sur les toits ! Ça arrivait tout le temps ! J'étais bien bête de ne pas y avoir pensé toute seule !

— Et ça ? dis-je précipitamment pour escamoter ma question stupide.

Trois ombres silencieuses se glissaient le long d'une échelle aérienne qui enjambait deux immeubles aux toitures vert clair. Je m'attendais presque à ce qu'il me réponde « Des démons, évidemment ! » ou « Mais enfin, vous ne reconnaissez même pas des zombies ! » Le vampire se pencha et plissa les yeux pour mieux voir.

— Oh ça, ce sont des cambrioleurs, je pense. À cette heure, les plombiers-zingueurs sont au lit, rit-il.

Je n'eus pas le temps de me vexer, le phare de la tour Eiffel nous enveloppa à cet instant. La crinière d'or de mon compagnon s'embrasa tandis que ses yeux flamboyaient. Noyée dans la lumière, le souffle coupé, je fermai les paupières.

Navarre murmura dans mes cheveux :

— Tenez-vous très droite, vous voulez bien ?

— Comme ça ?

Je m'étais raidie comme un bâton entre ses bras.

— Exactement. Ne vous détendez surtout pas, nous allons essayer quelque chose…

Il me saisit à la taille comme le porteur sa danseuse, et me tint devant lui, le dos calé contre son torse. Je restai roide, telle qu'il me l'avait demandé. Me retenant toujours, il passa son bras sous mes seins, puis l'autre au niveau de mon bassin, me colla plus fort contre sa poitrine. Il s'inclina en douceur avant de s'élever à nouveau.

Nous nous retrouvâmes couchés en l'air, et je peinais pour maintenir mes jambes dans l'alignement des siennes.

— C'est très bien. Écartez les bras, maintenant…

J'obéis et il s'envola comme une fusée avant de foncer à nouveau vers le sol en piqué. Grande Mère, c'était fabuleux, je volais ! Comme un oiseau ! Mes bras écartés rencontraient la résistance de l'air tandis que nous virions en feuille morte pour remonter en flèche jusqu'aux ultimes franges du brouillard d'or au-dessus de la ville. Mes yeux s'emplissaient de larmes et d'étincelles fugitives et ma poitrine palpitait au rythme de nos acrobaties aériennes.

Je tournai la tête de côté pour jeter un coup d'œil à mon compagnon. Il souriait lui aussi, ses longs cheveux décoiffés par le vent de la course. Il pencha son menton sur moi et son sourire s'accentua.

— On va rendre ça encore plus beau, qu'en dites-vous ?

Je ne voyais pas comment ça pouvait être possible mais je hochai la tête. À cet instant j'aurais offert ma vie à celui qui m'avait ouvert à deux battants les portes du ciel.

Il se posa encore une fois et sortit un antique lecteur MP3 de ses poches et deux jeux d'écouteurs. À son signal, je les mis et les premières mesures de *Battle for the Sun* de Placebo frappèrent mes oreilles. On décolla d'un trait tandis que mon cœur se calait sur le *beat* lancinant. J'étendis à nouveau les bras et éclatai d'un rire sauvage qui se perdit dans la voix suave du chanteur envahissant la nuit autour de nous.

En bas, les boulevards se transformaient en fils d'or convergeant vers une place de l'Étoile qui méritait enfin son nom. L'Arc de triomphe s'y dressait avec majesté tandis que le défilé lent des voitures attardées dessinait des guirlandes de phares. Au loin, l'Arche de la Défense jaillissait nacrée entre les tours argentées et futuristes des Hauts-de-Seine. De l'autre côté, tel un gâteau d'anniversaire nappé de sucre glace et couvert de bougies palpitantes, la Basilique du Sacré-Cœur couronnait la butte Montmartre de ses arcs-boutants lourdingues. Pourtant, à cette hauteur, elle paraissait absolument magnifique. Et pas l'ombre d'un fantôme pour salir ces visions de rêve de ses doigts crochus ou de sa face grimaçante.

L'air vif gonflait ma poitrine, j'étais ivre, ivre d'oxygène, de musique et de liberté. Je n'avais jamais ressenti cela de ma vie. J'avais l'impression que la cage dans laquelle j'avais été enfermée toute mon enfance s'était enfin évanouie et que l'univers entier s'offrait à moi, là, à des centaines de mètres au-dessus de cette ville d'une beauté sidérale.

Contre Navarre.

Chapitre 8

Il me déposa haletante devant ma porte.

– Merci, murmurai-je, incapable de montrer ma reconnaissance éperdue.

Il sourit à mes joues rougies par la course, levant un doigt pour les effleurer. L'ongle d'ivoire glissa sous ma mâchoire pour relever mon menton, dessinant un trait de feu tout le long de son parcours tandis que mon cœur ratait un battement. *Il ne va pas m'embrasser, non ?* pensai-je affolée alors que sa tête magnifique se penchait vers la mienne. Mais ce fut seulement pour me susurrer dans l'oreille.

— Merci à vous. Certaines personnes ont faim et soif de liberté. Rien de plus grisant que partager leur ivresse quand on les en abreuve enfin.

Une des plus longues phrases que je lui avais entendu prononcer depuis notre rencontre. Je reculai d'un pas, mi-dépitée, mi-soulagée. Un baiser de cet homme après une expérience pareille, je ne suis pas sûre que j'aurais pu y survivre. Je le quittai avec précipitation tandis qu'il déclarait mystérieusement dans mon dos :

— En outre, vous me rappelez une statue que j'ai bien connue…

Interloquée, je me retournai et vis qu'il laissait traîner ses yeux sur mes fesses avec amusement. C'était assumé avec tant de naturel et une absence de gêne si totale que je ne songeai pas à protester. Je refermai la porte d'entrée pour me précipiter sur le miroir en pied afin de vérifier si mon pantalon n'était pas sale.

Mais non, pas la moindre tache et mon postérieur était exactement le même qu'à l'accoutumée : c'est-à-dire étroit et anguleux comme celui d'un adolescent. Je soupirai en pensant aux formes voluptueuses de Zalia et renonçai à trouver une explication.

Puis je me jetai devant la télé avec un plateau-repas succinct et l'impression que je ne pourrais rien avaler. J'allumai le poste sans choisir la chaîne pour tomber devant les dernières infos de la journée. Je les regardai d'un œil morne mâchant mes chips aux crevettes et mon jambon sec jusqu'au moment où passa un long reportage relatant les affrontements récents entre deux bandes rivales non loin de chez moi.

J'avais toujours su que mon quartier n'était pas aussi paisible qu'il en avait l'air. Les cités-dortoirs au bord du périphérique étaient discrètes mais elles étaient bel et bien là avec leurs pauvres gosses désœuvrés, acculturels et déracinés, persuadés d'appartenir à un ailleurs que seuls leurs parents avaient connu. Ils défendaient pourtant leur bout de trottoir contre leurs voisins avec une territorialité allant parfois jusqu'au meurtre que je trouvais schizophrénique. Comment pouvait-on se sentir chez soi dans un bloc de quatre immeubles et se considérer en terre étrangère dès qu'on en franchissait les limites ?

Mais le reportage mettait l'accent sur un apaisement soudain entre les factions rivales, apaisement dont personne ne trouvait l'explication et qui était d'autant plus étonnant que nous étions à la veille d'un grand tournoi international de football, événement qui avait toujours tendance à exacerber ces frictions interethniques. Je ne comprenais pas non plus, jusqu'à ce que le plan de Géraud s'impose en surimpression à l'image du reportage. Et si les clans de garous qui, selon mon oncle, contrôlaient réellement les lieux étaient à l'origine de cette accalmie inexplicable ? Ça se tenait.

Le monde extérieur m'apparut soudain encore plus étrange et menaçant qu'il m'avait toujours semblé depuis ma fenêtre. En avoir constaté l'insondable beauté du creux des bras de Navarre ajoutait à ma désorientation. J'étais sonnée, exactement comme si on m'avait rouée de coups toute la journée précédente.

Lorsque Zalia sonna le lendemain, j'étais prête. Forte des avertissements reçus dans le bureau de Géraud, il n'était plus question qu'elle soit chez moi pendant que je me préparais dans la salle de bains. J'avais choisi une robe crème trois trous dessous du genou (et pour cause, les croûtes dont ils s'ornaient ne me semblaient pas d'un effet terrible), cette fois, assortie d'un spencer de toile noire. Mes escarpins s'assortissaient fort bien avec.

Le trajet jusqu'à l'Étude se déroula sans incident, personne ne nous suivit. Sauf qu'un peu angoissée par ma sirène de chauffeur et ses pulsions supposées envers moi, je ne prononçai pas un mot. Elle ne s'en aperçut pas toute à sa volubilité coutumière.

On entra dans la salle d'attente. Géraud jurait entre ses dents devant les fauteuils Voltaire démembrés, la porte en morceaux et la table en miettes.

— Bon, il faut nettoyer ce désordre ! Occupe-toi des journaux, me dit-il en désignant le fatras déchiqueté qui jonchait le sol. Zalia, filez en acheter d'autres !

Elle hocha la tête et fonça à nouveau dans l'escalier. Un sac-poubelle en main, je m'attaquai à mon ouvrage en pestant intérieurement, si Maman m'avait légué quelque chose de sa nature profonde, c'était bien son horreur du ménage. Je jetai un coup d'œil à la porte d'entrée : elle avait été réparée pendant la nuit. Géraud suivit mon regard et me renseigna :

— Je m'en suis occupé avant de partir, hier. Je n'allais pas laisser le bureau ouvert à tous les vents. Cela dit, je crois que je vais la changer quand même, ce serait mieux si elle était blindée.

Je donnai un petit coup sec sur la paroi et secouai la tête :

— Ça ne servirait à rien. Ce n'est que du placo, il suffirait de traverser le mur…

— Un cambrioleur prêt à défoncer un mur ne se laissera pas arrêter par une serrure sept points, même numérique, je suis d'accord. Mais ça éliminera tous les autres. Si ta mère…

Il s'arrêta net, son visage se ferma. Il allait dire qu'il lui aurait demandé un charme de clôture, je suppose. Alors je me penchai sur lui avec timidité et posai la main sur son bras.

— Ça, je peux le faire, lui proposai-je. C'est de la magie « mécanique », comme les pentacles…

Il y a deux sortes de magies. D'abord, celle que tout le monde peut utiliser, la « mécanique », à la portée du simple humain comme celle du très grand mage. Il suffit d'avoir les bons ingrédients, les bons symboles et les bonnes paroles, une recette de cuisine de niveau moyen. Une grande partie est d'ordre médical, surtout liée aux « problèmes typiquement féminins » comme disait ma mère en pensant aux grossesses non désirées, ou centrée sur la préservation des personnes et de leurs possessions. Celle-là, je la connaissais bien, Maman y avait veillé.

Et puis il y a la magie « de sang », celle qu'on hérite normalement de sa lignée ou de l'espèce à laquelle on appartient. Parfois, mais c'est très rare, on peut l'obtenir par mariage ou adoption par deux parents de lignées éloignées, mais c'est très compliqué et ça exige d'énormes sacrifices des parents adoptifs. L'une des douleurs persistantes de ma mère, la véritable raison de sa haine pour l'AlterMonde, tenait au fait qu'elle n'avait pu convaincre aucune de ses anciennes relations de m'adopter, ce qui m'aurait donné la magie de sang et donc le contrôle sur mon don catastrophique.

Géraud retira son bras en douceur.

— Non, je te remercie. Je ne voudrais pas que tu payes…

Il savait que cela aurait un effet sur ma perception des fantômes. Tout a un prix en ce monde et la magie est encore ce qui coûte le plus cher. En m'en servant, j'ouvrais une voie royale à tout ce qui pouvait se balader de spectral dans le coin. J'en avais été consciente en le proposant, mais j'avais espéré que Géraud n'y prêterait pas attention.

Enchanter quelque chose revenait à se percher sur une montagne en plein orage, une longue tige d'acier à la main, les pieds dans une belle flaque. On pouvait aussi en profiter pour insulter Zeus, ou n'importe quel autre dieu du tonnerre, ça n'aggraverait pas les choses. Car se demander « si » la foudre frapperait était inutile, la bonne question était « quand ? »… C'était le seul suspense.

Géraud me sourit avec gentillesse, se pencha sur les meubles et la vague habituelle reflua dans le petit salon. Débris par débris, les fauteuils se recomposèrent comme dans un film passé à l'envers tandis que la table basse se rétablissait sur ses quatre pieds sculptés. La porte de communication défoncée et la gravure de la pièce principale subirent le même sort.

— Géraud ? Tu te rends compte que tu es en plein *faites ce que je dis, pas ce que je fais* ? demandai-je.

Il ne répondit pas, continuant son œuvre réparatrice. J'insistai :

— OK, et tu viens d'en prendre pour combien, là ?

Géraud soupira avec lassitude.

— Je ne sais pas. C'était très localisé. J'ai remonté le temps de ces meubles sur les quelques secondes de leur destruction. Je pense que je viens de *perdre* deux ou trois mois, pas plus. Pas comme avec les fleurs, où j'ai dû remonter quinze j…

Il s'interrompit net avec un rictus amer. Géraud voulait dire qu'on lui avait rajouté deux ou trois mois de vie environ en rétribution de son jeu avec le temps. C'était sa malédiction : chaque fois qu'il usait de son pouvoir, sa vie s'allongeait un peu plus. J'ignorais à quel stade il en était, mais je savais bien que cette éternité forcée n'était plus de son goût depuis très longtemps. Il était clair que le rôle principal de Navarre dans le bureau consistait à lui éviter de s'en servir. Au moins dans un but offensif.

Hormis cela, la nature intime de Géraud restait un mystère. Ni lui, ni ma mère ne m'avaient jamais raconté ce qui lui avait valu cela. En tout cas, c'était sûrement sa relation particulière avec le temps qui le rendait aussi proche de l'infaillibilité que possible. C'était aussi pour cela, et bien qu'il ait été un sorcier à l'origine, que ma mère avait refusé net de lui demander de m'adopter. Le prix que Géraud aurait été obligé d'acquitter aurait été trop élevé : il se serait compté en siècles supplémentaires… Ce refus était l'un des rares motifs de dispute entre mes parents à propos de mon oncle.

Lorsque Géraud eut terminé, il se redressa et me fit signe de le suivre dans la pièce adjacente : le cabinet de toilette. Il était assez grand, pourvu d'une douche et d'une table avec un miroir entouré de lampes comme ceux des loges d'acteurs. Un monceau de produits de beauté l'encombrait.

— C'est le repaire de Zalia, m'informa Géraud, inutilement.

Cinq casiers s'ouvraient contre un des murs. Mon oncle profita de l'occasion pour m'en attribuer un ; ensuite, il me fit visiter la cuisine et la chambrette qui donnaient, elles, sur la pièce principale. Il y avait quatre lits de camp, des ballots de couvertures. La pièce ne comportait pas de fenêtre au contraire de la petite cuisine et de la salle de bains. Ce devait être un ancien dressing à l'origine.

— On y mettra ton lit plus tard. (Et devant mon incompréhension, il rajouta :) On dort ici dans ces moments-là…

— Quels moments-là, Géraud ? fis-je avec une patience que j'étais loin de ressentir. Et pour qui est le quatrième lit ?

— Parfois, il n'est pas bon pour nous de rester seuls, répliqua mon oncle sans daigner s'expliquer plus avant ; mais il sourit à mes capacités en math. Quant au lit supplémentaire, il est pour Thomas, mon associé. Tu ne l'as pas encore rencontré. Il est en vacances.

— Thomas est *toujours* en vacances, intervint Zalia qui revenait avec les journaux, d'une voix aigre. Sur une île quelconque, et en compagnie d'une pétasse en général !

Pas besoin d'être grand psychologue pour comprendre que la belle rousse n'appréciait pas vraiment l'associé.

— Et c'est quoi, cette fois ? Un sorcier ? Un garou ? dis-je en me croyant fine.

— C'est un connard, de toute façon !

— Zalia, s'il vous plaît… reprocha Géraud avec douceur. Il est à Ouessant, chez sa mère…

— Qu'est-ce que je disais à propos de pétasse ? grogna encore une fois Zalia qui, rencontrant le regard de mon oncle, sembla rétrécir et fila sans un mot de plus à son bureau rectifier son maquillage.

— Thomas est une sirène, enfin UN sirène, me renseigna-t-il. Et donc un excellent avocat ; sa partie, c'est de tirer les immortels des griffes de la justice humaine. La plupart du temps, il s'occupe de leurs PV pour conduite dangereuse ou règle leurs conflits avec les Impôts. Les éternels ont du mal avec le permis et la comptabilité… Mais Zalia a toujours l'impression qu'il marche sur ses plates-bandes…

— Et c'est pas vrai ? s'indigna-t-on de l'autre pièce. Quand Monsieur débarque avec son costard sur mesure, et qu'il prend des airs importants parce qu'il a tout l'océan derrière lui…

La suite s'acheva dans un murmure rageur où surnageaient quelques malédictions redoutables : Zalia venait de rater un trait d'eye-liner.

— Ah, oui ! fit Géraud aussi hilare qu'il pouvait l'être, il y a cela aussi… L'océan…

Il me prit par le bras et me fit ressortir de la chambre.

— C'est très rare que nous ayons besoin de camper ici, me rassura-t-il. Je propose que nous allions déjeuner, veux-tu ?

La matinée avait filé sans que je m'en aperçoive. Zalia réservait une table chez Corben. Je restais médusée par les capacités de travail « invisible » de la jeune femme. Elle avait toujours l'air de se recoiffer, se remaquiller, d'arranger son fond de teint ou autre chose d'aussi fondamental, mais son bureau, qui à mon arrivée avait été encombré de courrier et dossiers, était vide à présent et aussi propre que celui de Géraud. En revanche, deux piles monumentales s'accumulaient sur le mien.

Je grimaçai.

***

Je ne mis pas très longtemps à m'accoutumer à la routine du bureau et à m'y sentir aussi à l'aise que dans la maison de mon enfance. Mes genoux passèrent du pourpre au bleu, puis au jaune avant de cicatriser vraiment. Le jour où je pus débarquer à l'Étude vêtue d'une tunique courte en voile de cachemire prune et, enfin, de la minijupe assortie fut une consécration. Navarre lui-même me fit compliment de ma tenue, mais son regard parlait clairement de mes jambes. Un sourire stupide s'installa alors sur mes lèvres et y campa toute la journée.

Le chagrin de mon deuil s'estompait lentement sans que je m'en aperçoive. J'étais si heureuse d'avoir retrouvé mon oncle après une si longue absence ; et fascinée, je découvrais l'extérieur peu à peu, moi qui jusque-là m'étais résignée à n'en connaître que les franges, les quelques images et les sons étouffés qui traverseraient le jardinet de ma mère pour s'insinuer dans la maison.

Au lieu de cette réclusion éternelle, je rencontrais sans cesse des gens nouveaux, surtout au Goth Goth Bar où nous déjeunions pratiquement tous les jours, Géraud et moi. À moins que le travail en cours ne nous oblige à nous contenter d'un sandwich sur l'angle de nos bureaux.

J'avais appris à mieux connaître Corben. Le colosse cubique à la barbe de nuit et aux sourcils diaboliques, était, en autre chose, l'auteur de la monstrueuse vitrine, ces deux épouvantables pin-ups en bas résille. Personne n'osait ricaner, ni menacer l'œuvre d'art d'un geste maladroit. La baie vitrée ne s'était effondrée qu'une fois à ma connaissance, mais c'était Corben lui-même qui avait balancé un client désagréable au travers, ainsi que me l'avait appris une Zalia admirative.

De toute façon, il n'arrivait jamais rien au Goth Goth Bar que Corben n'aurait pas autorisé. Géraud m'avait appris qu'il avait enfoncé dans le crâne des divers Clans de la Capitale – parfois à coup de barres à mine ou de pieux dans le cœur – que son établissement était un endroit neutre, d'une neutralité féroce qui ne s'embarrassait ni des questions de rang ou de puissance pour exiger son respect.

Ces détails mis à part, Corben était un type charmant doté d'un sens de l'humour foireux, témoin le surnom sous lequel il se présentait : Corben Laden, un gag atroce qu'il répétait jusqu'à la nausée. Il avait même imprimé des cartes de visite à l'usage des *newbies* qui auraient eu le bonheur de l'ignorer trop longtemps. On m'avait épargné ça la nuit de mon arrivée, mais uniquement parce que j'accompagnais Géraud.

Corben s'entendait très bien avec Zalia, qui était folle de calembours et de jeux de mots lamentables. Les soirées où ces deux-là étaient en verve relevaient du cauchemar. Surtout quand ils décidaient de faire un concours dont le prix était une nuit avec l'autre, en général. J'ignore la manière dont ils déterminaient qui était le gagnant, ni ce qu'ils trafiquaient pour que le perdant *ne couche pas*.

Mon oncle, une fois ou deux, avait émis l'idée que nous déjeunions ailleurs pour que je ne m'imagine pas que le monde entier se vêtissait de dentelles en cascades, de velours frappé boutonné de perles, ou de cuir noir clouté et semé d'épingles à nourrice. Mais j'avais refusé, je n'étais pas encore prête et il arrivait que ma liberté nouvelle – bien que relative et dépendante de la présence de Navarre la plupart du temps – me tourne la tête. Tous les soirs, je rentrais harassée et pantelante chez moi ; le travail n'y était pas pour grand-chose, même si je ne chômais pas. C'était surtout la déferlante du monde extérieur et les émotions qu'il suscitait en moi qui m'épuisaient. Bien sûr, Navarre arrivait en tête de liste parmi la gamme d'émois en question.

Je ne savais pas comment j'arrivais à me tenir en sa présence. L'habitude de défier les lois de la gravité quel que soit mon degré d'alcoolémie ou de tétrahydrocannabinnol devait y être pour quelque chose. N'empêche que je détestais ces soirées de printemps puis d'été trop douces, lorsqu'il débarquait en débardeur moule-pectoraux agrémenté d'un jean slim qui ne nous laissait aucune illusion quant à la justice divine et à la perfection du reste de sa personne. Parfois, je me disais que je me serais damnée pour le voir en maillot de bain, mais la vérité c'était que j'avais bien trop peur d'y penser pour le restant de ma vie.

De toute façon, Navarre ne m'aurait pas regardée, sauf si j'avais été moulée comme Pamela Anderson. Et j'aurais eu, hélas, quand même plus de chances si j'avais lorgné côté Antonio Banderas. Il n'avait pas de préjugés disait-il pourtant, sauf contre les petites choses fragiles. Ça tombait mal parce que, comme je l'ai dit, j'avais l'air d'un elfe anorexique sur le point d'embarquer pour les îles Bienheureuses. Navarre, lui, quand il cessait de courir le gueux, il sprintait après de simili Junon. À moins d'un mètre quatre-vingt-cinq et soixante-dix kilos de muscles en titane, il ne baissait pas les yeux.

J'étais folle de lui et tous les soirs, j'attendais avec impatience l'instant où il me prendrait dans ses bras pour un nouveau survol de la ville.

Il m'aimait bien. Quand je diffusais mon malaise sexuel sur huit cents mètres, il se contentait de sortir prendre l'air. Dans ces cas-là, Oncle Géraud me contemplait pensivement, poussait un soupir inaudible et replongeait dans ses archives. De temps en temps, quand il en avait vraiment assez, il m'en refilait un à traduire intégralement. Je vous jure que la paléographie latine testamentaire, c'est passionnant à côté des comptes d'agronomes paléolithiques en linéaire b. Le linéaire b, il n'y a rien de mieux pour éteindre la libido la plus ardente, sauf peut-être le linéaire a. Au bout de trois pages, vous n'envisagez pas le couvent parce que vous supputez qu'on vous y refilera des documents du même acabit. Mais le trekking en tongs dans la jungle birmane paraît une alternative séduisante.

Tout cela était très routinier pour le bureau au fond, et je ne m'en rendais pas compte. Géraud avait décidé de me laisser du temps pour m'habituer. Il poussait seulement à la roue pour que je me décide à déménager. Il était inquiet pour moi, je pensais qu'il avait peur que je ne renonce pas si facilement à ma tranquille réclusion d'un côté, et que de l'autre je ne sois pas armée pour affronter l'extérieur. Il n'avait pas totalement tort, j'oscillais sans cesse entre l'ivresse de ma liberté nouvelle et la terreur qu'elle me causait.

La vieille maison parentale était… parentale, justement, selon lui. Il pensait qu'il était temps pour moi d'avoir mon propre foyer, un endroit où je ne me sentirais pas inconsciemment obligée de demander la permission à des morts pour inviter quelqu'un.

Je n'essayai pas de lui démontrer que je n'avais personne à inviter. Mes parents avaient vécu leur vie en buvant littéralement la présence de l'autre, ils n'avaient jamais eu besoin d'amis, Géraud lui-même mis à part. Quant à ceux de Jehan, ils m'avaient oubliée, même les rares garçons, deux ou trois, qui quelquefois n'avaient pas passé la nuit dans la chambre de mon frère.

C'était de ma faute, il fallait bien l'avouer. Ma malédiction personnelle, que j'étais bien obligée de leur cacher, se dressait, barrière infranchissable entre eux et moi. Je mettais l'essentiel de mon énergie à leur cacher que je sursautais au simple contact de leur peau. Avant de me laisser enfin submerger par mon propre désir, je devais affronter les fantômes qu'ils transportaient.

J'avais acquis la réputation d'une fille qui ne s'embarrassait pas de sentiments pour choisir ses partenaires et qui se montrait assez distante avec eux. Cela ne convenait pas longtemps au genre de garçons que fréquentait mon frère. Ils étaient comme lui, terriblement normaux, ouverts et généreux, souvent tendres. Ils cherchaient des partenaires de leur acabit. Des filles avec lesquelles partager un peu plus qu'une nuit de passion, de temps en temps. Je leur semblais, malgré moi, froide et sans cœur. Je suppose que mon passage en prison n'avait pas amélioré les choses, si toutefois ils l'avaient appris.

Navarre, par comparaison, était non seulement le plus beau spécimen de mâle que j'eus jamais croisé, mais en plus, je n'étais pas obligée de m'en tenir éloignée ni de feindre d'être autre chose que ce que j'étais en sa présence.

Ce qui redoublait mon attirance pour lui et ne m'arrangeait pas du tout, évidemment. Mais je n'aurais pas laissé ma place pour un empire quand il me raccompagnait. Déménager aurait signifié la fin de ces envols échevelés auxquels j'en étais venue à tenir plus qu'à n'importe quoi au monde. Même si en général, Navarre se contentait de me ramener droit à la maison parce qu'il n'avait pas le temps.

Je traînais donc pour céder aux arguments de Géraud. Pourtant, je regardais quand même les alentours du bureau. Dans le coin, les voisins de l'AlterMonde n'étaient pas envahissants comme les garous de mon quartier.

Depuis l'entrevue d'Artus avec Géraud, il ne se passait pas de semaine sans que l'un d'entre eux sonne pour me demander cérémonieusement si j'avais besoin de pain ou porter une lettre quelque part. Ces grands types farouches aux muscles ondulants et à la démarche de prédateurs me fichaient une frousse de tous les diables, assez paradoxale quand on songe à quel point je me sentais en sécurité avec Navarre. Même quand nous piquions ensemble vers le sol à une vélocité folle.

L' « anarchie russe » comme l'avait appelée Géraud me convenait, comme la proximité avec le Goth Goth Bar que j'appréciais de plus en plus. Là non plus, je n'étais pas obligée de simuler et en plus, j'étais à l'abri. Corben était un membre honoraire de l'AlterMonde, quant à son serveur, Haniel, il en faisait carrément partie même si j'ignorais à quelle espèce il appartenait.

La fin du mois d'août sonna celle de la tranquillité : sans doute que mon oncle avait estimé que j'étais prête à affronter n'importe quoi et à ne plus m'étonner de rien. Les premiers clients se présentèrent à l'Étude.

Chapitre 9

Le Cénacle Majeur qui régnait sur tous les vamps du huitième arrondissement avait rencontré de graves problèmes de discipline avec un des leurs, ils avaient décidé de l'éliminer. D'après ce que j'avais compris, ils n'avaient que suivi en cela les ordres exprès du Haut-Cénacle parisien qui, lui, régentait la France entière. Ce dernier, d'ailleurs, enverrait un observateur afin de vérifier que tout se passait selon leurs règles. Avant l'exécution de la sentence, le condamné devait rédiger son testament. Le Cénacle Majeur s'était tourné vers nous pour tout mettre en ordre.

Quand j'avais pris le rendez-vous au téléphone, tout m'avait paru très simple, voire sympa. J'avoue que, Navarre mis à part, je n'appréciais pas vraiment les vamps. Un de moins, c'était toujours ça de gagné, je ne pleurerais pas. En outre, il avait dû tirer sur la corde celui-là, pour que les siens aient décidé de le retirer de la circulation.

Les cénacles français – Géraud m'avait signalé que c'était très différent aux États-Unis – étaient d'une discrétion paranoïaque. Ils avaient édicté un « code de prélèvement » draconien auquel le Haut-Cénacle veillait avec une sévérité redoutable. Ne parlons même pas de leurs procédures d'admission à l'Offrande

Ténébreuse qui renvoyaient l'obtention de la nationalité suisse au rang de simple contrariété. Notre client avait enfreint la plupart des règlements en vigueur sur ces deux points précis, avec plaisir et à plusieurs reprises. Il avait commis d'autres crimes spectaculaires, s'attaquant à des enfants ou des femmes célèbres, et semé les novices chaque fois que cela lui était passé par la tête.

Pire encore, une fois créés, il les oubliait et les abandonnait sans aucune préparation aux angoisses de la Transformation. Certains d'entre eux dont il avait été incapable ou peu désireux de donner les noms passeraient leur éternité à se dessécher dans leurs tombeaux, impuissants, ne comprenant rien à ce qui leur arrivait, et sombrant trop lentement dans la folie.

Bref, c'était un complet salaud et la Terre ne tournerait que mieux lorsqu'il aurait disparu. J'en étais convaincue. Seulement, je n'avais pas prévu de me retrouver nez à nez avec lui. Ni qu'il sortirait du même tonneau que Navarre.

***

Quinze jours après le coup de fil, deux vamps sonnèrent à la porte d'entrée.

Je les accueillis sans enthousiasme. J'étais fatiguée, la journée avait été longue et je commençais à comprendre pourquoi le reste de l'univers déteste les lundis. Ma nouvelle minijupe gris perle me serrait trop à la taille, mon body de soie mandarine me donnait un teint de noyée, j'avais mal aux pieds, rien n'allait. Pourtant, Géraud avait envoyé Zalia me chercher plus tard que d'habitude ce matin-là, en prévision du rendez-vous vespéral avec le Cénacle.

Navarre arriva presque au même moment que ses congénères. Nos visiteurs n'avaient pas eu le temps d'entrer qu'il était déjà dans son fauteuil dans une pose nonchalante, sexy en diable, qui eut le mérite de me réveiller vraiment. Je remis précipitamment mes chaussures que j'avais abandonnées sous mon bureau comme toujours. Il se pencha, impassible, pour récupérer un de ses sempiternels vieux comics, mais cette indolence n'était qu'apparente et je le connaissais assez pour savoir que cette attitude ne lui ressemblait pas.

Navarre avait banni la gravité de sa vie. Il ne parlait pas beaucoup, jamais pour se confier. Il aimait rire, jouer et plaisanter, et il s'en tenait à ça. La chose la plus grave que je lui avais entendu dire était que les vieux vampires devenaient fous à force de se prendre au sérieux. Lui, il avait l'intention de devenir un *très* vieux vampire, absolument sain d'esprit et totalement futile. Il s'y employait avec soin, et sa légèreté permanente, si contradictoire avec sa nature obscure, rajoutait à sa séduction.

Je n'eus donc aucun mal à déceler les contractions minuscules de ses bras censément alanguis sur le cuir. Je me raidis à mon tour, mal à l'aise pour la première fois en trois mois dans cette pièce où j'avais pris mes marques.

Les deux vamps entrèrent dans le bureau. C'étaient de jolis jeunes gens, sanglés dans des costumes bien coupés mais qui ne leur allaient pas vraiment. En jean et tee-shirts, ils auraient été de magnifiques incarnations de ces braves garçons nourris de yaourt et de Coca-Cola. Ils nous saluèrent, Zalia et moi, mais ignorèrent Navarre avant de se planter devant Géraud et de s'incliner devant lui. Assez bas.

Devant le mépris de ses congénères, un petit muscle tressauta plus fort à la commissure des lèvres de Navarre qui feuilleta encore plus ouvertement son comics.

Géraud ne fit pas asseoir les visiteurs. Il hocha la tête sans un mot, tandis que Zalia disparaissait aux toilettes dans le but apparent de se recoiffer. La brosse dans sa main tendait à le prouver. Les deux vamps parcoururent la pièce du regard, l'un d'entre eux sembla demander l'accord de Géraud pour examiner la chambrette attenante. Il en revint quelques secondes plus tard.

— Pas de fenêtres, les murs externes sont porteurs et les cloisons donnent ici. C'est bon, monsieur, on peut l'amener.

Géraud acquiesça et se désintéressa de la question, piochant dans sa réserve de courrier en retard. L'un des deux vamps envoya un SMS, puis les deux compagnons se postèrent dans la salle d'attente.

Je me penchai vers Navarre et chuchotai :

— Les vamps se servent de cellulaires ? Vous n'êtes pas télépathes, normalement ?

— C'est impoli et très difficile de coller ses pensées dans la tête de quelqu'un avec qui on ne couche pas, ou qu'on ne boit pas, me répondit-il sur le même ton. Les Maîtres de Cénacles ne peuvent pas baiser tous leurs serviteurs pour le plaisir relatif de savoir ce qu'ils pensent…

Il jeta un coup d'œil railleur à ses semblables, me sourit et replongea dans son livre. Dix minutes plus tard, la sonnette retentissait une nouvelle fois.

Ils n'étaient pas moins de quatre pour surveiller le prisonnier. Un cinquième, un vamp grand et roux les dirigeait. Avec des lunettes, ce visage sérieux et carré, beau dans son genre, aurait parfaitement convenu à un impitoyable inspecteur des Impôts. Ou un expert-comptable, du genre de ceux dont les audits font virer la moitié du personnel d'une entreprise pour fraude et la seconde moitié pour complicité de prise illégale d'intérêt.

Un sixième les suivait, ployant sous un énorme paquet de cuir large de deux mètres sur trois. Un son métallique retentissait chaque fois qu'il bougeait. Celui-là nous ignora et se rendit aussitôt dans la chambre « d'amis » dont il ferma la porte. À travers le panneau de bois, les bruits de métaux entrechoqués devinrent plus violents, il montait quelque chose.

Tous les autres s'entassèrent dans le bureau comme un rempart entre le condamné et nous ; le grand roux en tête. Navarre se leva pour se poster devant la fenêtre, l'obstruant presque complètement de ses larges épaules. Sa bande dessinée toujours en main, il nous tournait le dos, fixant les toits de la basilique en face qu'il aimait beaucoup à cause des pigeons y nichant toute l'année. Je le soupçonnais d'avoir donné un nom à chacun d'eux.

Il y eut un long silence. Le vampire prisonnier finit par laisser tomber :

— Bonjour Géraud, ça fait un bail, hein ?

— Tu ne m'as pas manqué pourtant, rétorqua mon oncle sans lui rendre son salut.

— Je n'y comptais pas non plus, fit l'autre en se retournant pour nous considérer Navarre et moi.

Ses gardes du corps se tendirent mais, au signe d'apaisement de leur chef roux, ne firent rien pour l'en empêcher. Une solide chaîne d'argent entravait ses mouvements, refermée autour de ses poignets protégés par une paire de gants de cuir noir. Un des vamps retenait l'autre extrémité de la chaîne. Il portait des gants lui aussi. Je ne compris pas tout de suite leur intérêt avec la chaleur de cette fin de mois d'août.

Le prisonnier s'avança d'un pas vers nous, la chaîne glissa sur sa peau nue. Il y eut une petite volute de vapeur et il grinça de douleur contenue. Avec précaution, son gardien redisposa les mailles étincelantes sur le cuir et je pus enfin apercevoir son visage. Merde, encore un mec splendide !

Heureusement que celui-là ne va pas faire long feu, me dis-je, affolée.

Il était aussi sombre que Navarre était lumineux. Ses cheveux de suie bouclée luisaient et ses yeux d'améthyste opaque et fumée étincelaient. Bâti comme un dieu adolescent, en angles, en muscles longs et déliés, son allure avait quelque chose de létal, même dans ces conditions. Il rappelait une panthère noire tenue en laisse et la même tension féline habitait ses yeux froids. Beau à mourir, la tournure était particulièrement adaptée. Il pencha sa belle tête aux traits délicats et au nez finement dessiné.

— Salut Navarre, tu es toujours aussi appétissant, mon chéri ! Tu seras content de savoir que je t'ai donné mon sang…

Navarre se retourna lentement. Il ne blêmit pas puisqu'il en était incapable, mais je vis ses longs doigts aristocratiques se crisper sur le papier bon marché de sa bande dessinée. Colère ou autre chose, j'étais incapable d'en juger. Navarre jeta un œil à Géraud qui le lui rendit, impavide.

La Maîtresse de Cénacle débarqua à ce moment-là sans s'annoncer, ni frapper à la porte. Elle apparut simplement au milieu de la pièce, comme Navarre quelques minutes plus tôt. Le grand roux s'inclina très bas devant elle. En passant, la Dame lui frôla le poignet comme pour une caresse.

— Denis… murmura-t-elle dans une espèce de bonjour avant de se tourner vers nous.

Elle était étonnante, elle aussi. Le plus surprenant peut-être fut que Géraud ne s'offensa pas de cette intrusion sans sommation qu'il n'aurait pas manqué de reprocher à Navarre.

C'était une très vieille femme. Je la considérai une bonne minute avec stupéfaction. Je croyais que les vampires restaient éternellement jeunes, mais elle était ridée comme une pomme oubliée dans un plat. Sa peau jaunie tel un papier transparent se tendait sur ses pommettes et son menton trop pointu, le crâne presque visible à travers la fine pelure parcheminée. Une unique tresse blanche, épaisse comme une corde couronnait son visage, toujours magnifique malgré les attaques du temps.

— Ma Dame Bathilde, fit mon oncle avec une révérence marquée.

Le respect dans ses yeux était évident, l'affection aussi. Il la connaissait depuis très longtemps, cela se sentait.

— Bonjour, mon petit, souffla-t-elle.

Houla ! « Mon petit » ? Encore plus de temps que je ne l'avais cru !

Géraud lui désigna un des horribles sièges *design* destinés aux invités où elle prit place avec une dignité incroyable. J'ignorais qu'on pouvait s'asseoir dans une chaise de plastique ridicule et proclamer ainsi qu'une reine était en séance. Denis se posta à ses côtés comme un garde ou un Premier ministre.

Quelques secondes plus tard, un autre vamp se matérialisa directement dans le siège près d'elle. Sanglé dans un costume noir à fines rayures grises repassé à la perfection, il était grand et sévère, un visage impassible en lame de couteau. Son corps immobile donnait l'impression qu'une statue était apparue dans le bureau.

Il honora Géraud et Bathilde d'un coup de menton sec que seule Bathilde lui rendit avec usure, quant aux autres, moi y compris, il nous ignora impérialement. Géraud se contenta de le fixer droit dans les yeux. Tout autre se serait agité sous un regard pareil, le vamp n'en parut que plus rigide. Il engagea Bathilde à parler d'un battement de cil.

— Herfauges est condamné, dit-elle avec réticence.

Elle entrait en matière, elle savait qu'elle n'apprenait rien à Géraud et ne parlait que pour le nouveau venu. Elle fit un signe à Denis qui remit une chemise cartonnée à mon oncle.

— Tu trouveras ici la liste des enfants que mon fils a semés lorsqu'il était humain encore. C'était il y a treize siècles, comme tu te doutes, mais nous avons suivi leurs vies quelque temps. Deux d'entre eux ont été adoubés sous Louis XI. Pour le reste, il y a les archives du Cénacle, nous te les enverrons…

Sidérée, je contemplai le prisonnier et le regrettai tout de suite car il surprit mon regard qu'il me rendit dans un coup d'œil appréciateur, traînant longuement sur ma poitrine inexistante. Il me sourit, prenant soin de découvrir ses crocs. Je frissonnai. Alors cet Herfauges était le fils de la Maîtresse de Cénacle ? Pas étonnant qu'ils aient été si patients avec lui.

— J'ai l'habitude de ce genre de recherches… J'imagine qu'il est inutile de vous présenter mes condoléances pour la perte que vous allez subir ? murmura mon oncle.

Dame Bathilde jeta un œil circonspect à son voisin toujours aussi impavide.

— Herfauges s'est aventuré trop loin, notre patience est à bout, articula-t-elle lentement. Mille trois cents ans de provocations, Géraud ! Lorsque tu auras retrouvé ses descendants, il devra choisir parmi eux. Il me faut un Dauphin, quoi qu'il arrive.

Ici, le vamp à ses côtés se redressa et prononça d'une voix glaciale :

— Je suis témoin. Le Maître du Haut-Cénacle sera informé que tout est en ordre. Je vous laisse à présent.

Il se pencha rigide et faussement compatissant vers Bathilde :

— Vous n'y perdrez pas, ma chère, et votre Cénacle non plus. Le Maître sera content de vous…

Il disparut aussi abruptement qu'il était arrivé. Il y eut dans la pièce une espèce de soulagement immédiat comme si tout le monde avait retenu sa respiration tant qu'il était là. Même la royale Bathilde se détendit, mais ce fut très bref, elle se reprit aussitôt et dit à Géraud :

— Je suppose qu'il vous a averti pour son sang ?

Mon oncle opina lentement, comme avec précaution. Bathilde se tourna vers Navarre :

— Ça te réjouit, vipère, de t'abreuver de sang royal ?

Navarre protesta avec un sourire feint :

— Eh, Majesté ! Je n'ai rien demandé, moi ! Comme d'habitude, vous me tombez dessus à sa place !

— Tu as toujours eu une influence épouvantable sur mon fils !

Il leva les yeux au ciel.

— Herfauges était déjà un putain de psychopathe cinq cents ans avant ma naissance, Bathilde, et vous le savez très bien…

Il allait continuer sur ce mode, mais il croisa le regard de Géraud et termina un ton plus bas :

— … et je ne suis même pas sûr de tenir à cet honneur. Vous pouvez le donner à qui vous voudrez son putain de sang bleu !

Dame Bathilde fronça les sourcils, retenant d'un geste Denis qui frémissait à ses côtés :

— Je le voudrais bien, mais il a choisi et je ne…

Elle s'interrompit et se tourna vers son fils.

— Ton ultime bravade, n'est-ce pas, mon cher ?

Herfauges s'arracha à sa fascination apparente pour moi et se fendit d'une révérence retenue par la chaîne, mais il s'en tira avec élégance.

— Vous m'avez laissé le choix, Mère. Vous pouviez me le retirer tant que le corbeau psychorigide était là. Vous n'aviez qu'à lui demander dispense, il n'aurait été que trop heureux de vous l'accorder. J'ai toujours agacé les puritains de ce tonneau !

Il jeta un regard appuyé à Denis, l'insulte lui était clairement destinée. Le lieutenant de Bathilde s'absorba dans la contemplation des gravures sur les murs du bureau. Je me dis que cette surdité volontaire avait dû lui demander des siècles d'entraînement.

— Cependant, continua Herfauges, il me semblait arranger tout le monde en fournissant pour pas cher sa nourriture préférée à notre cher Navarre. Sans compter qu'il n'en aura que plus de cœur à dénicher nos descendants, n'est-il pas ?

Très raide, elle acquiesça, presque contre son gré. Je jetai un coup d'œil interrogateur à Géraud qui me fit signe de patienter. La vieille femme quitta son siège, je crus surprendre une grimace sur son visage impassible.

— Herfauges te donnera ses conditions. Inutile que tu ramènes un arrière-petit-fils qui ne conviendrait pas. Tout ceci doit se régler au plus vite. Mon cénacle est trop haut placé pour demeurer longtemps sans Dauphin. Et, sans parler de nos rivaux des arrondissements voisins, je vais consacrer toutes mes forces à tenir mes propres troupes qu'une telle vacance du pouvoir ne manquera pas d'agiter.

— Je m'en doute, rétorqua seulement Géraud.

— Alors, je te laisse, mon petit. Vois les détails avec Denis. Au revoir.

Elle disparut à son tour sur ces mots. Son parfum de chèvrefeuille traînait encore dans la pièce, Denis contemplait la chaise abandonnée. Herfauges le poussa négligemment du coude, avant de s'y laisser tomber. Le grand roux recula, le regard indéchiffrable.

— Avec le temps, dit Herfauges, les candidats potentiels doivent être assez nombreux, les lignées humaines ont tendance à se ramifier très vite. Je préfèrerais que tu te focalises sur celles qui ont conservé le nom, vois-tu ?

Ici, Géraud jeta un coup d'œil goguenard à Navarre qui le lui rendit malgré la barre soucieuse qui se plissait de plus en plus sur son front large.

— C'est parfait. Donc tu veux un Herdstal, ou à défaut un Peyrusse ?

— Absolument. Dans cet ordre-là. Mais je préfèrerais surtout UNE Herdstal ou UNE Peyrusse. Et bandante, s'il te plaît.

— Pourquoi ? Tu as l'intention de te la faire ? cracha Navarre.

Les cinq gardes le regardèrent avec approbation pour la première fois. Herfauges inclina la tête de côté et son sourire narquois qui ne l'avait pas quitté s'accentua.

— En effet, tout se paye. Je lui laisse une fortune considérable, énorme, en plus de la vie éternelle. J'ai l'intention de la baiser par tous les trous, y compris certains que je pratiquerai moi-même pour l'occasion. Je pense qu'elle consentira en prime, car… je lui laisserai le choix… j'adore ça.

— Tu m'écœures !

Herfauges haussa les épaules.

— Tu n'as pas toujours dit ça, mon chéri. Et surtout tu ne le diras plus quand tu t'abreuveras de ma vie.

— Je n'ai pas encore donné mon accord. Je chasse, j'aime ça, mais je ne mange pas n'importe quoi. Je ne suis pas un exécuteur.

— Oh, des principes, maintenant ? C'est nouveau. Ils étaient où ces principes quand tu bossais pour le Vatican, avant que tonton Géraud te récupère ?

Il lança son menton en direction de mon oncle qui suivait l'échange sans se départir de son air imperturbable. Géraud se carra dans son fauteuil.

— Ma nièce ? dit-il à mon adresse, d'un ton si cérémonieux que je mis trois bonnes secondes à réaliser qu'il me parlait. Veuillez avoir l'obligeance de quérir Zalia afin qu'elle note les exigences de notre client.

Je me levai et fis un large détour pour ne pas traverser le groupe de vamps tout en restant aussi loin d'Herfauges que possible. Il s'en aperçut bien sûr, son sourire s'accentua d'autant. Je sentis son regard traîner sur mes chevilles tandis que je lui tournais le dos. Dès que je passai la porte, Géraud prit ce ton particulier dont il usait lorsque la moutarde lui montait au nez. On ferma la porte de communication de la salle d'attente, je n'entendis plus rien.

Chapitre 10

Je trouvai Zalia dans les toilettes comme de juste. Elle s'était perchée sur un tabouret et peignait ses ongles avec art, chacun d'une nuance différente dans une gamme en dégradé qui fondait du turquoise à l'émeraude. Pour l'heure, elle y incrustait de minuscules étoiles de mer, crabes et poissons. L'opération semblait très complexe, son joli front était barré d'un pli de sérieux que je ne lui avais jamais vu arborer. Elle me tendit son œuvre sous le nez et tandis que l'odeur acre et forte du vernis me mettait au bord de l'asphyxie, elle demanda :

— Qu'est-ce que tu en penses ? (Et sans attendre ma réponse, elle fit la moue.) Bien sûr, c'est très… maritime, mais et d'une, je n'ai rien trouvé qui fasse « eau douce », et de deux, ce connard n'est pas là pour le remarquer.

Je souris sans commenter : « ce connard » s'adressait à Thomas, encore et toujours en vacances, qu'elle n'appelait jamais autrement.

— Géraud te demande, dis-je.

— Ils sont partis ?

Je secouai la tête en signe de dénégation et elle se contenta de se dandiner sur son tabouret avec nervosité. Elle n'avait vraiment pas l'air pressé, elle qui fonçait au premier mot de mon oncle, d'habitude. J'en profitai pour lui demander :

— C'est quoi cette histoire de Navarre avec le Vatican ?

Zalia se leva. Elle se pencha sur le lavabo dont elle tourna distraitement le robinet. L'eau froide jaillit dans la haute vasque, un immense saladier en marbre blanc, posé sur une planche de teck presque noir. Elle obtura la vasque, souriant rêveusement.

— Il a travaillé des siècles pour eux. Le Vatican l'envoyait aux trousses d'autres vamps qui s'étaient rendus un peu trop célèbres. Il les éliminait en les buvant. C'est comme ça qu'il a découvert que le cannibalisme vampire est mille fois plus efficace que la jeune vierge de base, même quand elle fait du jogging en chemise de nuit…

L'eau montait.

— Comment ça ?

— À chaque nouvelle victime, il obtient cinquante ans de paix. La Faim Ténébreuse ne vient plus le tourmenter chaque nuit. Sans compter qu'il gagne en puissance. Navarre est peut-être le vampire le plus puissant de sa génération, tu sais…

— Et pourquoi il ne travaille plus pour le Pape, maintenant ?

Zalia agita la main sous le jet en signe d'ignorance et projeta des gouttes partout. Son regard sembla les suivre une par une tandis qu'elles retombaient ici et là.

— Une sombre histoire à Rome à la fin du siècle dernier, c'est tout ce que je sais. Mais il n'a jamais cessé de s'alimenter ainsi. Les vamps qui veulent sa peau sont très nombreux, du coup. Ce qui explique qu'aucun des Neutres, comme le cénacle de Dame Bathilde, ne l'ait accepté dans leurs rangs. Et son association avec Géraud.

Zalia s'interrompit pour passer son menton sous l'eau et boire à longs traits au robinet. Elle s'y colla aussi la moitié du visage en évitant ses yeux maquillés. Je jetai un coup d'œil au verre posé là auquel elle n'avait pas touché. La voix de ma collègue avait quelque chose de curieux. Une espèce d'angoisse, de halètement étrange. Je ne pus m'empêcher de demander encore :

— Les Neutres ?

— Géraud t'a infligé son topo sur la situation parisienne ?

Je hochai la tête, inexplicablement sur mes gardes. Je ne savais pas pourquoi, quelque chose dans le regard de Zalia, son manque d'empressement évident à se rendre de l'autre côté et plus que tout, cette expression indéfinissable si rare chez elle.

— Ben, chez les vamps français, les cénacles sont familiaux et régis par des lois proches de la féodalité médiévale. Ils sont très vieux, ils n'ont jamais vraiment changé. Chaque arrondissement, région ou ville est une pyramide de cénacles qui soutiennent le plus ancien d'entre eux, le Haut-Cénacle. Auquel sont inféodés les Cénacles Majeurs régnant sur les arrondissements, villes ou région, suivant la répartition de la population vamp. Le Cénacle Majeur de Dame Bathilde est le deuxième de France en importance et en ancienneté. Ça fonctionne assez bien…

Elle se tut brusquement et secoua la tête comme pour s'égoutter ou en chasser des pensées désagréables. Je lui tendis une serviette qu'elle ne refusa même pas car elle ne s'en aperçut pas. Son regard morne semblait passer à travers moi. Comme elle se taisait, je répétai :

— Les Neutres, donc ?

— L'ennui, enchaîna-t-elle d'une voix pâteuse comme si elle se réveillait d'un rêve vaseux, c'est qu'ils ont également des groupes politiques et même une forme bizarre de démocratie parlementaire. Donc en gros, tu as trois partis, les Conservateurs, les Expos et les Neutres. Le Cénacle Majeur feint le non-interventionnisme et arbitre les querelles entre les différentes factions. En sous-main, ils épaulent Bathilde qui est le leader des Neutres. Cependant, comme elle est vraiment très puissante et représente une menace potentielle, ils lui rappellent de temps en temps qui commande en vrai…

Je hochai la tête pour montrer que je suivais mais je n'en étais pas tellement sûre. Elle m'avait larguée à la série de feintes du Cénacle Majeur. Ils soutenaient qui finalement ? Je me mordis les lèvres. Je hais la politique : ça m'a toujours agacée de constater qu'en matière de gestion, honnêteté et rationalité représentent plus des handicaps que des outils, tandis que dissimulation, corruption et menaces sont mille fois plus efficaces. Zalia se redressa et s'approcha de moi et tendit la main vers mon visage.

— Je suppose donc, continua-t-elle, qu'ils lui ont plus ou moins imposé l'exécution de son fils. Herfauges le mérite c'est clair, mais dans les siècles des siècles, crois-moi qu'il a eu largement le temps de se montrer encore plus désagréable que ces derniers temps…

Je me gendarmai pour ne pas reculer pendant qu'elle aplatissait un épi rebelle sur mon crâne.

— Leur problème à tous en ce moment, c'est ça : les surnaturels doivent-ils ou non prendre le pouvoir aux humains malgré les Instances ? (Elle appuya sur le nom.) Et s'ils le font, vont-ils continuer à œuvrer dans l'ombre ? (Sa voix traîna aussi sur ce dernier mot, tandis qu'elle semblait s'acharner sur mon épi.) Ou au contraire se montrer au grand jour ? Tu devines qui tient plutôt pour une position que l'autre ?

J'acquiesçai à nouveau en déglutissant alors qu'elle me prenait par la taille.

— Zalia…

— Tu ne vois pas le rapport avec Navarre ? Oh c'est très simple… (Sa main pressa insensiblement mes côtes, me poussant en avant.) Pourchasser les vamps qui dépassent les bornes est une des obsessions des Conservateurs, le Maître du Haut-Cénacle s'efforce de leur donner satisfaction. Au fond, Navarre leur a toujours rendu service. Mais d'avoir été commandité par les catholiques, c'est de la trahison à leurs yeux. En plus, il a fondé un cénacle non aligné avec deux jeunes vampires dont personne d'autre ne voulait. Une autre provocation aux yeux des Conservateurs. Navarre comme d'habitude n'a respecté aucune des règles. Il ressemble à cet Herfauges, au fond…

Navarre avait effectivement l'esprit de contradiction chevillé au corps et Géraud mis à part il ne semblait pas respecter grand-chose. Il s'en fallait d'un cheveu pour qu'il soit aussi ingérable que notre nouvel invité. Pourtant, l'un était un monstre épouvantable et l'autre… Je secouai la tête en souriant.

— Tu es très jolie quand tu souris, tu sais, susurra Zalia, tout près de mon oreille.

Je sursautai. Son souffle court me chatouillait à la base du cou. De petits frissons, pas tous nés de l'angoisse, parcoururent mon échine. Je voulus m'écarter en douceur. Mais elle me retint, se serrant un peu plus contre moi, avant de murmurer à nouveau :

— Tu devrais le faire plus souvent…

— Zalia ? répétai-je bêtement.

— Et puis, tu sens bon…

Son petit nez pointu effleura mon cou. Elle s'écarta avec une moue désolée adorable et son regard vira au vert foncé.

— Quel dommage… dit-elle encore.

Je n'eus pas le temps de répondre. Elle me saisit les cheveux à poignée, la main sur ma bouche. Interloquée, je me débattis d'abord faiblement, puis plus fort. Mais elle me tenait dans sa prise de fer et malgré sa taille minuscule, elle était très forte. Elle me traîna vers le lavabo toujours plein.

***

Je repris conscience tandis que les poings de Navarre tentaient de briser ma cage thoracique. Crachant mes poumons, et au moins un litre d'eau, je fis un signe de supplication. Il me lâcha et se redressa en jurant :

— Mais tu es folle, ma parole ! On t'avait prévenue pourtant !

Je tentai de m'asseoir en toussant sans retenue. Personne ne s'occupait plus de moi, maintenant que Navarre avait renoncé à me casser les côtes. Par la porte, j'aperçus le petit groupe de vamps morts de rire sous cape qui commentaient la situation à voix basse. En tête, Herfauges riait franchement. Géraud tapotait les omoplates d'une Zalia en sanglots sur son épaule. Elle arborait un œil au beurre noir énorme. Navarre suivit mon regard.

— J'ai été obligé de la frapper pour qu'elle lâche prise, qu'est-ce que tu crois ? C'est plus fort qu'elle !

Il avait décidé de me tutoyer pour l'occasion, mais cette décision qui m'aurait ravie en d'autres circonstances n'était que l'expression de sa colère. Donc, j'étais la coupable. Je retins un mouvement de révolte. Zalia avait tenté de me noyer mais Navarre me collait l'entière responsabilité de l'incident sur le dos. J'avais trop mal à la gorge pour protester, mon oncle intervint :

— Je n'aurais pas dû l'y envoyer pour commencer, et ensuite on aurait pu s'inquiéter plus tôt.

Il n'y avait aucune colère dans sa voix, il se contentait d'énoncer un fait. Il fit lever Zalia en la tenant par les épaules et la guida vers le bureau avec gentillesse. Au passage, il me jeta un coup d'œil serein.

— Rentrez chez vous, ma chère, me dit-il avec la politesse cérémonieuse qu'il avait l'air décidé d'employer devant les vamps. Et prenez un bain chaud. Couvrez-vous bien, on a les poumons fragiles lorsqu'ils ont pris l'eau. Navarre, tu veux ramener Agnès ? Zalia et moi, nous nous chargerons des dernières formalités…

Navarre se rembrunit mais finit par me tendre la main. Nous nous approchâmes de la fenêtre et il me prit dans ses bras. Je frissonnais encore tandis que je posais ma tête encore trempée sur son épaule sans oser m'y appuyer vraiment. Son visage fermé n'incitait pas à l'abandon. J'étais blottie contre une statue de pierre brute qui m'en voulait terriblement. Zalia était une amie très chère et je venais d'apprendre qu'il n'en avait pas beaucoup. Être obligé de la frapper pour l'empêcher de me noyer avait dû le mettre aussi mal que possible.

Il s'envola. Paris prit à nouveau sa forme d'étoile de lumière, mais cette fois je n'avais pas le cœur à admirer sa beauté, ni à profiter de la sensation grisante du vol. J'ignorais ce qui m'agaçait le plus, être tombée dans un piège annoncé si bêtement ou qu'on m'en accuse. Surtout, ce qui m'angoissait, c'était que Navarre me le reproche, parce que ce n'était pas le cas de mon oncle. Géraud le prenait à l'évidence comme un événement regrettable mais inévitable et accidentel, comme une averse de grêle.

Une nuit claire caressait la ville. Pour une fois, nous croisâmes pas mal de *chos*es en vol, dont un truc emplumé au loin qui s'il n'était pas un rapace nocturne avait tous les dehors d'un ange. D'ailleurs, Navarre se crispa à son approche.

Il n'y eut pas d'acrobaties enivrantes, ce soir-là. Je gardai le silence pendant tout le voyage et mon compagnon ne fit rien pour le rompre non plus. Lorsqu'il me déposa à ma porte toutefois, je ne pus m'empêcher de l'apostropher :

— Et lorsqu'une fille est violée, vous l'engueulez parce qu'elle portait une minijupe ?

— Il y a des risques qu'on ne prend pas si on ne cherche pas les ennuis.

Je bouillis littéralement sur place. J'en devins inutilement grossière.

— Non, bordel, c'est pas aux victimes de se cacher, c'est aux salopards de se contrôler !

— Ça vaut pour les humains, ça, et Zalia n'est pas une sal…

— Je n'ai pas dit ça ! l'interrompis-je, toujours furieuse. Zalia ne peut pas se contrôler, d'accord, mais vous… vous n'avez pas le droit de me culpabiliser avec ça. C'est… c'est injuste !

J'en bredouillais de rage.

Son front se plissa de colère, il tourna les talons et s'envola aussitôt sans répondre.

Inutile de dire que je dormis très mal la nuit suivante, mes poumons enflammés furent le cadet de mes soucis.

Le lendemain matin, Géraud m'appela pour avoir de mes nouvelles et me conseiller de rester au lit. Je demeurai muette quelques secondes au téléphone, ne sachant que lui répondre. Puis, je m'imaginai seule à tousser toute la journée entre la télévision et un plateau-repas, ce fut donc d'un ton suppliant que je lui demandai l'autorisation de venir travailler. Mon oncle hésita :

— Oui, mais tu comprendras que je ne suis pas chaud pour envoyer Zalia te chercher ce matin…

Ah, merde. Je n'y avais pas pensé ! Mais je m'obstinai et dis crânement :

— Je vais me débrouiller.

Je raccrochai en refusant de m'interroger sur la façon dont je réaliserais ça. Je filai comme une bombe à la salle de bains pour ne pas penser à la suite tout en me préparant. Je crois n'avoir jamais été aussi concentrée sur la pose de mon rimmel, pourtant léger, que ce jour-là. Je mis une demi-heure pour me décider entre une robe d'été pastel en voile de soie au-dessus du genou mais rendue convenable par une petite veste assortie qui lui donnait des airs sérieux et un ensemble débardeur-minijupe noir agrémenté de mi-bottes couvertes de clous d'acier. J'étais de mauvaise humeur : je choisis la seconde option.

Puis je saisis mon sac, j'approchai de la porte, ma main se posa mécaniquement sur la poignée. J'ouvris et je me retrouvai dehors dans le jardin de maman encore tout embaumé de roses tardives.

Il ne faisait pas très chaud pour la saison. Je regrettai d'avoir renoncé à la veste de cuir qui aurait très bien convenu avec mon ensemble un peu rock. Pourtant, je n'osai pas revenir sur mes pas, de peur de voir tout mon courage s'enfuir à tire-d'aile, une fois de retour dans la maison. L'automne s'annonçait. Je tremblais et ça n'avait rien à voir avec la température. Bien sûr, depuis mon arrivée au bureau, j'avais affronté les rues plusieurs fois en solo, mais jamais sur un aussi long trajet. Seulement pour une commande chez Corben, ou un magasin pas trop loin de chez moi ou de l'Étude. C'était notamment pour cette raison que Géraud m'incitait à déménager, puisqu'il était obligé de m'envoyer Zalia ou Navarre tous les jours.

Pourtant, je n'épargnais pas mes efforts pour gagner mon indépendance. Je poussais mes explorations de plus en plus loin et j'avais établi une carte précise des infestations diverses dans un rayon d'un kilomètre autour de la maison, puis du bureau. Tous les spectres « fixes » y étaient répertoriés. Quant aux mouvants, j'avais aussi noté quels endroits ils avaient tendance à hanter le plus souvent.

Je pris une profonde inspiration, franchissant le portillon à pas comptés. Je me focalisai sur mes muscles, sur l'air qui entrait dans ma poitrine, sur le soleil joyeux qui passait à travers les branches de marronniers encore fournies. Un grand garou me croisa, ôta sa casquette avec une mine de petit garçon pris en faute et changea de trottoir. Enfin, je supposai que c'en était un, je ne le connaissais pas. Mais c'étaient les seuls adultes du quartier qui semblaient savoir qui j'étais et qui s'efforçaient *aussi* de m'éviter.

J'avais constaté également que les discussions nocturnes bruyantes et parfois les bagarres à la sortie du petit bistrot tout proche de chez moi étaient devenues rarissimes ces derniers temps. Jusqu'à la mort de mes parents, cette nuisance avait été quotidienne pourtant. La raclée qu'avait prise Artus, le chef de l'arrondissement, dans le bureau de mon oncle était encore présente dans les mémoires apparemment.

Je descendis vers le boulevard en zigzaguant entre diverses formes d'esprits. Ceux que je déteste le plus dans le coin ce sont les enfants morts de faim au XIXe siècle. Le vingtième était une banlieue ouvrière. Leurs corps décharnés, leurs grands yeux hâves cernés de bleu noir, et cette espèce d'incompréhension totale qu'ils arborent en permanence me glacent. Il y a aussi ceux que les gens promènent avec eux, ou diffusent pris d'une émotion soudaine. Ils sont plus agressifs sur le coup, je m'y attends moins, alors il leur arrive de me surprendre. Mais ils sont informes, laissent moins de traces en moi, et surtout il suffit d'opérer un détour et me faufiler à trois ou quatre mètres au large pour les esquiver. Évidemment, dans une foule, je n'ai aucune chance.

En passant devant le Nicolas de papa, j'hésitai quelques secondes puis me décidai. J'entrai dans le magasin merveilleusement préservé de toute contamination. Je ne sais pas si c'est l'alcool concentré à cet endroit qui suffit à les arrêter ou si l'état habituel des clients empêche qu'ils transportent leurs fantômes avec eux. En tout cas, on boit pour oublier paraît-il, l'alcoolisme est peut-être une forme mécanique d'exorcisme. Toujours est-il que cette boutique compte parmi les rares endroits du quartier où je me sente bien. Le patron me sourit gentiment et empaqueta la bouteille de Dalwinnie que je lui commandai.

Je sortis à nouveau, ouvris la bouteille sans la tirer du sac, comme dans les films américains, pour m'enfiler une large rasade. À travers la vitrine, je vis le patron du magasin froncer le sourcil de réprobation. J'en rougis de honte. Mais il me fallait bien ça, hélas, pour affronter le métro ; oncle Géraud ayant été très clair quelques semaines plus tôt en ce qui concernait les potions de maman :

— Si tu refais un séjour en prison, il n'est pas sûr du tout que nous puissions t'en tirer, même avec tout le charme de Thomas dans la balance, avait-il dit en me conseillant de m'en tenir au whisky lorsque je n'avais pas le choix.

Nous avions ignoré de concert le soupir dégoûté de Zalia dans notre dos, sa réaction automatique dès qu'on prononçait le nom de l'associé de mon oncle en sa présence.

Pourtant, Thomas ne nous gênait pas beaucoup : en trois mois je ne l'avais aperçu qu'une fois, et encore ce n'était qu'une silhouette minuscule tout en bas sur le trottoir. Zalia me l'avait désigné en râlant du haut de la fenêtre. Il était sur le point de s'engouffrer dans une splendide Aston Martin bleu gitane qui démarra en trombe.

Je descendis la rue en m'efforçant de garder le contrôle sur mes mains tremblantes et mes battements de cœur. La station ouvrait sa gueule béante à quelques dizaines de mètres. Les arcades de métal verdi et contourné dans le style Guimard m'apparurent soudain comme d'horribles tentacules prêts à me saisir. Furtivement, je m'envoyai une autre gorgée, et, tentant de réprimer mon hoquet, je fonçai dans l'escalier.

Acheter un ticket dans ces conditions est un exploit, sans parler de trouver le bon quai, s'insérer dans la foule puis monter dans la rame. Tout cela en dissimulant mon appréhension. Pour tout dire, j'en laissai passer deux avant de me décider. Heureusement que le trajet est direct jusqu'à la station Grands Boulevards. Je le passai blottie dans un angle, le regard tourné vers les tunnels sombres dans un premier temps. J'y renonçai quand je m'aperçus que la plupart étaient infestés de fantômes si puissants qu'ils traversaient mon écran de whisky comme une feuille de papier crépon. Le train passait sans doute dans des parties souterraines anciennes, hantées depuis des siècles, et seule sa vitesse me préservait des agressions.

Précisons que plus un esprit est ancien, plus il acquiert de mobilité et d'initiative. Les nouveaux ne sont que des images tremblotantes, ils ne me font mal que si je les traverse, mais ils ne peuvent pas me sauter dessus et en ont encore moins envie. Tout les indiffère, ils se contentent de geindre à l'endroit où ils sont fixés.

Quand enfin la rame s'arrêta à ma station, je me sentis dans la peau d'Indiana Jones émergeant de la fosse aux serpents. J'enfilai les escaliers quatre à quatre et me retrouvai à l'air libre, haletante et pourrie d'orgueil. Le bureau était tout près. Deux cents mètres à peine, et j'étais dans la cour de l'immeuble, face à la Diane de marbre à qui j'adressai un sourire triomphal sans me laisser démonter par son éternelle moue.

Géraud m'ouvrit.

— Très bien, je suis prodigieusement fier de toi, dit-il comme si j'avais traversé une jungle truffée de tigres.

Comme j'étais dans les mêmes dispositions, je l'embrassai avec fougue. Il me laissa le serrer contre moi, un peu raide mais plutôt content, finalement. Je le voyais dans le pétillement imperceptible des yeux habituellement si froids.

— N'empêche, continua-t-il, qu'il faudra que tu m'expliques pourquoi tu n'as pas pris un taxi ?

Chapitre 11

Je le regardai béante, ne sachant que lui répondre sinon « Parce que j'avais si peur que je n'ai pas réfléchi ? »

Il hocha la tête et se remit au travail. Il était seul. Zalia n'était pas encore arrivée, Navarre non plus évidemment. En revanche, une pile impressionnante de documents divers patientait sur mon bureau. En m'asseyant, je jetai un coup d'œil interrogateur à Géraud qui fourrageait dans un tas équivalent sur son plan de travail.

— Ce sont les archives familiales de Dame Bathilde, un féal est venu les porter à la première heure, répondit-il à ma question informulée. C'est le premier carton, ajouta-t-il en jetant un coup d'œil dans mon dos.

Je suivis son regard, et laissai échapper un soupir de consternation : il y avait au moins une quinzaine d'emballages monstrueux entassés contre le mur derrière moi. Je m'assis à mon tour et étalai les piles, cherchant la logique qui avait présidé à leur classement, vu que les parchemins s'intercalaient avec les sorties d'imprimante sans ordre apparent. J'aurais rangé les papiers par genre au moins, en ce qui me concernait. Parchemins avec vélins, et les photocopies et impressions de leur côté.

Ce n'était pas mon jour de fulgurance intellectuelle. Je finis par comprendre que certaines des photocopies ou des sorties d'imprimante étaient des copies de papiers plus anciens que la plupart des documents originaux.

La journée entière suffit à peine pour obtenir une vue d'ensemble du désastre. La nuit venait à peine de tomber qu'un tintement métallique me fit sursauter dans la pièce à côté. Géraud leva la tête et laissa tomber :

— Ne t'inquiète pas, j'y vais. D'ailleurs je préfère que tu l'approches le moins possible, surtout en l'absence de Navarre, d'accord ? Bon, de toute façon, il est en train de prendre des dispositions pour dormir ici.

Je le regardai filer vers la chambre d'amis sans comprendre un traître mot. Géraud pénétra dans la pièce attenante, j'entendis des voix, celle de mon oncle trembla d'agacement. Je ne pus m'empêcher d'aller voir : je reculai d'un pas dès que je compris ce que je voyais.

Une espèce de volière argentée, assez large pour qu'on ait été obligé d'aligner trois des lits de camps droits sur le mur, encombrait le centre de la petite pièce. Un seul d'entre eux était encore fait, entre la porte et la cage.

C'était un cube de grillage métallique sans porte ni issue apparente : les six panneaux avaient été soudés les uns aux autres. Seul un judas coulissant de la taille d'un livre permettait de glisser des choses à l'intérieur. Un plancher de teck recouvrait la partie basse protégeant son occupant du contact direct avec le métal. On y avait étalé un des matelas.

Appuyé sur un coude, Herfauges, couché, contemplait mon oncle. Son regard goguenard ne l'avait pas quitté depuis la veille. J'examinai les grilles d'un air dubitatif, les tiges de métal entrelacées me semblaient bien fines, à peine le diamètre d'un petit doigt, pour retenir un vamp.

— Bon, quand est-ce qu'on mange dans cette turne ? venait-il de demander d'une voix si impérieuse que j'en tremblai, prête à obéir sur-le-champ.

Cela m'affola, jamais Navarre n'avait pris ce ton avec moi, mais je compris à ce moment-là qu'il en était capable. Le charme n'était que la manière douce que les vampires employaient pour plier les autres à leur volonté. Cela n'eut pas d'autre effet sur mon oncle que l'agacer plus encore. Il prit sur lui pour répondre avec calme :

— Ce sont tes congénères qui se chargent de la question, nos accords ont été très clairs à ce sujet. Et Navarre veillera à ce que vous ne dépassiez pas certaines bornes…

Herfauges se leva prestement, il se pencha vers Géraud en se tenant à distance des parois brillantes comme s'il redoutait de les toucher. Merde, que j'étais bête ! Évidemment, c'était de l'argent ! La cage entière était forgée dans ce métal. Ou plaquée avec, au moins.

— Que je ne les tue pas, tu veux dire ? Je ne te connaissais pas tant de compassion pour les gens…

Géraud soupira imperceptiblement :

— Il ne s'agit pas de ça : au cas où tu ne le sentirais pas, personne n'est jamais mort de mort violente dans ces locaux, j'ai fait consacrer les lieux en ce sens.

— Tu prends ton bureau pour une foutue église ? Voilà qui est nouveau… et amusant.

Pas un muscle ne bougea sur le visage fermé de mon oncle.

— La Sauvegarde est une des garanties à la base de mon travail. Mes bureaux doivent être un endroit neutre, *absolument* neutre, même pour les humains. Et si tu ne t'habitues pas à cette idée, je te renvoie croupir dans les geôles de ton cénacle.

— Tu ne ferais pas ça !

Herfauges avait perdu de sa superbe et sa voix était moins assurée.

— Sans la moindre hésitation, rétorqua mon oncle. Maintenant si tu permets, j'ai du travail.

Il referma la porte derrière lui, se retrouvant nez à nez avec moi. Il haussa un sourcil réprobateur.

— Je t'avais dit que je m'en chargeais.

Je demandai :

— Mais qu'est-ce qu'il fout ici, celui-là ?

Ignorant ma grossièreté, Géraud reprit sa place à son bureau.

— Nous le gardons jusqu'à... Enfin bref, Dame Bathilde estime qu'il n'est pas en sécurité dans son cénacle.

— Où est le problème ? Ils vont le tuer de toute façon, dis-je d'un ton sec.

Une petite boule se forma dans ma gorge. Je n'aimais pas ce vamp, il me fichait une terreur bleue, mais son exécution ne me procurait aucun plaisir, finalement. Je ne l'envisageais plus avec la sérénité qu'affichait mon oncle, malgré les crimes horribles dont Herfauges s'était rendu coupable. Les traits acérés de rapace et les larges épaules déliées de ce dernier ne devaient pas entrer pour rien dans l'équation. Je me secouai en me traitant mentalement de fichue idiote.

— Le bras droit d'un Maître de Cénacle doit être son Dauphin, expliqua distraitement Géraud. Avoir été transformé par lui et être de sa lignée humaine, de préférence, pour que la transmission de pouvoir, si elle s'avère nécessaire, soit indiscutable.

— Pardon ? Dame Bathilde peut *transmettre* son pouvoir ? Comment ça ? Les vamps ne meurent pas…

— Ils crèvent jamais sauf accident, mais ils ont tendance à devenir assez tarés en vieillissant, fit une petite voix timide, alors on les écarte du pouvoir.

Zalia, arborant son magnifique cocard, tentait d'entrer dans le bureau d'une façon aussi dégagée que possible. C'était totalement raté, elle évitait mon regard et son teint était pourpre. Elle continua d'une voix sourde :

— Si l'un des vamps de Bathilde se met dans la tête qu'il ferait un Dauphin plus valable qu'une étrangère tout juste transformée, il pourrait même essayer de tuer Herfauges AVANT la transmission de son héritage.

Elle fit une pause et ajouta d'une voix encore plus rauque, toujours sans me regarder :

— Je suis désolée, Agnès. Vraiment.

J'acquiesçai avec nervosité, tout aussi rougissante qu'elle, tandis que Géraud ignorait la digression pour reprendre sur le sujet de la conversation :

— Et Dame Bathilde, fit-il en insistant sur le titre, n'aurait d'autres choix que de désigner un Dauphin dans les lignées de son cénacle, ce qui à terme promettrait une jolie guerre interne dont personne ne sait ce qu'il sortirait, sans compter qu'elle pourrait se propager à tous les vamps sous sa coupe. Un Haut-Cénacle sans Dauphin est fragile, les Maîtres des autres cénacles inféodés à Bathilde pourraient rêver de tirer profit de cette fragilité, voire de la provoquer.

Il prit une profonde inspiration.

— Je ne serais pas surpris qu'on fasse des tentatives, même ici. Nous avons intérêt à trouver ce descendant au plus vite.

Nous approuvâmes sans réserve, Zalia et moi.

Chapitre 12

Navarre apparut une demi-heure plus tard, les cinq gardiens d'Herfauges sur les talons, Denis en tête. Mon vampire se jeta aussitôt dans son fauteuil et une bande dessinée relue mille fois surgit dans ses poings crispés. Je lui jetai un coup d'œil surpris, il n'aimait pas le Cénacle ni leurs gardes du corps, mais ça n'expliquait pas cette tête d'enterrement. Ni cette colère noire. Je scrutai le visage de mon oncle, il arborait la même expression glaciale, lui aussi. Il y eut dix minutes de silence pendant lesquelles personne ne croisa le regard de personne ni ne fit le moindre bruit. Si quelqu'un nous avait espionnés, il aurait pu croire le bureau désert.

Je compris tout lorsqu'un sixième vamp se matérialisa dans la pièce, une blondinette décolorée de dix-huit ans à peine, titubante contre lui. De pathétiques racines noires dénonçaient l'ancienneté de la teinture et sa mauvaise qualité. La gamine était vêtue d'une mini-jupe de laine rouge effrangée et d'un cardigan assorti sur un top de faux satin de même ton, griffé et taché. Une petite fugueuse sans doute, ou une SDF.

Le silence devint presque solide dans le bureau. Seulement rompu par Zalia qui se racla la gorge et fonça vers les toilettes sans aucun instrument de maquillage prétexte entre les mains. J'entendis l'eau couler et des hoquets qui avaient tout du sanglots. Je blêmis moi aussi, tandis que le vamp entraînait la jeune fille vers la chambre. Elle vacillait, l'œil fixe si totalement absent qu'on aurait dit une poupée. Navarre jaillit de son fauteuil et les suivit. Ils disparurent tous les trois derrière la porte.

On entendit un petit cri, très bref d'abord, puis qui reprit et se prolongea longuement. Presque un pépiement de moineau. Géraud serra les mâchoires et se plongea dans la lecture d'un contrat de mariage du XVIIe siècle qui reposait sur un monceau d'autres documents. Moi, je restai là, immobile, les mains inertes sur mon plan de travail. Je tentai de comprimer la boule qui se formait dans mon estomac. Machinalement, j'enlevai mes chaussures.

L'odeur âcre du sang répandu s'insinua dans la pièce et je dus m'accrocher à mes accoudoirs pour ne pas trembler. C'est une chose de savoir superficiellement qu'il existe des prédateurs et des proies, c'en est une autre d'assister au repas des fauves. Surtout quand les fauves en question se trouvent être les mâles les plus séduisants qu'on ait jamais rencontrés et qu'on est folle de l'un d'entre eux.

Le pépiement se fit gémissement doux, il décrut lentement avant de s'arrêter net. Un juron formidable retentit. Le ton, la voix, la formulation, tout dénonçait Navarre. La porte claqua avec violence et le sbire qui avait amené la victime fut éjecté quasiment sur les pieds de Géraud. Le vamp n'essaya pas de se relever, reculant sur les fesses, massant son crâne enfoncé et sa mâchoire déboîtée qui se remettaient déjà en place tous seuls. Le processus de guérison paraissait aussi douloureux que le coup qui l'avait rendu nécessaire.

Navarre surgit. Son visage portait imprimé comme au fer rouge le dessin du grillage de la cage et la peau craquelée bouillait littéralement dans un mélange de sang noir et de sanies jaunâtres. Il avait dû être projeté contre la cage. Les marques se réduisaient très vite.

Il portait la blondinette dans ses bras. Les mèches décolorées pendouillaient jusqu'au sol, et sa respiration sifflante faiblissait. Navarre s'assit sur son Chesterfield, la gamine sur les genoux. Du sang brillant coula sur le cuir terni de l'accoudoir, trop rapidement. Herfauges ne s'était pas contenté de percer la jugulaire, il avait déchiqueté la gorge à travers le judas.

Navarre mordit son propre index d'un croc sec puis laissa les gouttes sombres tomber une à une sur la blessure écarlate, avant de l'en badigeonner. La peau fine fuma, comme brûlée à son tour, en se refermant avec lenteur et la jeune fille convulsa dans ses bras. Il la maintint sans effort, grimaçant à peine. Je suppose qu'il contenait surtout sa propre souffrance, car en même temps qu'il guérissait la fille, les cicatrices de ses joues avaient cessé de disparaître et grésillaient de plus belle dans un bruit de friture atroce.

Les cinq vamps qui n'avaient pas bougé s'entre-regardèrent. Denis fit un pas en avant. Il s'arrêta net sous l'œil glacé de Géraud. Navarre leva la tête et grinça dans sa direction :

— Je la soigne, tas de sombres connards. Je ne lui fais pas l'Offrande, soyez tranquilles !

Géraud sourit d'une façon très bizarre. Ses lèvres minces se contentèrent de s'étirer, il laissa tomber à l'adresse de Denis :

— De fait, à cause de son régime *particulier*, Navarre est incapable d'Offrir les Ténèbres.

Il n'ajouta rien de plus mais les vamps resserrèrent les rangs. Comme un troupeau de moutons qu'un aigle survole. À cet instant, la gamine émit un geignement sourd et sa poitrine s'éleva, enfin débarrassée de ce son terrifiant de pneu crevé. Navarre la laissa glisser à terre où elle se tassa, les bras pendants, la tête ballotant contre l'accoudoir. Il se leva, son beau visage toujours marqué de façon horrible se tourna vers Géraud :

— Le petit con, là-bas, fit-il en désignant le vamp à terre, a essayé de m'empêcher d'arrêter Herfauges à temps.

— D'accord, répondit Géraud platement. Vous avez une explication à me fournir, Denis ?

L'autre se dandina sous le regard scrutateur de mon oncle mais ne répondit pas. Il s'ébranla en direction de son acolyte à terre et le souleva par le petit doigt au col de chemise. Le blessé n'eut pas un geste de défense, même si ses pieds ne touchaient plus le sol et si sa chemise l'étranglait à demi.

— J'ai… suivi les… ordres, Denis, articula-t-il avec peine.

La chemise gênait son élocution ou alors il crevait de terreur.

Denis se contenta d'approcher son front de celui de sa victime, jusqu'à le toucher. Les yeux du vamp suspendu roulèrent furieusement dans leurs orbites puis se fermèrent à demi. Il semblait avoir sombré dans l'inconscience. Denis le lâcha brusquement, le vamp s'effondra à ses pieds comme une serviette humide. Le grand roux se tourna vers Géraud :

— Tout ce que je puis dire, messire, c'est que Dame Bathilde n'est pour rien dans tout cela. Nous avions des consignes précises pour que la clause de Sauvegarde soit respectée à la lettre. Je n'ai rien pu tirer de son esprit, nous ne sommes pas assez… proches.

Il prit un air vague, les yeux perdus dans le vide quelques secondes, ses traits mollirent brièvement puis reprirent leur fermeté.

— Notre Dame est furieuse et ne comprend pas non plus ce qui est arrivé. Elle vous exprime ses… regrets

Le mot avait du mal à passer. Géraud fit semblant de rien et approuva du menton, réceptionnant les excuses. Pendant ce temps, je restai figée en me rappelant ce que Navarre avait dit de la télépathie chez les vampires. Je contemplai un instant le dos large de Denis, ses muscles fins qui roulaient sous le tissu du jean et dus me maîtriser pour ne pas laisser échapper un sourire envieux. Elle ne s'embêtait pas la Dame Bathilde, en dépit de son grand âge ! À ce stade, est-ce qu'on pouvait encore l'appeler couguar ? Voyons, une femme sexy, surpuissante mais vieille comme le monde, ça pourrait être quoi ? Un tigre à dents de sabre ? Un tyrannosaure ? Quoi qu'il en soit, cela expliquait d'autant plus la patience de Denis vis-à-vis d'Herfauges, de même que son mépris évident pour le fils de sa Maîtresse.

Bathilde a bien raison, soupirai-je dans mon for intérieur en pensant à mon propre célibat forcé.

— En rétribution, elle offre le sang du traître, ajouta Denis dans le silence retombé.

On entendit un grand éclat de rire surgir de la pièce à côté. Et la voix d'Herfauges retentit au milieu du bureau :

— Eh bien, Navarre, c'est Noël en ce moment pour toi, mon vieux !

Géraud se leva et ferma la porte de la chambre, en forçant car le chambranle avait été faussé. Il retourna posément à son bureau, tandis que Navarre se postait à la fenêtre, les yeux fixés sur les pigeons en face. Personne ne me prêtait attention, j'en profitai pour quitter ma place et m'approcher de la fille. Navarre l'avait abandonnée contre son fauteuil mais au vu de son expression de moins en moins vague, la petite ne tarderait pas à reprendre conscience. Un visage, disons ami, auprès d'elle me semblait la moindre des choses. Je me penchai sur elle, pris son pouls comme ma mère m'avait appris, filant, rapide, mais rien d'inquiétant.

Je la hissai comme je pus dans le fauteuil en m'émerveillant de ne RIEN ressentir en la touchant. Les humains émettent parfois des spectres qui leur échappent, mais les pires sont ceux qu'ils transportent sur eux. La présence d'autant de buveurs de vie dans la pièce me garantissait de cela. Tout en écartant les mèches grasses de ses joues et en refermant son corsage déchiré, mon esprit bouillonnait.

Notamment celui-là qui était particulièrement hors de propos : voyons, la prochaine fois que j'aurai un petit ami, enfin *si* j'avais un petit ami, comment me débrouiller pour que Navarre soit dans la maison ? Parce que les charmes protecteurs qui empêchaient les fantômes externes d'y pénétrer ne pouvaient rien contre ceux qui passaient accrochés aux garçons que j'invitais autrefois. Ça me simplifierait tant les choses de ne pas sursauter au contact de la peau de mon partenaire…

Je renonçai aussitôt à ce plan débile : déjà, pourrais-je envisager quoi que ce soit avec un autre si Navarre se trouvait à quelques mètres ? À part jouer aux cartes, peut-être ? Ou aux dés ?

Je me repris avec difficulté tandis que la fille se mettait à trembler contre moi. Je jonglai un instant avec l'idée de lui rapporter un verre d'eau mais renonçai. Ce n'était pas le moment de me retrouver seule avec Zalia dans la salle de bains. Je me contentai donc de rester là, à serrer la menotte fragile aux ongles en deuil d'une gamine qui ne m'avait jamais vue de sa vie.

Navarre ouvrit la fenêtre, laissant pénétrer l'air frais dans la pièce silencieuse. Il nous contourna, la gosse et moi, pour saisir le corps inerte du vamp assommé avant de s'envoler direct du milieu de la pièce.

Denis se dandina à nouveau et dit à Géraud d'un ton nerveux :

— Il va en avoir pour longtemps, vous croyez ? Je dois rentrer au cénacle et je n'aime pas l'idée de vous laisser seuls sans gardes…

Géraud sourit presque.

— Je ne suis pas sans défense, Denis.

Le grand vamp cilla, ce n'était pas ce qu'il avait voulu dire.

— Quelqu'un cherche à éliminer la lignée de Dame Bathilde avant qu'elle soit transmise. On s'en doutait, mais là c'est évident. Si Herfauges avait brisé la Sauvegarde avant que votre… (Il fit la grimace.) … garde du corps s'interpose, vous auriez été obligé de le tuer vous-même pour reconsacrer les lieux.

Il n'y avait aucune rancune dans la voix de Denis, seulement une constatation. Géraud sourit presque avec méchanceté :

— Le sang d'Herfauges m'appartient déjà. Je n'ai qu'à attendre d'avoir rempli mes obligations envers votre Dame *avant* de le tuer. Je n'aurais pas pu moins pour Dame Bathilde, nous nous connaissons depuis trop longtemps. C'était une tentative stupide autant qu'inutile.

Denis hocha la tête, dubitatif.

— Vous ne voulez vraiment pas que je vous laisse un de ceux-là ? En attendant ?

— Ce ne sera pas nécessaire, Denis, je vous assure, rétorqua mon oncle. D'ailleurs…

Il jeta un coup d'œil vers la fenêtre toujours ouverte, Navarre s'y encadrait à nouveau, impassible. Sa chemise noire portait des traces luisantes. Il irradiait une énergie formidable qui me fit vaciller sous le choc. Ses joues étaient d'un rose maladif et les brûlures avaient totalement disparu. Il était encore plus beau que d'habitude, d'une beauté terrible, celle d'une éruption volcanique. Je serrai si fort la main de la blondinette qu'elle en gémit. Je la lâchai et reculai vers mon fauteuil à pas comptés, incapable de tourner le dos à notre ami.

Les vamps s'agitèrent avec nervosité tandis que Navarre sautait dans la pièce. Son corps musculeux se réceptionna avec une légèreté incroyablement puissante sur le parquet ciré, sans même faire craquer une latte.

— Je l'ai sondé en profondeur… avant… Il ignorait qui lui avait donné l'ordre de laisser Herfauges aller jusqu'au bout. On lui a imposé une injonction mentale qu'il n'a pas pu identifier, pas plus qu'y résister. Ça venait forcément d'un ponte du cénacle mais c'était tout ce qu'il savait, dit-il d'une voix mesurée.

S'il ne s'était pas contrôlé, ses mots auraient tonné dans tout le quartier.

— Calme-toi, Navarre, ça va passer, dit Géraud d'un ton neutre. Il t'a dit où il avait trouvé la fille ?

— Le seul point intéressant, peut-être, c'est qu'un garou des Charonne la lui a refilée. Une putain à cabots qui leur tapait sur les nerfs.

Géraud secoua la tête en signe de dénégation :

— Non, ce n'est pas significatif. La Meute Charonne se fourre juste dans tous les trafics qui se présentent. Elle a assez mal tourné, ces dernières années…

Navarre haussa les épaules et fit face aux autres vamps. À sa décharge, Denis soutint son regard intense et trop brillant avec un panache notable.

— Partez, maintenant ! gronda Navarre.

Denis fit signe aux autres de prendre le chemin de la sortie. Il fit deux pas en direction de la fille dans l'intention évidente de l'embarquer elle aussi.

Géraud se racla la gorge :

— La clause de Sauvegarde est valide même à l'extérieur, Denis, prévint-il. Cette fille peut mourir de la façon qui lui chantera mais pas un seul d'entre nous ne doit en être responsable. Suis-je bien clair ?

Denis soupira et la prit dans ses bras :

— Nous sommes des Neutres, Messire Géraud. Nous prélevons, nous ne tuons pas dans la mesure du possible.

Mon oncle tiqua ; visiblement, il l'ignorait et en parut scandalisé. Géraud aimait à tout savoir, il n'avait pas l'habitude de tomber sur des points qui lui avaient échappé. Denis continua :

— Vous frappez pas, c'est assez récent : une Résolution de Cénacles, il y a deux ans. Vous aviez quitté le pays, je crois. Les Expos ont voté pareil, d'ailleurs. Inutile de vous dire que notre Dauphin s'était violemment opposé à la décision, de même que les Conservateurs. Bonne fin de nuit, Messire, termina-t-il avec respect.

Géraud le salua à son tour et on les regarda partir en silence. Zalia surgit des toilettes à ce moment-là, arborant une teinture rousse semée de mèches vertes hérissées de tous les côtés. Elle jeta un coup d'œil prudent à Navarre au passage, et tiqua quand l'aura d'énergie qu'il dégageait la frôla. Mais elle se reprit avec effort pour se diriger vers son bureau où elle fit semblant de classer les trois feuilles format A4 qui y traînaient.

Géraud ne la regardait pas, plongé dans une profonde réflexion, le regard fixé vers le mur.

Navarre soupira bruyamment pour rompre le silence :

— Je camperai dans la chambre à partir de cette nuit, Géraud. Plus question de laisser ce fauve tout seul dans sa cage, il est capable de mordre même à travers les barreaux.

Zalia trifouillait ses papiers d'un air faussement concentré puis n'y tenant plus :

— Je n'ai rien raté, j'espère ? dit-elle avec un sourire fragile.

Chapitre 13

Je crois que je ne comprendrai jamais les gens qui adoptent un boa ou une mygale. Ils sont obligés d'élever en même temps des souris blanches pour les nourrir ; comment font-ils pour aimer moins les souris que leurs monstres favoris ? J'ai toujours préféré les souris blanches. Ne serait-ce qu'à cause d'Algernon, celle que mon frère m'avait offerte pour mon dixième anniversaire. Elle mourut quelques années plus tard dans un crash organisé entre une Austin Barbie et un Truck Big Jim. Je la pleurai des mois durant. Mon amour pour Algernon mis à part, j'estime que l'humanité doit beaucoup à son espèce en général.

Avec Herfauges, j'avais l'impression d'avoir un de ces horribles vivariums de l'autre côté du mur. Tous les soirs, Denis arrivait avec la « souris blanche » : une blondinette, la plupart du temps, parfois une rousse, mais blond vénitien comme on dit. Les brunes ne se rendent pas compte de la chance qu'elles ont de compter pour des prunes, parfois. Quant aux décolorées, je ne suis pas loin de penser qu'elles méritaient ce qui leur arrivait : lorsqu'on torture ses cheveux à ce point-là, on doit s'attendre au pire. N'empêche, toutes ces filles avec leur peau si claire et leurs yeux immenses ouverts sur leur vide intérieur me rappelaient Algernon et me serraient le cœur.

Dame Bathilde tenait à rendre confortables les derniers jours de son fils. Elle céda presque sur le point épineux de l'âge des victimes : Herfauges exigeait qu'elles soient mineures, mais jamais elle ne lui en fit mener de moins de seize ans malgré les missives tour à tour tendres, insultantes ou menaçantes – quand elles n'étaient pas tout cela à la fois – qu'il lui envoyait par l'intermédiaire de Denis. Ce dernier était devenu désormais notre unique interlocuteur avec le Cénacle, la Maîtresse semblant n'avoir confiance qu'en lui.

Je les suivais toujours, afin de réconforter les gosses traumatisées. Je les pansais, avant que Denis ou Navarre effacent miséricordieusement leurs horribles souvenirs, et parfois leurs cicatrices quand ils n'avaient pas réagi assez vite. Herfauges, pendant ce temps, ne cessait de clamer son appartenance au parti Ultra. Il tentait de convaincre Denis qu'il n'était rien de moins qu'un prisonnier politique, avant de lui rire au nez, s'il ne commençait pas par là.

Denis crachait de dégoût et nous quittait peu après, en général.

Un soir où nous attendions ensemble la fin d'un de ces atroces repas, il m'expliqua que les Conservateurs se divisaient en deux camps : les Ultras, ceux qui envisageaient tout simplement de prendre le pouvoir en douce et de bouffer tout le monde malgré les Instances, et les Modérés qui s'accrochaient au statu quo de toutes leurs griffes.

En revanche, les Expos et les Neutres – le parti de Dame Bathilde – préparaient le Grand Coming Out. Leur seule divergence « idéologique » portait sur la date : les Neutres pensaient qu'il était encore trop tôt et que le quasi-retour des guerres de religion en était la preuve.

Le Haut-Cénacle, lui, se gardait de se prononcer. D'abord parce que ce cercle très ancien et très fermé était très petit, il ne tenait ses troupes que par la force de la tradition et du respect dû à des siècles de prestige. Ils étaient aussi influents politiquement que la Reine en Angleterre, d'après ce que j'avais compris. Et ensuite – toujours selon Denis qui semblait ne pas les aimer du tout – parce qu'ils étaient tellement *vieux* qu'ils étaient incapables de saisir réellement la situation. Le Maître du Haut-Cénacle avait choisi en douce la voie médiane avec Bathilde, comme toujours, mais il lui gardait la bride autour du col aussi court qu'il pouvait se le permettre. L'exécution d'Herfauges n'était rien d'autre qu'un moyen de plus de la tenir en laisse.

Toujours est-il que les deux partis Neutres et Expos s'accordaient totalement pour gommer autant que possible des siècles de « prélèvements sauvages » comme ils les appelaient. Ils avaient pris une résolution très ferme sur le sujet et avaient réussi à l'imposer aux Conservateurs. Il ne restait plus qu'à décider quand se présenter « au grand jour ». Ils avaient tout prévu, même des manifestations avec danseurs et musique, destinées à améliorer leur image.

— Je vois ça d'ici, avait grincé Navarre en l'entendant celle-là. Des Vamps Prides avec chars cuir sur de la dance. Ce sera sublime !

Navarre n'avait rien d'homophobe, au contraire. Les garçons étaient quand même ce qu'il préférait au monde à mon grand dam, pourtant, il avait du mal avec les folles. Elles l'agaçaient.

— Tu m'étonnes, chérie ! avait répliqué Herfauges du fond de sa prison. Enfin, je ne verrai pas ça au moins, ça me consolerait presque !

Sur ces mots, il s'était étendu sur son matelas en se pourléchant les lèvres d'un air moqueur.

Navarre avait serré les dents et n'avait rien ajouté. Il faut dire qu'il sortait tout juste d'un nouveau combat avec son interlocuteur et qu'une fois de plus, son visage portait les marques calcinées de la cage. En compagnie de Denis, ils n'étaient pas trop de deux pour contenir le prisonnier. Herfauges prenait un malin plaisir à tenter systématiquement de tuer les « souris ». Le lieutenant du Cénacle veillait jalousement sur la clause de Sauvegarde, ce qui lui valait à lui aussi d'arborer presque tous les jours la signature fumante des grilles d'argent.

— Comment avez-vous réussi à mettre la main sur ce salopard ? avait haleté Navarre à l'adresse de Denis. Même moi, je ne suis pas sûr que j'y serais parvenu tout seul.

Denis avait secoué la tête, hors d'haleine et incapable de répondre. Herfauges qui crevait de rire à ce moment-là dans sa prison, s'était arrêté net, son hilarité tranchée comme par un sabre.

— Qu'est-ce que tu crois ? Ils ont triché !

Sa voix rauque avait pris des accents de dignité offensée, et un ton presque moral, qui nous surprit beaucoup Zalia et moi. Mais pas Navarre, ni Denis dont le teint pâle virait au pourpre.

— Oh, je vois. Vous avez envoyé des féaux en plein jour, ils l'ont ficelé d'argent comme un rôti pendant son sommeil, c'est ça ?

Denis avait baissé la tête, rouge de honte.

— Il avait déjà tué cinq d'entre nous, on n'a pas eu le choix. On ne l'aurait jamais eu, sinon. Mais Dame Bathilde avait demandé une dispense spéciale au Haut-Cénacle ! avait-il ajouté avec animation.

Ce fut le tour de Navarre d'éclater de rire.

— Arrête Denis ! Il y a des siècles que je me contrefous des règles des Cénacles ! Ce n'est pas moi qui vais vous reprocher d'avoir violé l'une des plus stupides !

Zalia intervint, posant question qui nous brûlait les lèvres à toutes les deux :

— Il est où le problème, si ça marche ?

Navarre jeta un coup d'œil en coin à son acolyte, muet :

— C'est que, vois-tu ma chère, c'est interdit par les Cénacles d'employer les féaux pour attraper un vamp en plein jour. C'est considéré comme très peu fair-play. (Il ricana.) Mais surtout ça risque de leur donner des idées plus tard, aux féaux... Hein, Denis ? D'ailleurs, je suis à peu près sûr que ces féaux n'ont plus aucune idée sur rien à l'heure actuelle.

Denis releva brusquement la tête :

— On a envoyé nos favoris, ceux en qui on avait le plus confiance, dit-il sèchement. Il y avait Nathalie parmi eux, elle me suivait depuis dix ans...

Il s'était raclé la gorge, puis était parti sans un mot d'adieu.

***

En quinze jours, la chambre attenante avait pris pour moi tous les dehors d'un couloir de la mort. Pour les gamines. L'idée que ce type n'en sortirait qu'exsangue dans les bras de Navarre n'arrangeait rien. Et je n'étais pas sûre d'avoir envie de contempler à nouveau mon ami juste après un repas. Cette puissance palpable qui émanait de lui à ce moment-là me semblait aussi redoutable que la proximité d'une explosion nucléaire.

Je n'avais plus peur pour moi. J'avais compris que je ne risquais absolument rien à ses côtés, comme si j'avais été une barre nutritive de l'armée en concurrence avec un tournedos Rossini, pommes Pont-Neuf.

Pourtant, j'étais obligée d'admettre tout au fond de moi que cette magnificence qu'il avait eue me tordait le cœur, surtout parce que je mesurais désormais ce qui nous séparait. Bien heureuse encore de compter désormais au nombre de ses rares amis. Peut-être que la distance qu'il mettait quotidiennement entre nous était destinée à ce que je prenne conscience de tout cela.

Car Navarre réalisait des prouesses d'ignorance délibérée pour éviter que je me fasse des idées. Jusqu'à systématiquement oublier de me complimenter sur ma tenue, alors qu'il n'y manquait jamais pour Zalia. Ces derniers temps, il allait jusqu'à la féliciter de son *maquillage*. Il était vrai que l'art qu'elle avait déployé pour dissimuler son œil au beurre noir, le temps de sa disparition, avait dû réchauffer le cœur de notre ami. Il n'avalait toujours pas d'avoir dû la frapper et m'en voulait encore. J'en étais malade. De honte ou de rage, c'était selon.

Herfauges c'était une autre affaire. Il était évident qu'il cherchait à me séduire, lui. Au grand agacement de Navarre, ce qui m'étonnait, car il me boudait encore. Il ne pouvait pas être jaloux, vu l'application qu'il mettait à rester loin de moi. Sans compter que la jalousie n'était pas du tout son genre, par définition. Il courait jupons et caleçons à la vitesse du son et les abandonnait à la vitesse de la lumière.

Herfauges refusait de me laisser tranquille. Il avait toujours une question en réserve sur l'avancement de nos recherches. Géraud avait commencé par sortir souvent ces derniers temps pour rendre de mystérieuses visites avant de disparaître tout à fait. Il n'était plus joignable qu'au téléphone. J'étais donc la seule en mesure de répondre à notre prisonnier et Navarre ne trouvait aucun argument valide pour s'y opposer.

Pour l'instant, il n'y avait pas grand-chose à dire. Nous avions réussi à déterminer que la lignée féminine des Herdstal était éteinte. Quant au dernier de la lignée mâle – même si Herfauges avait déclaré pouvoir se résigner à transmettre à un homme, finalement –, une photo du type, un grand échalas fin de race à la glotte proéminente, avait dissipé chez lui toute envie de quoi que ce fût.

— Amenez-le-moi quand même, avait-il dit en contemplant la photo d'un air dégoûté. Je lui arracherai les couilles. Quand je les aurai bouffées, on sera sûrs qu'il ne se reproduira pas, au moins !

Navarre avait secoué la tête avec réprobation, mais je surpris l'ombre du sourire voletant un instant sur ses lèvres. Herfauges provoquait cette réaction chez moi également. À la plupart de ses bravades, à l'exception du combat quotidien pour les « souris », j'avais toujours envie de rire d'abord. Puis je me rendais compte de ce qu'elles impliquaient et qu'elles n'étaient jamais gratuites. Si nous avions cédé à son caprice et amené le Herdstal jusque devant sa cage, Herfauges serait passé à l'acte, exactement comme il l'avait dit.

Tous les soirs, il me mandait près de lui via un Navarre tendu et s'offrait un petit quart d'heure de conversation avec moi. Juste avant le « repas ». Je restais loin de la cage, contre la porte. Navarre s'accroupissait dans un coin avec l'une de ses sempiternelles BD. Il était hors de question qu'il me laisse seule avec notre prisonnier.

Heureusement pour tout le monde, Navarre se levait toujours avant lui et se couchait après, un autre effet de son régime particulier. Il est sans doute le vamp le moins sensible au soleil du monde. Il peut résister plus longtemps que n'importe lequel de ses frères à l'appel du sommeil. Il profitait de ses heures de liberté pour voler et se détendre. Puis il revenait au plus vite et entamait sa garde auprès de la cage, attendant le réveil d'Herfauges… et celui des ennuis.

Herfauges n'était pas franchement odieux, il s'arrangeait pour s'arrêter à temps, il était surtout… taraudant. Il prenait un plaisir pervers à multiplier les demandes anodines que nous ne pouvions manquer de satisfaire, Géraud toujours absent n'ayant donné aucune instruction. On eut bien Thomas au téléphone une fois, mais il raccrocha très vite après avoir laissé un message cryptique pour mon oncle et je n'eus pas le temps de lui demander jusqu'où nous devions autoriser notre prisonnier à nous rendre fous.

C'était un verre d'eau, un coussin, un DVD pour le lecteur branché dans la chambre, un ordinateur que nous dûmes installer en wireless tandis que Zalia écumait les magasins pour dénicher un clavier assez étroit pour passer à travers le judas ; elle finit par en trouver un en plastique souple que Navarre roula avant de le glisser de l'autre côté. Pour nous récompenser de nos bons soins, il nous passa *The Mercy Seat* de Nick Cave en boucle une nuit entière, jusqu'à ce que Zalia excédée lui fasse remarquer que le condamné à mort de la chanson était innocent, lui. Herfauges, qui ignorait l'anglais, ne s'en était pas avisé. Il s'était contenté de la réputation de la chanson.

Parfois, il exigeait aussi des livres qu'il lisait en vitesse vampire ; il dévora *Guerre et Paix* en dix minutes et l'intégralité de la *Comédie Humaine* en deux heures. Zola lui prit plus de temps, mais uniquement parce que, la Grande Mère savait pourquoi, *Germinal* et l'*Assommoir* le plongèrent dans des abîmes de réflexions maussades. Comme il enchaîna avec Maupassant, son humeur ne s'améliora pas, il devint carrément morose et encore plus pénible et passa à Hugo. Au point que Navarre ne put s'empêcher de lui demander ce qui lui prenait si soudainement.

— Tu as appris à lire au dix-huitième siècle et seulement parce que Bathilde t'a emprisonné cinquante ans… C'est juste pour nous faire chier, ou tu n'as trouvé rien de mieux pour te distraire ?

— Allons, Navarre, c'est ma dernière chance de me cultiver ! avait susurré Herfauges en replongeant dans les *Misérables*. Et puis j'adore ces histoires de garous.

Apparemment, Herfauges partageait l'analyse de mon oncle : il y avait le dessus du panier, les aristos, c'est-à-dire les vampires ; et les autres, le prolétariat : les garous.

Lorsqu'il eut épuisé le rayon classiques de la librairie en bas de la rue, il se lança brièvement dans la science-fiction, se découvrant une passion pour Tanith Lee et Octavia Butler avec leurs vamps extraterrestres ou mutants. Il abandonna le genre avec dépit après une incursion dans les œuvres d'un Greg quelque chose dont j'ai oublié le nom et auquel il ne comprit rien. Ce qui le rendit furieux, d'autant plus lorsque Navarre lui apprit qu'il s'agissait d'un véritable vamp qui avait réussi à atteindre la célébrité, lui, sans se montrer jamais à son public.

Puis il s'attaqua au fantastique avec ardeur. En revanche, l'intégrale de *Twilight* lui mit la bave aux lèvres. Fou de rage, il ne nous parla pas pendant la moitié de la nuit ou seulement pour cracher des phrases sans suite du style :

— Albâtre ! Et mon cul ? Je te ferai bien voir s'il a une peau d'albâtre !

Ce qui poussa Zalia à lui imposer un régime *paranormal romance* draconien, en jurant ses grands dieux que c'était tout ce qu'on trouvait désormais chez notre libraire, ce qui n'était pas complètement faux.

Malheureusement, même ce rayon de la littérature n'est pas infini. Zalia et moi étions vraiment fatiguées à cause du décalage horaire que nous imposait la garde d'Herfauges. Elle venait me chercher en fin d'après-midi, autant dire l'aurore pour elle. La soirée se traînait, infinie, avant qu'elle me ramène et retourne tenir compagnie à notre collègue. Mais Géraud avait insisté pour qu'on ne laisse jamais Navarre seul avec Herfauges. Pour les moments où tout le monde dormait, j'avais cru comprendre que mon oncle avait loué les services d'une meute du coin. Je me mis à croiser souvent des garous très respectueux dans les parages immédiats du bureau.

Cela durait depuis presque un mois et Navarre n'en pouvait plus du huis clos avec son prisonnier. Ses rapides virées du matin et du soir ne lui suffisaient plus. Ses conquêtes habituelles monopolisaient le téléphone en geignant des heures durant, au point qu'on dut cesser de décrocher à certains numéros qui s'affichaient, ou leur répondre que Navarre venait de filer pour une destination inconnue.

Et Géraud ne réapparaissait toujours pas.

Chapitre 14

Mais un soir, le téléphone sonna. C'était pour Navarre.

— Ouais, Dana ? Un problème ?

Dana, son surgeon que je ne connaissais pas encore. Je dressai l'oreille, le ton était inquiet.

— Pourquoi tu ne m'as pas prévenu tout de suite ? dit-il encore.

On dut lui répondre quelque chose d'un ton sec qui impliquait une responsabilité quelconque du côté de Navarre.

— OK, OK je passerai une nuit avec toi dès que je pourrai, promit-il. J'arrive dans cinq minutes !

Zalia et moi échangeâmes un regard sidéré, puis on replongea dans nos papiers en feignant de ne pas nous intéresser à la conversation. De fait, nous écoutions de toutes nos forces comme deux commères complices en échangeant des regards peu discrets. Navarre nous jeta un coup d'œil agacé.

— Je sors, nous informa-t-il sèchement.

— Qu'est-ce qu'il se passe ? demanda Zalia.

— Oh, vous avez raté quelque chose, les filles ?

Le ton était acerbe, notre curiosité à peine voilée l'avait énervé autant que le coup de fil.

— On n'a pu entendre que toi, répondit-elle sans la moindre honte.

Il fourragea dans ses cheveux, l'air à la fois furieux et inquiet.

— Dieter a encore fugué. Je le récupère, je le ramène à Dana et je reviens.

Il disparut sur ces mots. Zalia se pencha sur moi et me souffla en confidence :

— Cette histoire de nuit, ça doit avoir un rapport avec leur télépathie, aux vamps… supputa-t-elle.

— Pardon ?

Je ne voyais pas du tout où elle voulait en venir. Tout ce que je savais, c'était qu'il fallait tuer dans l'œuf la noire jalousie qui m'avait saisie à l'idée que Navarre dorme avec son surgeon. Je grimaçai intérieurement tandis qu'elle m'expliquait :

— Pour qu'elle puisse le contacter la petite, je crois qu'il doit coucher avec elle de temps en temps, sinon ça s'estompe…

Puis, le sujet étant épuisé de son point de vue, elle fouilla dans ses tiroirs. Elle en tira une série de rouges à lèvres et d'ombres à paupières qu'elle s'efforça d'assortir.

— Qu'est-ce que tu penserais de vert et rose avec une pointe d'argent ? demanda-t-elle en fixant trois produits d'un air dubitatif.

— Ça n'irait qu'à toi, je crois, gloussai-je tandis qu'elle approuvait avec un sourire.

Elle prit mes doigts entre les siens et les examina.

— Tu ne prends pas assez soin de ces choses-là, Agnès. Ma mère m'a toujours dit qu'on reconnaissait une dame à ses mains et à ses chaussures. Toi, les chaussures, ça va, mais le reste !

Elle désignait d'un air faussement scandalisé mes ongles courts coupés à la va-vite.

— La mienne aussi disait ça, dis-je en riant. Mais je ne suis pas sûre qu'elle aurait apprécié tes expériences dans ce domaine.

— Attends, je vais te concocter quelque chose d'adorable, tu vas voir.

Avec prudence, je lui tendis la gauche, me disant que c'était celle qui me servirait le moins. En un clin d'œil, Zalia y posa des ongles américains pointus comme des aiguilles mais d'une piquante couleur nacrée. Je les contemplai peu convaincue.

— Je ne vais jamais pouvoir me servir mon clavier avec ça ! m'écriai-je.

— C'est un coup à prendre, concéda-t-elle. Donne l'autre !

— Je crois qu'on va s'en tenir là, dis-je avec une moue d'excuse. Je vais déjà essayer de vivre avec ceux-là, d'accord ?

Elle fit oui de la tête, sans rancune.

— Si tu veux. Mais je te fais la droite dès que tu as envie, OK ?

— Ça marche !

On replongea dans le travail. Et je constatai très vite que ma main gauche était celle dont je me servais le plus sur mon ordinateur. Merveilleux !

Herfauges m'appela à ce moment-là.

Je me glissai dans la chambre avec mauvaise humeur et appréhension. Par précaution, je ne refermai pas derrière moi. Il m'accueillit avec son sourire ravageur habituel.

— Où en sommes-nous de nos recherches, petite sorcière ? demanda-t-il, charmeur.

Il se leva de son lit et s'étira langoureusement, torse nu. Le geste fit rouler des muscles superbes le long de son échine. Il était beau, le salopard, et il le savait.

— Pareil qu'hier. Je ne reste pas, dis-je prête à tourner les talons, j'ai du travail.

Il me fit un clin d'œil complice.

— Surtout, notre bon Navarre vient de s'absenter et tu ne tiens pas du tout à rester seule avec moi…

Je me gardai de commenter et m'exclamai :

— Pourquoi me harcelez-vous, Herfauges ? Vous savez très bien que je n'ai pas avancé d'un iota !

— Tu me plais bien, petite sorcière, et tu plais à mon vieil ami Navarre ! Et ça, c'est assez extraordinaire pour que je m'intéresse à toi. Il a toujours eu du goût.

Je haussai les épaules en espérant qu'il n'avait pas vu à quelle hauteur mon cœur avait bondi dans ma poitrine lorsqu'il avait évoqué Navarre et son soi-disant intérêt pour moi. Il avait manœuvré juste comme il fallait pour que je reste encore un instant dans la pièce. Herfauges ricana :

— Ne te monte pas la tête, Navarre est sexuellement intéressé par tout ce qui se baise, je peux t'en parler. Hommes, femmes, chevaux, guéridons ! Tout !

Je le fixai droit dans les yeux, impassible. Enfin, je l'espérais.

— Il faudrait accorder vos violons, Monsieur. Soit c'est extraordinaire, soit ça ne l'est pas.

Je mis la main sur la poignée mais Herfauges secoua la tête.

— Je ne parle pas de ça.

— Vous parlez de quoi, alors ? demandai-je sans pouvoir m'en empêcher.

Je me mordis les lèvres, carrai les épaules. Encore un pas et j'étais de retour dans le bureau. À l'abri, avec Zalia.

— Tu voudrais bien le savoir, hein ?

Il s'étendit à nouveau sur son lit, jouant de ses pectoraux fabuleux et s'assurant que je n'en perdais pas une miette. Je me traitai intérieurement de tous les noms. Il s'amusait avec moi et je le laissais faire, quelle idiote ! Je me composai un visage fermé et essayai à nouveau de sortir. Pourtant, je ne m'y résolvais pas.

Il leva les yeux au ciel, l'air de celui qui s'apprête à proclamer une évidence criante, dont moi seule ne me serais pas avisée. Je m'attendis à l'entendre affirmer la rotondité de la Terre ou l'humidité de l'eau.

Il soupira enfin, avant d'articuler avec soin, comme on s'adresse à une débile mentale :

— Il vole avec toi, n'est-ce pas ?

Je ne répondis pas, mouchée. Herfauges se rassit et me considéra avec amusement.

— Tu sais qu'il n'a jamais offert ça à personne d'autre ? Pas même à sa Seconde de cénacle, cette petite oie pathétique de Dana ?

Je fis la moue, j'allais vraiment quitter la chambre cette fois.

— Il me ramène chez moi, c'est tout. Il ferait ça pour n'importe qui.

— Mais bien sûr ! ricana-t-il. Et c'est tellement plus rapide qu'en voiture ! Sauf que voler exige une énergie dont tu n'as pas idée, petite idiote ! Je n'ai réussi qu'une fois et encore je ne portais personne, cette fameuse nuit… Ma *mère* y parvient à peine, martela-t-il, pour finir.

Je rougis furieusement. Il ne mentait pas, là. J'en étais sûre.

— Oh, tu es exquise avec tes pommettes roses, ma chérie. Viens !

Sa voix claqua comme un fouet qui aurait atteint tous mes membres en même temps. Une attaque de charme ! Merde ! J'étais capable d'y résister normalement. Pourtant, mon pied s'avança, tremblant, en direction de la cage.

— Oui, ferme la porte et viens par ici, mon adorable petite sorcière…

Il ronronnait tel un gros chat à la vue de la souris. Un très gros chat. Et une souris totalement stupide. Sur le point de me noyer dans son brouillard de séduction, j'étais encore capable de m'insulter. C'était presque rassurant. J'obéis, pourtant. Le vantail de bois se referma en douceur dans mon dos. Zalia concentrée sur son maquillage ne s'en apercevrait même pas. Il n'y avait pas trois mètres entre la cage et moi, entre le tigre et moi. Je franchis le premier comme dans un rêve, le second comme dans un cauchemar.

Je parvins à m'arrêter enfin et levai ma main gauche avec difficulté. Oui, ils étaient vraiment acérés, ces fichus ongles. Surtout celui du pouce.

— Qu'est-ce qui te prend ? fit Herfauges surpris de ma résistance.

Je ne l'écoutai pas et de la pointe traçai un sillon sanglant dans ma paume droite. Un cercle, d'abord. Je m'efforçai de ne pas penser du tout, seulement au dessin que je réalisais. Dès que j'autoriserais mon cerveau à reprendre les commandes, il m'attirerait inexorablement vers la cage.

— Viens !

L'étoile ensuite. Et les premiers symboles…

Je crus réussir. Le pentacle protecteur était presque complet. Une marque de plus et j'aurais refermé le cercle, je serai hors d'atteinte de sa séduction. La fausse corne s'enfonçait dans ma peau sans trop de difficulté mais la douleur était intense et des gouttes écarlates coulèrent sur le parquet, attirant l'attention de mon interlocuteur.

— Pas de ça, arrête !

L'ordre tomba comme une masse qui aurait broyé mes phalanges et je m'y soumis en gémissant.

— Non !

Mon esprit subjugué s'emplissait de visions écarlates, soyeuses et liquides. Chaudes. Délicieusement chaudes. Et j'y plongeai.

— Viens, susurra-t-il encore. J'ai Soif, tu ne veux pas que j'aie Soif, hein, ma chérie ?

— Un peu que tu vas avoir soif, ordure ! tonna une voix rageuse derrière moi.

Navarre s'était matérialisé dans l'entrebâillement. La porte frappa le mur avec une violence inouïe. Dans mon lac de songes rouges, je m'étonnai qu'elle ne se dégonde pas sous le choc tout en faisant le dernier pas, tout contre la cage.

— Tss, tss… Trop tard, Navarre ! triompha Herfauges en me saisissant le cou à travers le judas sans précaution.

Il ouvrit la bouche sans se soucier de l'argent fumant contre son poignet et son front. Mais Navarre avait détourné son attention juste assez. Je ne pouvais pas me dégager. Je n'avais aucune *envie* de me dégager. Pourtant, l'intervention de Navarre avait libéré une part minuscule de mon esprit hypnotisé. Je ne tentai pas d'échapper à la poigne du vampire, je m'inclinai de côté. Je déchaussai mon escarpin. Il n'y fit pas attention, se pourléchant d'avance et scrutant férocement Navarre paralysé d'horreur.

J'avais une chance sur cent de réussir. Je titubai sur mon pied encore chaussé. L'angle n'était pas le bon. Les mailles étaient très étroites. Ma prise sur la pointe de la chaussure était pour le moins faiblarde. Mais je lui balançai le talon en pleine figure à travers le grillage.

Et je fis mouche.

L'œil violet sombre éclata comme un raisin trop mûr.

Herfauges me relâcha aussitôt.

— Salope ! rugit-il en plaquant la main contre son orbite sanglante.

Il s'effondra à genoux en hurlant des injures. Épouvantables.

Aussitôt, Navarre fut sur moi, il me saisit dans ses bras et me transporta dans le bureau en vitesse vampire. Zalia sidérée nous vit apparaître sans prévenir tandis que je m'effondrai en larmes contre la vaste poitrine. Je sanglotai à perdre haleine de longues minutes. Sans savoir si c'était de soulagement, de terreur, ou tout bonnement pour rester où j'étais. Contre Navarre. Il me tapotait le dos, terriblement embarrassé.

— Vous avez un sacré coup de talon, Agnès ! Je dois le reconnaître !

Je pouffai à travers mes larmes. Il avait raison, c'était la deuxième fois que je devais ma survie à mes escarpins. Dire que j'avais horreur de ça et ne les mettais que pour éviter d'avoir l'air naine à ses côtés !

— Je suis navré, murmura-t-il en s'écartant de moi. Si je n'étais pas parti…

— Déjà, je n'avais pas à entrer dans cette chambre sans vous, murmurai-je désemparée loin de ses bras.

— Pas faux, mais je croyais que la victime avait toujours raison ? sourit-il. Vous avez aussi un don pour aller où il ne faut pas, quand il ne faut pas, hein ? Par pitié, Agnès, évitez les chambres… et les salles de bains !

Zalia poussa un cri de protestation surjouée. Mais tous les trois, nous éclatâmes de rire.

***

Deux jours plus tard, je trouvai un paquet-cadeau sur mon bureau. Je jetai un coup d'œil interrogateur à Zalia qui me répondit :

— Un cadeau de Navarre, grinça-t-elle. Z'ont intérêt à te plaire, parce qu'il m'a obligée à écumer la ville pour les dénicher.

Interloquée, je déchirai le papier doré et tombai sur une boîte à chaussures. J'en tirai une paire d'escarpins noirs, cirés, luisants, magnifiques, aux talons de métal étincelant effilés comme des poignards.

— Ils sont plaqués argent, m'informa mon amie. Tu peux me croire, c'est super rare !

— Je les mettrai tous les jours, soufflai-je émerveillée.

Enfin, tous ceux où je n'aurai pas une cheville dans le plâtre parce que je me serais étalée avec, vu qu'ils montaient à plus de dix centimètres.

Tant pis, je m'entraînerai !

Mais ça, je ne le dis pas à voix haute.

Chapitre 15

Avec l'aide de Zalia, j'essayai d'imposer un semblant d'ordre aux archives du Cénacle. Pendant ces quelques semaines, entrecoupées des passages de victimes et des fantaisies d'Herfauges, nous en avions scanné l'intégralité. Mon bureau s'ornait d'un arbre généalogique virtuel qui prenait des proportions titanesques malgré le rameau avorté des Herdstal. Zalia ne l'appelait plus qu'Yggdrasil, l'arbre-monde dans la mythologie nordique. J'espérais que nous ne devrions pas suivre l'exemple d'Odin, son dieu tutélaire : nous y suspendre transpercées d'une lance pendant neuf jours afin d'y apprendre le sens des runes. À la longue, même mon fauteuil d'une ergonomie pourtant irréprochable devenait un supplice.

Le tronc principal de l'arbre débutait au VIIe siècle après Jésus-Christ, avec le mariage d'Ansegisel de Metz et Dame Begge d'Andenne. Ils eurent quatre fils, dont un certain Pépin de Herdstal. Ce dernier sema les enfants avec une insouciance rare et l'aide de trois épouses et concubines. La polygamie était encore pratiquée sans trop d'hésitation par les grands princes de l'époque.

Bathilde et son demi-frère Charles, qu'on nommerait plus tard Martel, à cause de son arme favorite, furent au nombre de ces enfants. Pépin les reconnut tous les deux. Comme il ne pouvait toucher à l'héritage de son fils légitime Théobald, il octroya en dot à sa cadette bâtarde une tenure *in partibus* au pied des Pyrénées. C'est-à-dire que Dame Bathilde fut titrée « de Peyrusse-Grande » alors que le fief tout entier était encore aux mains des Sarrasins. En mourant, Pépin ordonna à Charles, l'autre bâtard, de conquérir le domaine pour sa demi-sœur.

Charles dut attendre un certain temps avant de pouvoir respecter les dernières volontés de son père. À la mort de ce dernier, Plectrude, première épouse de Pépin, le fit aussitôt enfermer avec les autres enfants de son mari susceptibles de nuire à Théobald. Charles prouva largement par la suite qu'en matière de nuisances, il était plus que compétent. Les inquiétudes et la haine de Dame Plectrude n'étaient pas infondées.

Il commença par violer Dame Bathilde elle-même, pendant une visite qu'elle était venue lui rendre en prison. Ce faisant, il la mit enceinte. D'Herfauges de Herdstal-Peyrusse, notre prisonnier. En tout cas, c'était ce qu'affirmait un parchemin qui relatait fragmentairement les minutes de son procès.

À ce stade de l'histoire, j'avais secoué la tête avec incrédulité. Je ne parvenais pas à imaginer la femme aux traits si durs en victime de qui que ce soit. Même du type qui avait poussé l'immense armée sarrasine des Omeyyades à se gaver de butin et de ripailles pendant une semaine avant de leur tomber dessus à bras raccourcis et les repousser encore à moitié ivres de nourriture, boisson et pillage de Poitiers à Narbonne.

Herfauges confirma mon impression lorsque je finis par m'en ouvrir à lui.

— Disons que le viol aurait été le moindre des problèmes de mes parents…

— Comment ça ? fis-je, espérant rattraper ma mâchoire qui menaçait de tomber sur mes escarpins.

Je combattis le vertige qui me saisissait, et fis des efforts surhumains pour qu'il ne soit pas trop visible. Je réalisai avec peine que l'homme dans la cage d'argent n'était rien de moins que le fils de Charles Martel lui-même.

Bizarre, les frontières de l'acceptable pour le cerveau… J'étais fille de sorcière, je partageais le quotidien de créatures aussi extraordinaires que mes collègues de travail, je conversais relativement souvent au téléphone avec une sirène mâle, mais ça, ça ne passait pas. D'ailleurs Navarre et Zalia s'efforçaient eux aussi de masquer le respect instinctif qui les avait saisis. Ils contemplaient, médusés, ce visage qui portait sans aucun doute les marques de son héritage. À travers les yeux d'Herfauges, son très fameux père, aïeul de Charlemagne, nous contemplait à treize siècles de distance.

Navarre fut le premier à se reprendre.

— Oui, bon, mais j'ai rencontré plusieurs fois un compagnon du Christ, alors que ce mariolle ne la ramène pas, hein ?

Enfin, je comprenais mieux pourquoi lorsque Dame Bathilde appelait Géraud « mon petit », tous les deux semblaient trouver ça complètement naturel. À ce stade, elle aurait même pu le surnommer « mon bébé », sans problème.

Herfauges haussa les épaules sans noter nos airs sidérés, ni accuser réception de la vanne de Navarre.

— Plectrude était assez désagréable comme ennemie et surtout elle était efficace. Elle voulait se débarrasser de mon père et de ma mère en même temps. Ils lui ont seulement fourni un prétexte en or massif en couchant ensemble.

Navarre sourcilla et Herfauges leva à nouveau les épaules.

— Plectrude a sauté sur l'occasion. Elle a accusé mon père de viol et d'inceste, et l'a condamné à mort ensuite. Elle était à deux doigts de s'occuper également du cas de Bathilde lorsqu'un Avar s'est présenté à la cour et a demandé à épouser une fille de la lignée de Pépin…

— Un Avar ?

— C'était une peuplade barbare de l'est qui deviendrait plus tard vassale de mon petit-neveu, dit-il tandis qu'une drôle de grimace déformait ses traits. Une partie de leur territoire couvre l'actuelle Transylvanie. Ça vous dit quelque chose ?

Navarre leva les yeux au ciel.

— Grands Dieux, un jour je trouverai un vamp qui ne se sera jamais perdu dans les Carpates et j'en crèverai de stupéfaction ! Je ne comprends pas : même maintenant, c'est le trou du cul du monde, alors au VIIe siècle…

Herfauges ignora l'intervention :

— Cet Avar était un homme très étrange. Ses habitudes nocturnes ont surpris tout le monde à la cour, bien sûr, sourit-il. Mais surtout, il semblait connaître ma mère avant même de l'avoir rencontrée…

Navarre enfouit son visage dans ses mains.

— De moins en moins original !

— À l'époque, ça l'était encore un peu, tout de même, remarqua Herfauges goguenard.

— De quoi parle-t-il ? intervint Zalia perdue.

Herfauges ricana :

— Du Syndrome de Nosferatu. Quand un vampire naît, une jeune femme ou un jeune homme lui est destiné. À lui seul. C'est une vraie maladie, ce truc. Il n'y a en qu'un ou une dans les siècles des siècles et on ne peut pas s'empêcher de les chercher…

— Vous avez trouvé la vôtre ? demandai-je sans réfléchir.

Navarre fronça les sourcils comme si j'avais proféré une énormité. Herfauges s'assombrit :

— C'est une question très impolie, ma chère, mais je crois, oui. Enfin, je n'en suis pas sûr à cent pour cent…

— Pourquoi ? insistai-je en ignorant l'air de plus en plus agacé de mon ami.

— Parce que je lui ai tordu le cou aussi sec, bien sûr ! sourit fielleusement Herfauges. Tu vois, si on a de la chance, on ne trouve jamais notre élue. Il faut dire que la plupart du temps, elle cause notre perte. Mais dès qu'on sent qu'elle est née…

Il s'interrompit, l'air sombre.

— Et Dame Bathilde a causé la perte de son élu ?

Je n'avais pas pu m'empêcher de poser la question. Herfauges tiqua, se tut et se jeta sur son lit. Il reprit ostensiblement son livre. La conversation était terminée, c'était clair. Navarre redressa la tête et me fixa avec une dureté incompréhensible :

— À ton avis, Agnès, Bathilde est devenue Maîtresse de Cénacle comment ?

Sa voix avait charrié des glaçons.

Douchée, transie, je me tus.

***

Géraud réapparut brusquement deux jours après cet échange houleux, les traits tirés et accompagné d'un grand type nonchalant. Les cheveux bruns mi-longs ondulés encadraient un mince visage affable. Il arborait de jolies lunettes rondes qui lui donnaient l'air d'un intellectuel fragile, ce que démentait l'aisance de sa démarche souple. Il jeta un regard appréciateur à notre travail, à Zalia et moi. Yggdrasyl prenait une bonne moitié de la pièce, désormais. Les feuilles virtuelles marquées au nom des descendants des Herdstal traversaient même la fenêtre sur le boulevard.

— Pas mal, fit l'inconnu. Mais il reste des zones d'ombre ici ; et là, il vous manque des éléments…

Je lui lançai un regard peu encourageant :

— La Révolution a brouillé les cartes des généalogies, vous savez, dis-je avec une sècheresse inhabituelle.

Il mettait le doigt sur notre principal problème : Bathilde n'avait eu qu'un seul enfant. Mais Herfauges avait beaucoup voyagé dans sa jeunesse et conquis bien des jeunes femmes sur le domaine de sa mère, enfin recouvré par Charles. Hélas, la branche roturière et française, dite de Peyrusse, s'était éteinte des suites de la répression contre les cathares au XIVe siècle ; quant aux descendants reconnus et nobles, la Terreur Blanche de 1795 consécutive à la Révolution aurait eu raison d'eux jusqu'au dernier.

Le dernier comte de Peyrusse-Grande serait monté sur l'échafaud en maudissant la terre entière. Cela fit dire à son ancêtre toujours frais et rose, que celui-là, au moins, lui aurait bien plu. Seul le lamentable rameau de l'avorton Herdstal avait donc traversé la période, en votant la mort de Louis XVI d'abord, puis en émigrant en Angleterre au bon moment. Ils avaient réédité la chose en 1940 en approuvant la prise de pouvoir de Pétain dans un premier temps et en s'exilant temporairement aux États-Unis par la suite. De vrais survivants. Herfauges ne pensait plus qu'à les éliminer, tant il en avait honte.

Il ne restait donc plus personne. En France, du moins.

Le grand jeune homme leva le bras en signe d'apaisement :

— En revanche, votre travail sur la lignée Avar d'Herfauges est remarquable. Ce n'est pas donné à tout le monde de remonter douze siècles d'histoire jusqu'à…

— Jusqu'à un pogrom… murmura Zalia, évitant mon regard furieux et filant vers les toilettes, son nécessaire à friser dans les mains.

Les cinquante-quatre descendants presque contemporains des sept enfants semés par notre prisonnier dans les Carpates au tout début du VIIIe siècle avaient pourri depuis longtemps dans un charnier au printemps 1944 ; des nationalistes hongrois facétieux qui croyaient encore à la victoire nazie et désiraient toujours se concilier leur déplorable allié avaient « nettoyé » quelques villages juifs dans les montagnes. Les Herdstal-Peyrusse suivirent leurs voisins dans le trou creusé par les soldats qui n'avaient pas le temps de donner dans le détail, ce jour-là. C'est du moins ce qu'attestait un courrier entre un lieutenant nationaliste magyar et un capitaine de la Waffen-SS.

Nous étions dans une impasse.

Navarre marmonna qu'à ce stade de dilution de la parenté, il valait peut-être mieux choisir n'importe quelle starlette dans la rue, ça économiserait l'énergie de tout le monde et ça reviendrait sans doute au même en termes de proximité génétique.

— Non, fit gentiment l'étranger, mais ce n'est pas très étonnant que vous ne l'ayez pas déniché dans les archives du Cénacle.

Sa moustache brune frémit, découvrant une rangée de dents d'une santé irréprochable et aux canines qui, si elles ne valaient pas celles de Navarre, démontraient bien assez son origine.

— Géraud, tu nous as ramassé un cabot ! cracha Navarre incrédule.

Ignorant la sortie de notre garde du corps, Géraud s'installa à son bureau avec un soulagement visible et dit sereinement :

— Je vous présente, Jacques Noir, Archiviste de la Meute Saint-Blaise : un de tes voisins, Agnès.

Je frissonnai mais Jacques me sourit plus largement par-dessus ses lunettes et tenta de me rassurer :

— Je n'ai rien à voir avec la Meute d'Artus, mademoiselle. Et je suis en mesure de vous aider, vous permettez ?

Il se pencha vers mon clavier pour taper par-dessus mon épaule. Je me levai avec précipitation pour lui laisser ma place, mais je n'eus pas le temps d'échapper à son parfum à la fois poivré et fleuri.

Il sentait délicieusement bon. Sous le parfum, un musc suave, très mâle, sourdait sans pudeur. J'en eus l'eau à la bouche et rougis en espérant que personne ne s'en apercevrait.

Jacques se connecta sur un site personnel sans que je puisse entrapercevoir même l'adresse qu'il tapait, tant ses longs doigts de pianiste couraient vite sur les touches. Il importa des données et les intégra à « Yggdrasil » avant de refermer son site presque aussi vite qu'il l'avait ouvert. Aussitôt, deux noms apparurent au niveau des branches du XIXe siècle toujours désertes : Léo Fränkel et Élisabeth Dmitrieff.

— D'où ils sortent, ces deux-là ? grinça Herfauges que Navarre tenait au courant du pas de la porte.

— Celui qui nous intéresse, votre oncle et moi, c'est Fränkel, un horloger hongrois devenu ministre des Communards, pendant la révolte des Parisiens en 1870.

— Un horloger ? Communiste en plus ? s'étrangla Herfauges.

— Pas exactement communiste, Monseigneur, pas encore. À ce stade de l'histoire qui nous intéresse, il n'a pas encore rencontré Marx, rit notre invité avec douceur. Mais à demi juif, ça c'est sûr. Il avait émigré d'un petit village des Carpates qui serait entièrement rayé de la carte presque cent ans plus tard. Fränkel, « le Franc », ça ne vous réchauffe pas le cœur, d'apprendre que votre souvenir et celui de Madame Votre Mère a franchi les siècles ?

La réponse d'Herfauges pour être inarticulée n'en fut pas moins d'une clarté tranchante.

— Allons, Monseigneur, calmez-vous, dit gentiment Jacques, toujours aussi amène. Ce n'est pas lui que nous vous proposons éventuellement. Il est mort d'une pneumonie en 1896 !

Je n'arrivais pas à savoir si le « Monseigneur » dans la bouche de ce jeune homme si détendu se voulait respectueux ou moqueur, mais une étincelle dans ses prunelles noisette derrière les verres ronds me faisait pencher pour la deuxième hypothèse. Herfauges, lui, ne voyait rien de tout cela, il était déjà outré par le descendant minable qu'on avait l'air de lui offrir.

— Pas si minable que ça, rétorqua Jacques comme en réponse à mes pensées. Léo a été un grand homme du mouvement ouvrier, le gratin du mouvement socialiste de l'époque. Il a même fréquenté Karl Marx. Les Meutes ont suivi les événements avec attention quand elles ne les provoquaient pas. Mais ce qui nous intéresse surtout, c'est ce qui s'est passé pendant la Semaine sanglante.

— C'est-à-dire ? fit une petite voix surgie de l'entrée.

Zalia, frisée comme un mouton, et voyant qu'il n'y avait rien à craindre, ni bagarre ni réel éclat, revenait parmi nous.

— Ça va vous plaire, mademoiselle, dit Jacques en s'inclinant vers elle, c'est romantique au possible ! Dans cette fameuse semaine de mai 1871 qui voit la fin de la Commune, les combats incessants font de très nombreuses victimes. Grièvement blessé, notre Léo a été sauvé par une jeune dame captivante et décidée, Élisabeth Dmitrieff. Cette fille illégitime d'un officier tsariste noble était l'une des chefs du Comité Central au droit des femmes de la Commune…

— Il ne me manquait plus qu'une pétroleuse ! gémit Herfauges.

— Mais aristocrate, elle ! répliqua Jacques toujours aussi charmeur. Léo lui a montré toute sa reconnaissance et elle était très grande. Élisabeth disparut quelque temps. Les Versaillais poursuivirent les anciens insurgés. Léo s'exila au Danemark tandis qu'Élisabeth, en fuite elle aussi, mettait au monde des jumelles. C'étaient les filles de Léo, sans aucun doute.

— La première-née à quelques minutes d'intervalle, Séléné, ne nous intéresse pas, intervint paisiblement mon oncle.

— Non en effet, je ne crois pas, renchérit Jacques, car Séléné en grandissant est entrée dans la Meute Richard-Lenoir en tant que femelle alpha et a poursuivi l'œuvre sociale de ses parents. Monseigneur ne veut pas de chiots de Meute, je gage ?

Le silence de mort qui lui vint en réponse était assez éloquent.

— En revanche, poursuivit notre hôte, nous ignorons ce qui est arrivé à la seconde : la petite Thaïs. Élisabeth avait laissé ses deux enfants à une nourrice, une des nôtres, avant de suivre un nouvel amant en déportation en Sibérie. Il avait été condamné à mort mais son mariage avec Élisabeth transformait sa peine en exil. Mademoiselle Dmitrieff était une femme entière qui adorait sauver la vie des hommes.

— Quel est l'intérêt de tout ça, si vous ne savez pas ce qu'est devenue Thaïs ? bougonna Navarre.

— Eh bien, Élisabeth est hors d'atteinte, elle est morte en Russie où elle avait suivi son mari. Mais Léo rentra à Paris après l'amnistie pour mourir auprès de ses filles. Il y est enterré… commença lentement Géraud.

Il fit une pause. Très longue. Comme s'il ne se résignait pas à prononcer la suite.

— Je suis désolé, termina-t-il enfin en se tournant vers moi, tout pâle.

Je blêmis à mon tour quand je compris enfin où il voulait en venir.

Chapitre 16

Retour à la case départ : le Père-Lachaise en pleine nuit.

Je goûtais pleinement l'ironie de la situation, même si la présence de Denis me garantissait de toutes les infestations possibles. Navarre, de garde avec Zalia auprès d'Herfauges, n'avait pu nous accompagner.

Et puis cette fois, j'entrais par une porte, même si ce n'était toujours pas le machin monumental qui donnait sur le boulevard mais une petite poterne sur les rues adjacentes à l'église Saint-Blaise, le territoire de la Meute de Jacques. Il nous ouvrit. Géraud, Denis et moi pénétrâmes dans le cimetière encore éclairé par de jolis lampadaires XIXe.

Jacques était accompagné lui aussi, un homme immense aux yeux vairons, l'alpha de sa Meute, sans doute. Un autre type, deux fois moins grand que les garous, dont les vêtements me firent hésiter à le situer entre le croque-mort et l'employé de sous-préfecture, se dandinait derrière eux. L'alpha ne se présenta pas mais nous fit un signe de tête :

— Je suis là pour que personne ne se méprenne, Géraud. Ne le prenez pas mal. Que tout le monde soit bien certain que vous avez l'autorisation de la Meute. C'est notre territoire ici, vous comprenez ? Je n'aimerais pas susciter des actes regrettables chez les *idéalistes* d'Artus… (Il fixa Denis d'un air sombre.) Ni chez les vôtres, monsieur.

Géraud acquiesça mais jeta un coup d'œil perçant au troisième personnage. Le petit homme s'agita indécis, puis s'inclina très bas devant lui. Tandis qu'il se penchait, je vis sa glotte proéminente monter et redescendre : il crevait de trouille devant mon oncle.

— Permettez-moi de vous assister, Maître Trismégiste, balbutia-t-il, ils ne sont plus nombreux les Grands Initiés comme vous. Je vous supplie de bien vouloir souffrir ma présence tandis que vous officierez !

L'accent de supplication n'était pas feint, l'homme tremblait de terreur mais encore plus d'être repoussé. Trismégiste, avait-il appelé Géraud. « Trois Fois Grand », le surnom d'Hermès, patron des sorciers et des alchimistes. Mon oncle secoua la tête avec indulgence, non sans lancer un coup d'œil sévère aux deux garous.

— Vous ne lui avez pas dit que je n'invoquerai pas ?

Le petit homme sembla se liquéfier un peu plus et lança un regard de chiot battu à Jacques.

— Tu m'avais promis !

Le jeune homme haussa les épaules avec embarras :

— Je n'avais pas compris, Fred. C'est donc vous, mademoiselle ?

Je déglutis péniblement et acquiesçai. Denis me tapota l'épaule avec compassion. Depuis des semaines qu'on se croisait, il avait fini par appréhender mon problème. C'était d'ailleurs pour cette raison qu'il nous accompagnait. Sa présence m'épargnerait tout le reste mais pas ce que nous venions chercher.

Fred se reprit avec difficulté, il demanda d'un ton presque crâne :

— Mais vous permettez, alors, mademoiselle ? Je vous en prie, je n'ai jamais réussi une invocation.

Je soupirai. Selon toute probabilité, il n'y parviendrait jamais. Il n'était qu'humain. Il avait des aptitudes que j'ignorais sans doute, sinon la Meute ne se le serait pas attaché, mais il aurait dû s'en tenir à la magie mécanique. Cependant, je connaissais cet air-là, j'arborais le même les jours où je suppliais ma mère de ne pas renoncer, de continuer à m'enseigner, malgré mes échecs répétés.

— Si vous voulez, répondis-je avec douceur. Mais vous ne verrez probablement rien, vous savez.

Il carra ses épaules maigrelettes.

— Ce n'est pas grave, mademoiselle. Je ne suis pas un grand mage en puissance, seulement un peu médium, je sais. Je veux tenter tout ce qui est possible de tenter !

— Alors, c'est dit ! fit Jacques avec une feinte bonhomie.

Le brave garçon était très ennuyé d'avoir commis cet impair.

L'alpha grogna quelque chose, on se mit en route à sa suite. Les deux garous avançaient dans l'ombre des arbres sous les lampadaires avec une assurance pleine de vitalité qui tranchait douloureusement avec la létale fluidité de Denis. Ils étaient l'incarnation d'une vie sauvage, voire de la vie tout court, quand Denis n'était que celle de la mort. Je pensai brièvement à Navarre, puis à Herfauges, et je frémis sans trop savoir pourquoi.

Nous les suivions en silence. Enfin dans mon cas, le silence était très relatif : mes talons de métal résonnaient avec des bruits argentins sur les pavés. Je n'avais pas pu me résoudre à les abandonner pour l'expédition, comme si Navarre m'accompagnait avec eux. J'avais besoin de tout le réconfort possible.

Je songeai à la nuit des mois plus tôt, quand je m'étais glissée dans ce cimetière. Depuis, les arbres s'étaient dénudés, la fraîcheur de la nuit était plus vive et le seul parfum qui régnait était celui de la terre mouillée et des feuilles mortes pourrissantes.

— Géraud ? Si nous avons le temps…

Je ne précisai pas mais il comprit tout de suite.

— Nous irons rendre visite aux tiens, approuva-t-il. Si nous avons le temps…

Il n'ajouta pas : « et si tu es en état à ce moment-là », mais la phrase resta suspendue entre nous tandis que nous nous glissions entre les tombes.

Jacques se dirigeait sans hésiter entre les sections qu'il semblait connaître comme sa poche.

— Beaucoup d'entre nous reposent ici, dit-il lorsque Géraud l'interrogea sur son étonnante connaissance des lieux. Et je suis l'archiviste tout de même ! termina-t-il sur une pointe d'orgueil qui amena un sourire aux lèvres de son alpha toujours silencieux.

Après un silence, Jacques désigna une tombe plus loin :

— Regardez celle-ci ! C'est celle de mon arrière-grand-oncle Victor !

— Le gisant est vraiment très beau, dis-je poliment.

C'était un homme allongé, en costume de dandy du dix-neuvième siècle ; on l'avait représenté couché comme s'il venait de tomber, la cravate défaite et le haut de forme ayant roulé un peu plus loin. Des mains anonymes avaient rempli le chapeau de camélias hâtifs et une orchidée toute fraîche ornait sa boutonnière de métal. Puis je remarquai un détail et détournai les yeux immédiatement. Pas assez vite cependant pour que Jacques ne me surprenne pas. Il éclata de rire.

— C'était un journaliste révolutionnaire comme celui que nous… visitons. Il a été assassiné à vingt-et-un ans et le sculpteur l'a représenté juste après sa mort. Vous avez noté l'état intéressant de sa braguette ?

J'avais noté. Le dessous de la ceinture de l'homme de bronze étendu était rendu avec un luxe de détails. Le « tissu » collait à une anatomie *intéressante,* oui. Et apparemment, elle intéressait beaucoup de monde car à cet endroit le bronze était luisant et doré, comme si on le polissait tous les jours.

— C'est le cas, pouffa Jacques en réponse à mes pensées trop lisibles. Figurez-vous que cette virilité triomphante lui a attiré la réputation d'être souverain contre la stérilité. D'aguichantes jeunes femmes viennent s'y asseoir tous les jours. Et quand je dis « s'y asseoir »…

Il ne continua pas car il venait de rencontrer le regard froid de son alpha.

Mais je visualisai la scène et gloussai à mon tour.

— Il s'en passe des choses au Père-Lachaise ! commenta Denis, réprobateur.

— Vous n'avez pas idée, monsieur ! répliqua l'alpha d'un ton sec qui signifiait à la fois la fin de la conversation et son agacement à l'idée de voir un vamp s'en mêler.

La Meute Saint-Blaise protégeait son territoire avec un soin jaloux, c'était clair. L'alpha sembla regretter son mouvement d'humeur et se tourna vers Denis.

— Ce n'est pas contre vous, monsieur, croyez-le bien. Ici c'est chez nous, c'est tout. Vous avez vos petits arrangements avec la mort, vous autres. Mais nous, les garous on meurt comme les humains ; seule la Meute est éternelle. J'entends ici des choses que seul un garou peut entendre ; l'esprit immortel de la Meute, vous comprenez ?

Je frissonnai soudain quand je me rendis compte à quel point je m'étais mise en danger quelques mois auparavant en pénétrant dans ces lieux, la nuit, sans autorisation. Les Meutes auraient pu très mal le prendre. Je me raclai la gorge avec embarras. Géraud comprit mon malaise, passant brièvement la main sur mon épaule.

Jacques se rapprocha de nous et murmura hors de portée, croyait-il, des oreilles de son alpha :

— Ne vous inquiétez pas, mademoiselle. Quand vous êtes venue nous rendre visite, il y a quelques mois, nous avons très bien compris votre démarche. Votre famille était honorablement connue et certains d'entre nous vous ont suivie de loin afin de veiller sur vous.

L'alpha surprit tout le monde en éclatant de rire. Jacques se renfrogna aussitôt.

— « Certains d'entre nous », hein ? ricana encore l'alpha.

Jacques ouvrit la bouche, puis la referma résolument. Il prit la tête de notre petit groupe mais à la lueur des réverbères, je vis combien ses joues avaient pris de couleurs. Sous la lumière dorée, il en semblait presque bronzé, notre pâle intellectuel.

Une petite chaleur timide combattit un instant ma panique montante. Puis elle céda.

Je traînais les pieds en approchant de la section qui nous intéressait. Je me rapprochais de plus en plus de Denis, de la bulle de silence ouaté qu'il transportait avec lui. Il me prit le bras sans y penser, machinalement, et je le remerciai d'un sourire vacillant. Il comprit alors ce qui m'agitait et répondit à mon sourire par une grimace de compassion :

— N'ayez pas peur. Je resterai à distance mais dès que vous en aurez besoin, je sauterai jusqu'à vous. Ça ne me prendra même pas une seconde.

Géraud se racla la gorge :

— Vous attendrez mon signal, Denis, dit-il d'un ton ferme.

— Oui, Sire Géraud, fit humblement le vamp qui me tapota la main en signe d'encouragement.

On parvint devant une tombe très simple. L'obélisque en marbre gris clair d'un petit mètre cinquante tranchait au milieu de la profusion de mausolées rococo. Une stèle laconique s'y adossait. La lune choisit cet instant pour se voiler et un vent froid perça les mailles de mon manteau de laine.

L'alpha de Jacques leva les yeux au ciel, approuvant la disparition de l'astre :

— C'est bien, dit-il. J'aime autant que les Meutes ne traînent pas trop ici ce soir.

— Vous craignez des ennuis ? demanda Denis, mal à l'aise.

— Non, je n'aime pas donner d'explications.

Une fin de non-recevoir, Denis se le tint pour dit. Les garous toléraient tout juste sa présence. Jacques et son alpha s'installèrent à croupetons sur les gros pavés à une dizaine de pas de la tombe sous un grand cyprès.

Fred se rapprocha de moi, mais demeura à distance respectueuse. Je pris la main de Géraud tandis que je lâchais celle de Denis. Après une hésitation, ce dernier recula jusqu'aux garous. Il s'assit non loin d'eux d'un air emprunté. La bulle de silence et de paix s'éloigna avec lui.

Je pris une profonde inspiration en me préparant au choc.

Il ne se passa rien tout d'abord. Le vent s'intensifia juste un peu.

Puis cela vint.

D'un coup.

Les environs se couvrirent de vapeurs puantes qui montaient des tombeaux ou sourdaient des pavés ; des spectres de toutes les époques : esprits de morts enterrés ici, émotions violentes qui avaient explosé là, au fil des siècles, noirs chagrins ayant accompagné les cortèges, haines triomphantes dans le sillage d'un cadavre détesté, ou jalousies mortelles naissant après lui. Une rumeur ronflante, bourdonnante de voix, de sanglots et de gémissements, parfois tranchée par des bribes de chansons sans queue ni tête, emplissait mes oreilles.

En temps normal, j'aurais déjà pris la fuite et me serais terrée sous un lit en geignant. En admettant d'avoir survécu.

Mais cette fois, j'évitai de les regarder tous en me focalisant, tremblante, sur la tombe devant moi.

Une brume rouge, surmontée d'un visage hâve et mangé de barbe noire jaillit de la dalle de marbre. Géraud resserra sa prise sur ma main.

— Partage, si tu peux, me souffla-t-il.

J'en étais capable. Nous le savions tous les deux. C'était l'une des choses qu'il m'avait apprises, lorsqu'il redescendait des appartements de ma mère autrefois. Il me prenait dans ses bras, pour m'emmener dans le jardin, loin des charmes protecteurs, presque dans la rue. On s'asseyait sur un banc, il posait ma tête sur son épaule et nous affrontions l'horreur ensemble. Mon oncle se livrait alors à des exégèses acerbes à propos de l'infestation en présence. Tout y passait, de l'aspect général de la chose aux détails les plus ridicules ; son humour caustique n'épargnait rien. Et parfois, parfois, alors même que le monstrueux spectre en face de nous me glaçait jusqu'aux os, il parvenait à me faire rire.

Géraud était incapable de réconforter les gens autrement. Il ne pouvait partager ni son chagrin ni sa souffrance personnelle, encore moins celle des autres, qui l'atteignait presque autant que si cela avait été la sienne – peut-être même plus, car il mesurait là son impuissance à la soigner. Mais il savait nous obliger à exécuter un pas de côté et contempler les situations les plus tragiques sous un angle grotesque qui les désamorçait aussitôt. Cela ne guérissait pas mais on pouvait oublier, quelques instants au moins.

Je n'ignorais pas ce que cela lui coûterait, exactement le même prix que sa magie de d'habitude. Cela lui serait compté de la même façon. Je résistai, mais il insista. Une vague vint puis reflua entre nous. Fred ouvrait des yeux ronds et ne percevait rien de l'horreur écarlate qui se dressait devant nos yeux, ni des brouillards menaçants qui nous cernaient, de plus en plus proches.

— On l'a enterré dans le drapeau rouge, celui-là, comme c'est original, marmonna Géraud.

Sa voix était lourde de sarcasmes.

Mon oncle était un homme de clan, pas d'idéaux, et surtout pas politiques. Il était sans doute né trop tôt, ou trop tard. Il défendait les siens. Une sorte d'éthique tordue le poussait aussi à s'occuper des faibles ou des laissés pour compte de la vie, lui qui détestait la faiblesse, la sienne en premier, mais c'était tout.

Lorsque j'étais adolescente, cet aspect de sa personnalité m'avait révoltée. Ma mère avait souvent dû intervenir car je devenais insolente, et je remontais dans ma chambre en claquant la porte. Elle me disait alors que les gens qui dépassaient l'égoïsme individuel pour parvenir à celui de « famille d'élection », sans parler de celle de collectivité nationale ou même d'espèce, étaient très peu nombreux. Que Géraud soit passé à la notion de tribu était déjà un miracle pour un homme de son époque. Elle ajoutait que certains n'atteindraient jamais le premier stade, même parmi nos contemporains, et elle concluait en me démontrant que j'avais la chance d'être membre du clan.

Je ne pus m'empêcher de sourire, autant à mes souvenirs qu'à l'ironie de mon oncle.

La brume rouge grossit, s'amplifia et couvrit toute la dalle. Plus je la fixais, plus je me concentrais sur elle, plus elle s'intensifiait. Je n'avais jamais tenté ça. D'habitude, je me contentais d'observer les spectres avec la fascination du moineau pour la couleuvre avant de filer le plus loin possible. Ça ne les empêchait pas hélas de me susurrer des choses, voire de me les hurler, me rendant folle et sourde à tout ce qui n'était pas leurs cris.

Le résultat me surprit tant que j'en oubliai une seconde d'être terrorisée. Brutalement, je n'eus plus conscience que de Léo.

Les détails les plus répugnants apparurent. Les yeux creux qui me scrutaient étaient des puits de noirceur traversés d'étincelles rubis. Le mort n'était guère qu'un squelette décharné où des chairs momifiées s'accrochaient encore à travers l'espèce de sac grisâtre et éventré de l'épiderme, tandis que les haillons du drapeau devenaient plus nets sur les os saillants. Les phalanges avaient crevé la peau blafarde de ses mains comme des gants de cuir déchirés par des ongles trop pointus. Il se mit à tournoyer, projetant des lambeaux de lui-même autour de nous.

Une horrible odeur de charogne sèche me prit à la gorge et je toussai.

— Parle-lui, chuchota Géraud.

Chapitre 17

Je déglutis.

Je coassai stupidement :

— Bonjour, je suis Agnès.

À ma profonde stupéfaction, il s'arrêta net et me fixa du fond de ses orbites sans prunelles. Je cillai devant les étincelles visqueuses qui en jaillissaient, ou plutôt en coulaient, des gouttes de sang brillant à demi coagulé.

Il ne me répondit pas à proprement parler. Certains spectres en sont incapables ; ils se contentent de balancer des images et des sensations, dans un registre épouvantable la plupart du temps puisqu'ils se focalisent surtout sur leurs derniers instants.

Une horreur étrangère me saisit, je tentai de reprendre le contrôle de ma respiration haletante, tandis que mes poumons se consumaient d'une douleur sifflante. Je me souvins que Jacques avait précisé que Fränkel était mort de pneumonie. Ses dernières minutes, celles où Léo avait lutté jusqu'au bout pour respirer, voilà ce qu'il me transmettait. Je hoquetais. Je sentais toutes les souffrances de sa fin atroce, la fièvre cuisante, les muscles du torse tétanisés. Ma poitrine crépitait, je tremblais de spasmes incontrôlables et des larmes, rage et terreur mêlées, dévalèrent mes joues. Je tombai à genoux aux pieds de Géraud. Du coin de l'œil, j'aperçus Jacques qui s'était redressé vivement. J'entendis à peine mon oncle aboyer :

— Jacques, assis !

Le garou secoué se figea, puis se tassa près de son alpha impavide.

En revanche, la voix douce et murmurante de Géraud me parvint avec une netteté de verre tandis qu'il soufflait à travers mes cheveux, poissés d'une sueur aussi glacée que mon sang était bouillant :

— Demande-lui, vite !

J'ouvris la bouche, inspirai, une quinte phénoménale me plia en deux ; je m'attendis à cracher du sang, mais rien ne se produisit. L'air ne parvenait même plus dans mes poumons. En mon âme affolée, je voyais les traces de cette mort terrible s'inscrire gravées comme au fer rouge.

Je haletai encore. Géraud me contemplait hagard, mais ne levait pas un cil pour interrompre la confrontation.

Un instant, je réussis à avaler un peu d'oxygène et je lâchai enfin :

— Thaïs, où est Thaïs ?

La souffrance ardente s'arrêta d'un coup, soufflée. Une froide douceur descendit sur moi, comme une main fraîche posée sur un front brûlant, aussi impérieuse que l'avait été la douleur ; et je vis Thaïs.

Superbe, en robe de soie, des plumes et des perles dans ses cheveux torsadés en couronne. Je sentis ses doigts fins serrer les miens convulsivement ; des larmes jaillies d'immenses yeux verts semblèrent goutter sur le dos de ma main qui reposait au creux d'un vieux drap de coton défraîchi. Un homme dans le dos de la jeune femme, beau, grand et bien vêtu, triturait un haut-de-forme en nous contemplant avec impatience.

Le spectre nous enveloppait désormais, Géraud et moi. Mon oncle se contentait de rester là, impassible, et de rendre regard pour regard aux yeux de ténèbres. Moi, j'y lisais Thaïs, le jour de la mort de Léo, sa fierté, sa tendresse, et sa profonde déception de ce qu'elle était devenue. Mais l'amour surnageait et noyait tout cela.

— Je cherche Thaïs, sanglotai-je encore.

Une vague de tristesse résignée m'envahit.

À quoi bon ? Elle était morte, elle aussi. Son temps avait dû venir.

La brume rouge fit mine de se retirer, comme apaisée par la vision de sa fille. Fränkel avait essayé de me submerger de son agonie, l'évocation de Thaïs avait changé son humeur du tout au tout. Il paraissait ne plus vouloir que retourner à l'oubli et à l'obscurité.

— Je veux Thaïs !

J'exigeai cette fois, ma voix ne tremblait presque plus. Géraud me pressa la main en signe d'avertissement.

Le drapeau claqua dans un vent invisible. Un reste de la colère démente qui avait agité Fränkel remonta jusqu'à moi, âpre comme un relent de poudre noire. Mais il se contint, et dans les replis amarante du drapeau communiste, une image incongrue apparut : une volée de marches de pierre verte, soutenue par des colonnes de marbre pourpre tandis qu'une double rampe de fer forgé doré et aérien montait vers les étages. La vision s'effaça remplacée par un numéro de rue au-dessus d'une porte monumentale de bois, le 34. Un fiacre tiré par quatre chevaux noirs épuisés me la masqua un instant, l'odeur de crottin et de sueur des bêtes me monta à la gorge, avant que la vision s'élargisse sur un boulevard qui me rappelait quelque chose.

Je grelottai, l'épuisement me gagnait mais j'ouvris la bouche pour poser une dernière question quand tout à coup le silence et la nuit tombèrent brusquement. Je hoquetai, de surprise, cette fois. Tout avait disparu.

— Denis ! rugit mon oncle.

Mais c'était trop tard, le grand vampire roux m'avait prise dans ses bras et effacé de sa présence toute trace de Fränkel et celle des autres spectres. Je gisais molle contre lui, incapable de parler ou de bouger.

— Qu'est-ce qui vous a pris ? J'avais dit « à mon signal »…

Mon oncle s'était repris et son ton égal habituel était revenu, mais une lourde menace pesait dans son articulation précise.

Denis me serra convulsivement, comme s'il voulait me protéger de la colère de mon oncle. Malgré mon épuisement, je ne pus m'empêcher de penser qu'il aurait plutôt dû s'inquiéter de son propre sort : Géraud pliait et dépliait les doigts en faisant craquer ses phalanges d'une façon qui annonçait l'une de ces rages dont lui seul avait le secret.

Mais Denis lui rendit regard noir pour regard noir et hurla à son tour :

— Vous ne voyez pas qu'elle était à bout ? Je ne sais pas ce que vous avez trouvé mais c'était en train de la tuer !

— Je suis meilleur juge que vous en ceci, je crois… laissa tomber Géraud du bout des lèvres.

Fred sortit alors de son mutisme pour murmurer :

— Monsieur Géraud, la petite n'était pas bien, je vous jure ! Je sens les auras et la sienne virait à une très mauvaise couleur, elle en aspir…

Géraud fit un effort évident pour ne pas lui sauter dessus. L'alpha intervint, Jacques à ses côtés :

— Messieurs, si vous voulez vous entretuer, vous ferez ça dehors !

Les deux garous, côte à côte, avaient adopté une attitude sans ambiguïté : si Denis et Géraud continuaient sur ce ton dans ces lieux pour eux presque sacrés, il leur faudrait d'abord se défaire des propriétaires.

Denis haussa les épaules et me laissa reposer sur mes pieds. Je vacillai en reprenant contact avec le sol, Jacques se porta aussitôt à mon secours. Son bras plus musclé que je ne m'y attendais encercla ma taille. Il me soutint, le temps que je récupère une respiration normale. Je toussai une ou deux fois comme si les glaires de la pneumonie de Léo avaient persisté dans mes poumons toujours enflammés.

— Comment te sens-tu ? fit Géraud.

— J'ai été mieux mais j'ai été pire, lui répondis-je avec un pâle sourire. Tu as eu le temps de voir ce qu'il m'a montré ?

Géraud acquiesça, en se dirigeant vers la sortie, aux côtés du grand alpha.

— J'ai même une assez bonne idée de ce dont il s'agit, répliqua-t-il avec un sourire ironique. En revanche, tu es trop… fatiguée pour que nous allions… dans l'autre section.

Déçue, je fermai les yeux dans les bras de Jacques. Mais il avait raison et je ne tentai pas de protester.

— Vous avez une piste, alors ? s'agita Denis.

J'ouvris la bouche pour lui raconter. Mon oncle m'interrompit :

— Tais-toi, Agnès. Tu as besoin de reposer ta gorge et ta poitrine, ordonna-t-il d'un ton sans réplique.

Denis se renfrogna mais n'insista pas plus loin que :

— Mais je dois avertir Dame Bathilde !

Mon oncle soupira :

— Pour l'instant, tout ce que nous avons concerne une personne dont l'existence n'a pas dû se prolonger beaucoup après 1960. Je convoquerai votre Maîtresse lorsque nous aurons mieux qu'une autre tombe à lui montrer, d'accord ?

Maté, Denis se tut.

Pendant qu'ils parlaient, nous avions atteint de nouveau la discrète poterne et on se glissa rapidement dans l'avenue. Jacques proposa que nous nous remettions de nos émotions dans un café voisin qui fermait tard et dont la tonnelle, protégée des vents coulis, était agréable même en ce début d'automne. L'alpha refusa de nous accompagner et nous salua avant de se fondre dans la nuit, comme si les ombres de la rue l'avaient avalé.

On parvint au troquet : une toute petite salle contenant deux tables et une esplanade encore plus minuscule à l'abri des regards. Le bistrot terminait l'angle d'un immeuble pris en fourchette entre le boulevard de Charonne et une rue sécante. Surmontée d'une vigne vierge qui, en plein jour, aurait été d'un éclatant rouge bordeaux, la terrasse était aussi intime que celle d'une maison privée.

Un endroit tranquille. Et protégé. Géraud avisa en même temps que moi les entrelacs de lianes qui semblaient avoir été tressés par le hasard mais qui n'étaient autres que des charmes mécaniques destinés à empêcher toute intrusion spirituelle indésirable. Elle visait tout ce qui était bien mort et tenterait de l'être moins. D'ailleurs Denis fut mal à l'aise dès qu'il y pénétra.

Je me laissai tomber avec soulagement sur l'une des chaises autour d'une table de marbre ronde. J'aurais été ravie de découvrir un autre endroit sans danger pour moi si je n'avais été aussi épuisée. Jacques fila me commander un chocolat chaud très sucré qu'il m'apporta avant de se préoccuper des autres.

Je réchauffai mes doigts gelés à la tasse brûlante en songeant à ce que j'avais accompli. Pour la première fois de ma vie, j'avais exercé un contrôle quelconque sur l'une de mes visions, et je n'en étais pas peu fière. Il était vrai que jusque-là, la plupart de mes tentatives avaient visé à les éloigner, non à les approcher. Je jetai un regard à Géraud qui m'approuva silencieusement d'un autre sourire à peine perceptible, celui-là. Mais je me rengorgeai.

Fred qui nous avait suivis s'était assis tout seul à la table voisine, le regard perdu. Denis avait refusé de prendre même de l'eau, il se taisait dans son coin, la mine sinistre. Le charme de protection sans doute, ou alors s'en voulait-il d'être intervenu trop tôt. Il nous quitta très vite pour présenter son rapport au Cénacle.

Jacques, qui avait taillé la bavette jusque-là avec le serveur, un autre garou, revint avec un thé à la menthe pour Géraud et deux expressos pour Fred et lui. Il regarda partir le vamp d'un air songeur et dit lentement :

— Je crois que je n'aime vraiment pas les vamps, ce sont des têtes brûlées qui ne savent pas se tenir ! Navarre mis à part, ajouta-t-il précipitamment.

Géraud se contenta d'énoncer :

— Cela n'a rien à voir avec le fait que vous soyez un garou, bien sûr ?

Le jeune homme répondit sur le même ton pince-sans-rire :

— Vous croyez ? Cela dit, sur les trois que j'ai rencontrés depuis hier, il n'y en a qu'un de vraiment *vivable*, non ?

Géraud leva son verre de thé pour lui concéder la victoire.

— Vous ne pouvez pas vous comprendre avec les vamps, ils conçoivent la… vie autrement, si j'ose dire.

Jacques hocha la tête en souriant à la plaisanterie involontaire.

— C'est vrai que leurs petites histoires de pouvoir par droit d'héritage, ça nous dépasse. Chez nous, c'est au mérite… on ne naît pas alpha, on le devient, n'est-ce pas ?

Géraud rit :

— D'accord, les vampires sont restés comme ils étaient jadis, très féodaux ! Ils vivent trop longtemps pour changer facilement, je peux vous en parler. (Ici, son sourire se chargea d'un brin d'autodérision.) Mais ne me dites pas, Jacques, qu'un fils d'alpha n'a pas plus de chances qu'un bêta de devenir lui aussi un alpha.

— C'est statistiquement vrai, admit le jeune archiviste. Mais pas gravé dans le marbre. On devient réellement ce qu'on peut être.

— Et puis les bêtas ne valent guère mieux que des féaux, continua Géraud. N'importe quel alpha peut les réquisitionner. C'est peut-être même pire que les familiers d'un vampire qui au moins ne servent qu'un seul maître.

— Je ne sais pas si c'est vraiment un avantage, mais…

— Quelqu'un pourrait me raconter ce qui s'est vraiment passé ? osa interrompre Fred de sa voix de rat timide.

Mais personne ne fit la grâce de répondre au petit médium.

Chapitre 18

Jacques avait tenu à me raccompagner jusqu'à ma porte puisque Denis était parti. Géraud nous déposa devant chez moi sans commentaires pour repartir aussitôt. Il avait du travail au bureau, me dit-il. Le jeune garou me suivit sur les quelques mètres du trottoir qui me séparaient de la sécurité.

— Vous avez eu assez d'émotions comme ça, affirma-t-il.

— Et vous ?

— J'habite tout près, une course de dix minutes à peine.

Il arborait un air extrêmement réjoui de savoir que nous étions voisins. J'avoue que ça ne me déplaisait pas non plus.

J'enclenchai la clé dans la serrure, déverrouillai, quand il me saisit doucement par le bras et me tourna vers lui. Il m'embrassa dans le même mouvement. Son parfum enchanteur m'enveloppa une fois de plus ; répondre au baiser me parut la meilleure idée du monde sur le moment.

Lorsqu'on reprit notre respiration, il murmura :

— J'en ai eu envie depuis que je vous ai vue derrière votre bureau à vous battre avec cet arbre impossible.

Je déglutis et essayai de dire d'un ton détaché :

— Je croyais que j'avais eu assez d'émotions comme ça ?

— Pas les bonnes, fit-il dans un sourire de dérision pour cette affirmation présomptueuse.

Il m'embrassa à nouveau.

Je promets que j'ignore de quelle façon nous en sommes arrivés à nous retrouver nus l'un contre. Déjà, je ne parviens pas à me rappeler quand nous sommes entrés chez moi et avons fini par trouver le chemin ma chambre.

Il y avait eu un passage brûlant sur le canapé, ça, j'en suis sûre. Et des moments où j'avais eu peur, quand les fantômes de Jacques s'étaient dressés contre moi. Un reste d'amour mort très agressif, l'horreur de la première transformation, une phobie enfantine jamais vraiment oubliée. Je les avais combattus comme pour les spectres du cimetière en me concentrant sur celui naissant mais vigoureux de son désir pour moi. Au final, pour la première fois de ma vie, la seconde première fois de la soirée, je ne me retrouvai pas glacée de ses terreurs dans les bras d'un garçon. Je pouvais le toucher et le laisser me toucher sans me forcer. Je n'étais plus obligée de maîtriser la douleur du contact avec ses fantômes tandis que ses mains se promenaient sur moi ou que les miennes le caressaient.

Aussi ardente que lui, je ne savais pas à qui appartenait réellement le désir qui me fouaillait le ventre, et à cet instant, c'était le cadet de mes soucis. Parce que c'était délicieux, et que je n'avais surtout pas envie que ça s'arrête.

Ça ne s'était pas arrêté.

Jacques était tout ce qu'il me fallait : ouvert à son propre besoin comme au mien ; il ne se laissait rien imposer, il n'imposait rien non plus. Il prenait ce qu'on lui offrait avec la tranquille assurance de celui à qui cela appartient de toute éternité. Il ne demandait rien, mais annonçait sans ambiguïté aucune ce qui lui plaisait ou pas et il n'exigeait pas moins de moi. Son corps longiligne à la peau lisse et douce glissait contre le mien sans aucun effort ni retenue.

— Je m'attendais à ce que tu sois plus… velu, dis-je en gloussant contre sa bouche, vers la fin.

— Reviens à la prochaine lune, ma belle, tu auras toute la fourrure que tu voudras.

Il riait mais je vis qu'il était sérieux, aussi, et je rougis, d'autant plus que l'idée n'était pas totalement… inacceptable ?

Je m'étais endormie, assouvie et apaisée.

Quand Zalia sonna, je me réveillai en sursaut, seule. Il était parti pendant mon sommeil mais une rose magnifique trônait sur l'oreiller à côté de moi. Et le vrai miracle résidait en ceci, que quatre heures plus tard, l'idée d'être embrassée par lui semblait toujours aussi géniale.

Depuis, un sourire stupide s'efforçait de camper sur mes lèvres jusqu'à pétrification.

Sans doute, ce rictus imbécile attira l'attention de Zalia, en plus de l'énergie que je déployais pour me lever et m'habiller en vitesse malgré mes yeux plus cernés que des preneurs d'otages en plein Champs-Élysées. Je choisis une petite robe de laine moulante noire au col qui découvrait largement mes épaules sur un body de dentelles gris fer. Une cape de laine anthracite et mes chaussures fétiches complétaient l'ensemble.

Je ne protestai même pas quand j'appris en chemin qu'on posait la voiture au bureau mais qu'ensuite, on ferait une petite promenade.

Zalia me complimenta sur ma tenue, toujours trop classique selon elle, mais me fit remarquer que mes talons ne seraient sans doute pas appropriés à la balade. Je lui tirai la langue, puis lui fis la démonstration d'un assez joli coup de pied retourné sur lequel je m'entraînais depuis que Navarre m'avait offert ces merveilles.

— Pfff, fit Zalia, envoyer ses jambes en l'air avec ces trucs, c'est ce qu'il y a de plus facile. C'est pour danser, ces choses-là ! Ou pour… (Elle s'interrompit.) Le problème, c'est marcher.

Elle n'avait que trop raison, je me tus mais m'obstinai dans mon choix.

— Je suis sûre que c'est par là, fis-je à l'adresse de Zalia.

Un timide soleil de fin d'automne brillait sur la rue Saint-Denis et les grands édifices anciens, gris de pollution, se patinaient d'or pâle en ce tout début de matinée où tout me semblait lumineux. Nous n'étions qu'à quinze, vingt minutes du bureau. On se dirigeait plus ou moins vers le boulevard Bonne nouvelle.

De la rue Montmartre, nous avions remonté les passages couverts qui truffaient le quartier. Des verrières construites au XIXe siècle en même temps que les immeubles protégeaient les ruelles minuscules aux noms évocateurs. Une lumière *a giorno* tamisée par les verres église descendait en douceur sur nous. Du passage des Panoramas, nous avions rejoint celui du Caire, en nous autorisant deux détours inutiles par celui du Grand-Cerf puis du Ponceau. Du coup, on s'était perdues par rapport à notre but initial.

On avait longuement pouffé devant les robes hallucinantes. Paillettes et pierres précieuses multicolores envahissaient les vitrines des petits magasins de confection en gros, blottis les uns contre les autres dans ces allées couvertes. Zalia à mes côtés, je découvrais dans le quartier du Sentier cette joie très féminine de la critique couturière, version vipère.

Il n'y avait presque personne dans les rues à cette heure et les infestations semblaient au repos. Je n'avais aucun mal à éviter les fantômes jaillis des ateliers de couture encore déserts, comme si l'absence temporaire des quasi-esclaves qui y travaillaient jusque tard dans la nuit les amoindrissaient. En pleine journée, je pense que l'endroit aurait été infréquentable pour moi. Là, avec les rues encore toutes propres, l'air vif et frais, comme neuf, qui me fouettait le visage, je me sentais bien. La marche avait achevé de m'épuiser mais j'étais presque alerte.

Zalia me jeta un coup d'œil intrigué :

— Tu es bizarre, depuis hier ; les promenades nocturnes dans les cimetières te font toujours cet effet-là ?

Je secouai la tête sans me compromettre. J'étais toujours aussi fière d'avoir affronté ma plus grande terreur et trouvé une piste, même si ce qui me rendait si légère n'avait strictement rien à voir. Je contins mon sourire mais Zalia me surprit. J'essayai de détourner son attention vers une superbe petite robe rouge dans une devanture. Elle y jeta à peine un coup d'œil et fixa sur moi, son regard vert émeraude aussi acéré qu'un poignard :

— OK, je crois que je vais te noyer dans cette flaque là-bas, si tu ne me racontes pas, espèce de garce !

Elle n'était pas sérieuse, pourtant je fis semblant de céder à la menace : j'avais trop envie d'en parler à quelqu'un. Géraud ne me semblait pas un interlocuteur valable sur ce coup-là, et c'était bien la première fois.

Encore une.

— Je crois que je suis amoureuse, soufflai-je émerveillée.

— De Navarre ? Tu parles d'un scoop ! rétorqua Zalia, déçue.

Je rougis violemment.

— Non pas de Navarre ! Enfin, si ! Enfin, non, pas de lui !

Je bafouillai. Zalia qui s'était finalement intéressée à la petite robe rouge et dont le regard glissait vers une impossible combinaison de python, jumelle de la sienne mais dans un jaune pétant et avec bottes hautes assorties, grogna de dos :

— Tu vas te décider, oui ?

— De l'archiviste… avouai-je à voix basse.

Zalia se retourna vers moi, l'œil vert encore sévère :

— Le petit garou à lunettes ? *Jacquou le Croquant* ?

Elle n'avait pu s'interdire le bon mot. Je grimaçai. Celui-ci ne manquait pas de saveur entre les prétentions humanistes des garous et leur dentition phénoménale.

— Avoue que tu l'avais préparé, celui-là ! Tu t'es douté de quelque chose tout de suite ! grognai-je, boudeuse.

Elle se contenta de hausser un sourcil amusé. Je protestai encore :

— Jacques n'est pas si petit que ça !

Évidemment, pour les lunettes, je ne pouvais rien dire.

— Ça doit être un don, grommela mon amie sans se soucier d'être explicite. Et tu t'en es rendu compte quand ?

Je jure que je ne répondis pas : « Sans doute au moment où j'ai couché avec… »

Mais elle leva les yeux au ciel exactement comme si je l'avais dit à voix haute.

On était sorties de la rue pour déboucher sur le boulevard Bonne Nouvelle, droit sur l'Arc de triomphe de la porte Saint-Denis. Construit à la gloire de Louis XIV, il détonnait avec son architecture baroque parmi les immeubles haussmanniens, très austères, dans ce coin-là. Si proches des anciens faubourgs populaires de Paris, ils n'avaient pas été destinés à une clientèle aussi bourgeoise et aussi riche qu'à côté de l'Étude. En revanche, l'arc s'accordait totalement avec la décoration du café dans lequel on pénétra cinq minutes plus tard au numéro 34.

Le De la Cité ne cachait pas ses origines sulfureuses, il les assumait triomphalement, c'était le moins que l'on puisse dire. Les mosaïques dorées, les carrelages bicolores et le parquet ciré ouvrant sur un escalier monumental encadré de colonnes rouges, tout dénonçait l'ancienne maison close. C'était désormais un bar-restaurant *hype*. Géraud l'avait reconnu immédiatement la nuit précédente, pour y avoir dîné de nombreuses fois avec des clients. Les horaires tardifs et le petit salon privé à l'étage convenaient aux affaires de mon oncle.

Tout en commandant mon granité d'oranges et de fraises pressées, ainsi que l'eau minérale plus chère que l'or de Zalia, je sondai le garçon l'air de rien. Il nous confia aussitôt avec une vivacité rigolarde qu'en effet l'endroit avait été un bordel dans l'ancien temps. Le jeune homme n'avait pas vingt-quatre ans, je suppose que, pour lui, plus de cent ans de distance équivalaient à la plus haute antiquité. Il me dit aussi qu'on avait tenté de le transformer en établissement de bains assortis de massages spéciaux. Puis on s'était résigné à y installer un énième magasin de couture et enfin, le restaurant. Tandis qu'il parlait, il ne pouvait cacher sa fascination pour Zalia qui jouait sans remords de ses longs cils pour lui en tirer le maximum.

Je le libérai sans insister et il nous quitta à regret. L'avantage du notariat, même aussi spécial que celui de mon oncle, est qu'on a accès au cadastre qui nous renseignerait sans doute mieux que ce gentil employé. Nous étions seulement venues nous assurer qu'il s'agissait bien de l'immeuble que Fränkel nous avait montré et lever nos doutes sur la profession de Thaïs à l'époque. Je terminai mon granité en vitesse, les gens affluaient, leurs fantômes avec eux. J'étais de moins en moins à l'aise et toute la joie de vivre instillée par la nuit précédente semblait s'écouler de moi au fur et à mesure que la salle se remplissait. Déjà, nous avions eu du mal à trouver une table qui ne transporte aucune trace spectrale. Zalia nota mon malaise, termina son verre d'un trait et dit d'un ton sec :

— Bon, je vais payer, on rentre.

Avant qu'on sorte, elle se retourna vers moi sur le pas de la porte :

— À propos, j'ai bien remarqué que, à part son nom, tu ne m'as rien dit sur ce Jacques. Ne compte pas t'en tirer longtemps comme ça ! Tu as l'air bien trop content, une vraie copine sert à vous ramener les pieds sur terre.

Quand elle ne tente pas de vous noyer dans le lavabo, me dis-je dans mon for intérieur. Mais je ris avec elle et nous sortîmes bras dessus bras dessous. C'était un vrai bonheur, ça aussi. De se sentir presque normale, dans la rue ensoleillée, au bras d'une amie, même si de temps en temps, nous opérions un crochet pour éviter quelque chose qu'elle ne voyait pas.

***

Lorsque l'on pénétra dans le bureau, une obscurité totale et un silence étrange nous accueillirent. Les rideaux avaient été tirés. Mon oncle était absent mais un mot nous avertissait de ne pas y toucher. Je jetai un coup d'œil inquiet à l'intérieur de la chambre à côté et me retirai très vite. Navarre et Herfauges suivaient avec passion un match de rugby sur l'écran virtuel de la cage. Ils avaient poussé la résolution au maximum, l'application prenait tout l'espace de la pièce. Des joueurs presque aussi grands que moi traversaient les murs avant de taper sur un ballon gros comme ma tête. Les deux spectateurs avaient éteint le son. Ils suivaient l'action la bouche ouverte. On en était sans doute à un moment crucial du jeu, et s'ils avaient eu besoin de respirer pour vivre, je pense qu'au moins l'un d'entre eux se serait évanoui faute d'oxygène. Je refermai la porte comme si je les avais surpris en pleine intimité.

J'avais à peine poussé le battant que deux hurlements de rage jaillirent à travers le panneau de bois. Je rentrai les épaules. Quelqu'un avait marqué un essai et ce quelqu'un n'était pas celui que les deux vampires espéraient.

Je me tournais vers Zalia, incrédule :

— Ils résistent au Sommeil pour *ça* ?

Il était presque neuf heures, ils auraient dû dormir depuis trois au moins. Zalia qui s'apprêtait à se passer une couche de blush inutile vu son teint frais leva son nez ravissant vers moi :

— « Ça », je suppose que c'est un match ? Navarre a toujours adoré le rugby, même s'il trouve le jeu un peu mou… y avait un truc de ce type dans sa jeunesse, mais les têtes volaient en même temps que les ballons, si j'ai bien compris. Ça ne devrait pas durer t'inquiète, il doit s'agir d'une retransmission Kanak ou autre, genre aux antipodes. Ils vont bientôt dormir et on pourra rouvrir les rideaux.

Elle leva un petit miroir devant ses yeux examinant ses joues d'un air critique.

— D'ailleurs, ce serait aussi bien parce qu'avec le néon, je n'y vois rien ; je suis sûre que je suis en train de me rater les pommettes. On se remet au boulot ?

Elle voulait surtout parler de moi, je pense, car elle se repencha sur son fond de teint, mais j'acquiesçai, abasourdie. Je me connectai au Centre Informatique du Cadastre parisien cherchant les propriétaires du restaurant. Je grognai en constatant que les murs appartenaient à quelqu'un et le fond commercial à quelqu'un d'autre. J'ignorais par lequel commencer et m'en ouvris à Zalia.

— Prends le propriétaire des murs, dit-elle sur le ton de l'évidence, absorbée par ses ongles.

Un autre rugissement de colère monta de la chambre. Elle leva à nouveau le nez.

— Bon, là, ils doivent avoir perdu. Extinction des feux dans cinq minutes, tu paries ?

Effectivement, la fermeture de l'ordinateur voisin s'annonça sur une volée de cloches argentines. Je grinçai des dents en me demandant pourquoi, quels que fussent le système d'exploitation, la marque ou les manipulations de l'utilisateur, *ces bruits-là* étaient toujours immanquablement agaçants.

La lumière s'éteignit en même temps que les cloches sous le pas de la porte. Nos deux vamps étaient hors d'atteinte jusqu'à la nuit tombée.

Géraud débarqua deux heures plus tard tandis que je me battais avec la succession des propriétaires du 34. Il se contenta de poser un post-it entre mes mains.

— C'est celui-là qui nous intéresse.

Je lus le nom, Laurent Vallès, comparai avec ma propre liste qui s'affichait, il ne s'y trouvait pas. J'interrogeai mon oncle du regard.

— Ce n'est pas un des propriétaires du café, mais un docteur, un spécialiste, dit-il. En 1900, il officiait rue Blondel à deux pas de l'établissement.

— Oh, je vois : un expert dans son genre, fit Zalia.

— Je vous en prie, ma chère, je suis fatigué, fit mon oncle en se laissant tomber dans son fauteuil. Évitez-moi vos saillies, pour une fois.

Mais elle ne put résister :

— « Saillies » est le terme qui convient, j'imagine !

Géraud ne releva pas et s'adressa à moi :

— J'ai envoyé Thomas fouiller les registres d'état civil, nous aurons bientôt de ses nouvelles.

Zalia grogna de mépris.

— J'aurais pu m'y rendre, vous savez ? Ça aurait été plus rapide.

Mon oncle l'ignora résolument et m'ordonna :

— En attendant, essaie de voir sur le web si tu trouves quelque chose sur ce Vallès.

Je m'absorbai dans ma bécane. Zalia fila noyer son énervement aux toilettes, à défaut de mieux. J'espérais qu'elle n'en sortirait pas teinte en violet avec des yeux charbonneux et gothiques comme la dernière fois qu'on avait prononcé le nom de l'avocat devant elle.

Il me fallut une vingtaine de minutes, le temps de trouver les bons mots clés parce que Vallès avait un oncle célèbre, Jules, qui semblait truster tous les tags du moteur de recherche. Encore un Communard, d'ailleurs, soupirai-je. Enfin, ce n'était sans doute pas un hasard.

Ce Vallès n'avait pas été que médecin mais aussi auteur d'un certain nombre d'études détaillées sur des maladies d'un genre particulier. À la pointe du progrès, le brave homme était allé jusqu'à photographier les dégâts provoqués par ces maladies. Et de facétieux successeurs s'étaient amusés à les stocker sur le Net.

Un homme engagé comme son oncle célèbre que celui-là ! Mais dans un genre différent : il avait libéralement pratiqué des avortements jusqu'à un âge vénérable malgré le bagne, peine encourue à l'époque quand on se livrait à ce genre de chirurgie émancipatrice. Il avait persisté durant la Seconde Guerre mondiale, mais à ce moment-là, c'était l'échafaud qu'il risquait ; la famille Vallès était opiniâtre. Il mourut de sa belle mort en 1970 à presque cent ans. Je transmis le résultat de mes recherches sur la bécane de Géraud qui les parcourut rapidement en hochant la tête.

— Géraud ?

— Oui ?

— Qu'est-ce que ce type a à voir avec nous ?

— Lui, pas grand-chose, mais il a sûrement rencontré Thaïs. À cette époque-là, les établissements de luxe avaient un docteur attitré qui examinait les filles. Et pour ce que j'en ai vu hier soir, Thaïs était au moins une demi-mondaine.

— D'où la déception du père : avoir une gamine d'une des grandes figures féministes de l'époque et la voir devenir prostituée, ça doit être limite, intervint Zalia de retour avec une paire de couettes retenues par des rubans roses. Herfauges va adorer ça ! acheva-t-elle d'un ton gourmand.

— Je préviens tout le monde, je ne retourne pas au Père-Lachaise questionner le bon docteur ! dis-je d'un ton froid.

Géraud me sourit tendrement.

— Certainement pas.

— Pourquoi, si ce n'est pas indiscret ? demandai-je, méfiante.

— Parce qu'il a été enterré à Argenteuil ? dit-il d'un air innocent.

Chapitre 19

Je mis cinq secondes à comprendre qu'il se moquait de moi.

— Non, rassure-toi, finit-il par avouer. Interroger Fränkel était une bonne idée : c'était le père. Mais, en ce qui concerne le docteur, je ne crois pas que, post mortem, on se souvienne de ses simples clients. En revanche, il a dû laisser des papiers à ses enfants, s'il en a eu. Et un médecin conserve les dossiers de ses patients, surtout un théoricien comme il l'a été. Le seul problème, ce sont ses héritiers : soit ils ont tout gardé religieusement, soit ils ont tout jeté au bûcher.

— À la broyeuse à documents, mon oncle, rectifiai-je rêveusement. Le bûcher, ça n'est plus très mode de nos jours, tu sais. Mais tu comptes trouver quoi au juste dans ces fameux papiers ?

— Je n'en sais rien. Tout est bon à prendre, pour l'instant. Imagine que Thomas rentre bredouille de l'état civil !

Zalia ronchonna sur un ton inaudible.

Je consultai ma montre, il n'était pas loin de midi. Et j'avais un rendez-vous.

— Je vais déjeuner, dis-je d'un ton détaché.

À la décharge de Zalia, je dois dire qu'elle s'abstint de sourire et de me proposer de m'accompagner. Géraud hocha la tête et s'excusa :

— Je suis désolé, j'attends que Thomas rappelle. Une autre fois, d'accord ?

Là, Zalia n'y tint plus et lâcha :

— Je crois qu'Agnès s'en remettra, monsieur.

— Ah, bien, très bien, fit mon oncle distraitement. Enfin, maintenant que je suis de retour, vous pouvez reprendre vos horaires normaux, toutes les deux. Ça vous fera du bien.

Et il replongea dans ses dossiers comme s'il ne les avait jamais quittés.

À posteriori, je suis absolument sûre qu'il était au courant pour Jacques…

Je volai dans les escaliers plus que je ne les descendis et quelques minutes plus tard je me retrouvais attablée chez Corben dans notre alcôve réservée. Jacques était en retard. Je fis de mon mieux pour dissimuler ma déception. Haniel, le serveur, surgit au bout de trois secondes et se pencha vers moi ou plutôt vers mon décolleté. Il me regardait toujours dans les seins quand il n'avait pas mieux à se mettre sous l'œil. Je crois tout de même qu'il préférait mes jambes, mes seins sont trop discrets.

— Salut, petite sorcière. Tu sais qu'un cabot t'attend ?

Il y avait une nette réprobation dans sa voix. Les garous sont mal vus en général, même dans l'Alter-Monde. Ça doit tenir à leurs origines paysannes et au fait qu'ils n'appartiennent pas de naissance au monde surnaturel. À dire vrai, les vampires sont à peine mieux considérés, même si on leur accorde une certaine distinction. Voire de la séduction. Avec un garou, j'affichai ni plus ni moins qu'un penchant pour la zoophilie selon Haniel. Je redressai le menton crânement et assumai :

— Il est où ?

— Je l'ai collé là-bas, dit le serveur qui désigna la table la plus sombre et la plus proche des toilettes qu'il avait pu trouver.

— Tu m'y serviras, s'il te plaît, ordonnai-je sèchement en me levant.

La prochaine fois, s'il y en avait une, il ferait attention à mes invités. Ne serait-ce que pour ne pas avoir à expliquer à Corben pourquoi il m'avait si mal placée. Il me suivit, penaud, et je m'installai aux côtés de Jacques qui prit ma main très cérémonieusement et la baisa d'abord sur le dessus.

— Princesse, vos dragons sont redoutables, savez-vous ? me dit-il, déposant un baiser dans le creux de ma paume cette fois.

— Je suis désolée, Jacques. Je n'avais pas pensé à ça…

Je baissai la tête, il me releva le menton du doigt et m'embrassa vraiment après une légère hésitation :

— Et ça, tu y as pensé ?

Je n'allai pas lui répondre la vérité : à savoir « presque toute la matinée ». Je dis presque, parce que pendant toute la recherche concernant Vallès et le passage photographique en particulier, j'avais résolument pensé à *autre chose* ; je m'étais même efforcée de ne pas penser du tout.

Cependant, j'évitai de minauder, ce n'est pas naturel chez moi et je ne sais pas du tout comment on s'y prend. Je répondis à plat :

— Oui. On risque de recommencer ?

— Je le crains. Tout de suite, ou tu préfères attendre d'avoir déjeuné ?

J'éclatai de rire.

— On va déjeuner d'abord, et si tu veux, on se retrouve chez moi, ce soir ! Je te montrerai mes talents de cuisinière.

Dieu seul sait ce que j'entendais par là. Jusqu'à sa mort, la cuisine avait été le domaine de mon père. Il prétendait qu'entre la distraction proverbiale de maman et les produits dangereux qu'elle manipulait dans son labo, il n'avait qu'une confiance limitée dans ses capacités culinaires. Il avait transmis le virus à mon frère. Jehan avait bien tenté de m'apprendre deux ou trois petites choses, mais j'étais quand même plus douée avec un PC. Sans doute parce qu'on peut oublier une appli sur le gaz sans qu'elle se mette à déborder et fourrer du charbon collant partout.

On déjeuna tranquillement Jacques et moi, servis par un Haniel qui ne savait plus quoi inventer pour se faire pardonner. Lorsqu'on sortit, il nous accompagna à la porte en déclarant que Monsieur n'aurait qu'à revenir quand il voudrait, la maison serait toujours heureuse de l'accueillir. Sa sincérité était évidente. Haniel ne craignait pas vraiment les reproches de son patron ; en revanche, il n'avait pu s'empêcher de remarquer à quel point j'étais détendue et, oui, heureuse ; or il m'aimait bien. Jacques remercia en souriant sans rancune.

J'adorais ça, ce calme souriant, tranquille, qu'il dégageait, en plus de son parfum envoûtant. Il me rappelait mon frère. Il s'offrit à me raccompagner. Lorsqu'on arriva non loin du 144 de la rue, il me fit changer de trottoir d'autorité.

— Qu'est-ce qu'il y a ? demandai-je, surprise.

— Cet immeuble a été construit sur un ancien cimetière, je crois que tu auras du mal à passer… Même si on y a enseveli Molière dans un premier temps, avant de le transporter au Père-Lachaise, puis au Panthéon… Il a beaucoup voyagé, une fois mort, cet homme.

De loin, je considérai le bâtiment, il avait l'air inoffensif, mais les fantômes ne sont jamais où on les attend.

— Comment sais-tu tout ça ?

— Ne suis-je pas l'Archiviste ?

Il me fit une très belle révérence.

— Plaisanterie mise à part, cet endroit est un ancien territoire de Meute, figure-toi. Nous l'avons abandonné après la Commune, enfin au début du siècle. Trop de morts et de mauvais souvenirs… Sans compter la politique urbaniste de Paris qui pousse nos troupes de plus en plus vers la banlieue.

— Hein ? La mairie de Paris chasse les garous ?

Il s'esclaffa :

— Pas vraiment, non ! Tu connais le prix d'un loyer dans le coin ? Avant, c'était le pied de la butte Montmartre, on y trouvait surtout des ouvriers. Maintenant, tu dois pouvoir compter sur les doigts de la main les prolos qui habitent ici. Quant à l'immeuble, il a appartenu à l'un d'entre nous qui dirigeait le journal *L'Aurore* vers 1890, ça te dit quelque chose ?

Je contemplai à nouveau l'autre côté de la rue, avec respect, cette fois :

— Alors, c'est là que Zola a écrit *J'accuse* pendant l'affaire Dreyfus ?

— Exactement, belle dame ! C'est pourquoi je suis sûr qu'il doit grouiller de fantômes horribles !

Je le regardai, soupçonneuse :

— Tu n'es pas en train de me raconter que Zola était un garou, dis ?

— Oh, non ! Pas lui ! Par contre, sa femme Alexandrine sans aucun doute. Une chienne qui avait choisi un compagnon humain et ne l'avait pas introduit dans la Meute… C'est suffisamment rare pour qu'on s'en souvienne et quel humain, en plus ! Mais c'est sans doute pour ça qu'ils n'ont pas eu d'enfants.

Il m'escorta jusqu'à l'entrée de l'immeuble et m'embrassa à nouveau sous l'arc cyclopéen et son Athéna. Mes genoux flageolaient lorsque je reculai à regret, tout en me demandant si le déjeuner avait été une si bonne idée que ça.

— À ce soir, dit-il.

Je ne répondis rien, j'étais trop occupée à me recomposer un visage normal avant de remonter les escaliers.

Quand je pénétrai à nouveau dans le bureau, j'y trouvai Géraud faisant les cent pas entre les meubles. Thomas n'avait sans doute toujours pas appelé. Je jetai un coup d'œil aux toilettes, Zalia ne s'y trouvait pas. L'énervement de mon oncle était tel qu'elle avait dû préférer s'exiler encore plus loin.

Je fis mine d'ignorer son humeur et de me replonger dans les recherches, tentant de pénétrer dans les archives de l'état civil de l'arrondissement malgré les redoutables protections informatiques du serveur de la mairie de Paris. Personne ne me l'avait demandé et j'étais à peu près sûre d'échouer, mais au moins j'avais l'air de travailler. Je risquais moins d'attirer l'attention de mon oncle dans l'état où il se trouvait. Je désactivai les sons de mon ordinateur pour qu'il cesse de biper sarcastiquement chaque fois que je butais contre un pare-feu, Géraud ayant sursauté lors de mes deux premiers échecs.

Le téléphone sonna enfin, Géraud bondit presque pour se jeter dessus. Je soupirai de satisfaction, tandis que son visage s'éclairait en prenant la communication. Mais mon soulagement fut de très courte durée : le combiné atterrit sur mes genoux. Je retins mon gémissement, surprise et légère douleur mêlées, de justesse.

— C'est pour toi. N'occupe pas la ligne plus que nécessaire, dit Géraud d'un ton bref.

— Oui ? fis-je de ma voix la plus basse, en tentant d'ignorer le sourcil furieux de mon oncle.

J'avais déjà dépassé le temps autorisé.

— Je serai un peu en retard pour notre dîner, des affaires de Meute, fit la voix joyeuse de Jacques. Mais ne t'inquiète pas, je sonnerai à ta porte à neuf heures pétantes !

Je souris intérieurement ; ce n'était pas du tout le moment de montrer une quelconque gaîté dans les environs immédiats de mon oncle. Je soufflai un « d'accord, à ce soir ! », en me disant que ça me laisserait tout le temps de tricher et de passer chez le traiteur russe, plus bas dans la rue du bureau.

Inutile de dire que je n'avais aucun remords à l'idée de cette menue escroquerie.

Je rendis le combiné à mon oncle qui l'écrasa presque sur sa base. Il sonna à nouveau presque aussitôt. Géraud me fusilla du regard, décrocha et répondit d'un ton sec :

— Agnès est occupée, elle a du travail, elle !

Puis il s'interrompit et son visage s'illumina. Merci, Grande Mère, c'était Thomas, cette fois ! Je reconnus sa voix chaude même de mon bureau. Je ne l'avais jamais eu qu'en ligne, mais je n'osais imaginer ce que ça pouvait donner en direct. Loin des accents rudes et parfois trop nerveux de Zalia, l'avocat avait toujours un ton tendre, cajolant, irrésistible. Il pouvait convaincre n'importe qui de n'importe quoi. Je suppose qu'il enroulait les juges et les jurés autour de son petit doigt rien qu'en se présentant et obtenait les non-lieux, juste en récitant la liste des délits reprochés à ses clients.

Géraud nota quelques mots sur son carnet d'adresses et termina la conversation sur un « à tout de suite ! »

qui se perdit sans doute, vu qu'il raccrocha en même temps. Il se tourna vers moi.

— Bon, il a trouvé une fille qui correspond peut-être. La petite-fille de Thaïs, on dirait. Je pars. Elle prend l'Eurostar dans vingt minutes, Thomas va essayer de la repérer sur le quai. On monte dans le train avec elle.

— Tu t'en vas où ? dis-je stupidement.

Il consulta sa montre :

— À Londres, évidemment. J'ai à peine le temps d'arriver à la Gare du Nord. Zalia revient bientôt, ne t'inquiète pas. Je suis désolé mais pour les horaires normaux, il faudra attendre demain, d'accord ? Appelle ton *jeune homme*, tu seras en retard.

Et sur ces mots, il fila sans un adieu. Étourdie, je fixai la porte pendant une bonne minute avant de me décider à me remettre au travail.

Je laissai tomber le serveur parisien, pour me reconcentrer sur le docteur. Je ne cherchais rien de particulier, nous tenions notre héritière, c'était certain, mais ça me distrayait ; et puis je confesse une certaine compassion pour les avorteurs. Ils font un boulot épouvantable qui va à l'encontre de tout ce qu'ils ont appris à l'école de médecine, dont personne ne leur est reconnaissant – même pas leurs patientes, en tout cas pas sur le moment. Et dans la plupart des pays du monde, ils risquent encore leur peau.

Le net est un truc extraordinaire, on y trouve tout ce qu'on veut quand on sait à peu près ce qu'on cherche. C'est ainsi que je tombai sur une Vallès Caroline, gynécologue dans le onzième arrondissement. La coïncidence était trop grosse, alors je grattai jusqu'à trouver le numéro de téléphone et le mail de la dame. Je lançai les outils de hacking que Jehan m'avait appris à utiliser, pénétrant dans sa bécane comme dans du beurre. C'était bien plus facile que de tenter de percer les défenses du serveur de la capitale. La naïve dame avait en plus commis l'erreur de mettre tous les ordinateurs de son bureau en réseau, y compris celui de son domicile dans l'appartement d'à côté.

Je laissai tomber rapidement ceux du cabinet, le sien et celui de sa secrétaire, dont je constatai au passage un certain penchant pour les films à caractère pornographique tendance bondage.

Je jonglai avec l'idée de jouer un tour débile à cette dernière, genre lui mettre une des premières images en fond d'écran. Oh pas une des pires, juste une marrante. La brave dame, qui selon son dossier abordait les cinquante ans et que ses photos présentaient toujours sanglée dans d'invraisemblables tailleurs de tweed, ouvrirait son ordinateur sous le nez d'un client et « shazam ! », ils se retrouveraient tous les deux face à une bunny rose entravée de sa poitrine opulente jusqu'à ses longues oreilles, tout aussi factices que ses seins.

Puis je me dis que le bondage et le tailleur en tweed, finalement, ça collait bien ensemble et je chassai vite ma poussée de méchanceté perverse pour me concentrer sur la machine personnelle de la gynécologue.

Et là, je tombai sur la boîte de Pandore.

Le père et le grand-père de Caroline avaient été médecins eux aussi, mais biochimiste pour le premier et virologue pour le second. Toutes les archives médicales de la famille, depuis le bon docteur Laurent, y étaient classées et numérisées avec un soin maniaque. À ses heures perdues, la jeune femme semblait rédiger un roman familial qui partait des frasques de son insurgé d'arrière-arrière-grand-oncle jusqu'aux « exploits » douteux de son père aux côtés de l'armée irakienne vers 1991.

C'était le seul de la nichée qui avait choisi le côté du manche. Ça lui était retombé sur le nez, le biochimiste avait été interdit d'exercer à cause de sa « participation passive » au célèbre massacre de Halabja. Une sanction bénigne, puisqu'il profitait déjà de sa retraite. Enfin, ce qui avait compté surtout pour les victimes et leurs descendants à l'époque résidait moins dans la revanche que dans la reconnaissance des maladies qui avaient résulté de ces « expériences » et la prise en charge par les bourreaux des conséquences de leurs actes.

La petite Caroline semblait avoir conçu une certaine rancune envers son père et les pages le concernant n'étaient ni nombreuses ni tendres. En revanche, elle s'était beaucoup intéressée à son arrière-arrière-grand-père, et à ses patientes. C'est ainsi que je retrouvai le dossier de Thaïs au milieu d'une foule d'autres, et parvins à la conclusion que la jeune fille que mon oncle et Thomas tentaient d'intercepter à la Gare du Nord ne pouvait pas descendre d'elle. Absolument pas.

Parce qu'on a du mal à se reproduire sans utérus, surtout au XIXe siècle. C'était le cas de Thaïs, si j'en croyais le scan d'un ancien carnet de notes manuscrites. Pour des raisons différentes, la deuxième fille de Fränkel avait eu autant d'enfants qu'Alexandrine Zola. C'est-à-dire aucun.

Je refermai mon accès sur l'ordinateur du docteur Vallès et redressai la tête, consternée. On était en fin d'après-midi, mon oncle devait se trouver dans un tunnel sous des milliers de litres d'eau. Je tentai de joindre son cellulaire sans conviction, tombai sur sa messagerie à laquelle je confiai ma découverte.

Zalia n'était toujours pas de retour. Dans moins de deux heures, les vamps se réveilleraient, Denis arriverait avec le « petit déjeuner » et on aurait droit au cirque habituel, tentative d'Herfauges de tuer la petite, combat avec les deux autres pour la récupérer vivante. Je soupirai de lassitude à cette idée. J'avais fini par comprendre qu'Herfauges ne tenait pas tant que ça à tuer ses victimes mais qu'il s'obstinait par goût du « sport » et pour empoisonner Navarre et Denis.

C'était très réussi.

J'essayai à nouveau de joindre Géraud, puis Thomas. Impossible. Bon, il fallait prévenir Jacques que je serais *vraiment* en retard. Je m'aperçus que je n'avais aucun moyen de le toucher. À moins qu'il soit dans le carnet d'adresses de mon oncle. Je restais indécise, quand, tout à coup, on frappa à la porte.

C'était un coursier du Cénacle, un féal, qui arborait les couleurs de Dame Bathilde, il me tendit un carton assez lourd que je réceptionnai non sans mal. Il me suivit dans le bureau sans que je l'y invite :

— Je suis Laurent, féal de Maître Herfauges mademoiselle. Vous voulez bien me signer ça ?

Il me tendit un papier qui accusait réception du paquet, le cachet de Géraud était nécessaire semblait-il. Je grognai :

— C'est bien nécessaire tout ce cirque ?

— Oh, absolument, mademoiselle !

Et il passa derrière moi le doigt tendu, comme pour me montrer l'endroit où apposer le cachet. Un bruit se fit entendre à l'entrée, je relevai la tête du tiroir où je cherchais le tampon encreur et une demi-douzaine de féaux pénétra dans le bureau en silence.

L'homme dans mon dos m'empoigna avec brutalité, me bâillonnant d'une main. Je n'eus pas le temps d'avoir peur et tentai de le mordre sans succès. Il me saisit le bras, le tordit en arrière tandis que je me débattais avec désespoir. Pendant ce temps, ses acolytes fonçaient dans la chambre à côté, sortant de longues chaînes d'argent et des espèces de pieux du même métal.

Mon agresseur manqua de me démonter une épaule. Folle furieuse, je levai mon pied en l'air avant de le rabattre, talon droit sur sa chaussure. La pointe de métal traversa le cuir comme s'il avait été en papier et l'homme hurla. Il me lâcha, je filai vers la chambre. J'eus le temps de les voir clouer une main de Navarre au mur avec l'une des longues pointes argentées. Je hurlai de toute la force de mes poumons.

Tout devint noir.

Chapitre 20

Je m'entendis gémir. Un son rocailleux plus proche du croassement du crapaud-buffle que du soupir angélique de la Belle au bois dormant sous le baiser du Prince.

— Ah, ça y est ? Tu reviens à toi ? Je me demandais combien de temps je devrais résister tout seul à la tentation, fit une voix connue et railleuse.

Ah, merde, le Prince Charmant était assorti au crapaud-buffle !

— Herfauges ? marmonnai-je d'une voix rauque, les yeux encore fermés.

Je ne sais pas pourquoi mais je n'avais pas envie de me rendre compte de l'étendue du désastre. On poussa un rebord en verre contre mes dents :

— Bois, fit la même voix.

J'avalai avec la sensation que du feu descendait dans ma trachée au lieu d'un trait d'eau fraîche. On avait sans doute tapissé ma gorge de toile émeri ou de paille de fer. Je toussai. Ça m'obligea à ouvrir les yeux, ce que je regrettai aussitôt. Oh Grande Mère, j'étais dans la cage avec le tigre ! On m'avait enfermée avec lui !

Il m'aida à m'adosser contre les parois d'argent.

— Ils nous sont tombés dessus juste avant notre réveil. Je ne sais pas où nous sommes, dit-il.

J'examinai l'endroit éclairé par des torches. Des torches, grands dieux, pourquoi pas des bougies ?! Nous étions dans une pièce ronde aux murs de pierre brute sans fenêtres, sans porte non plus.

Ça devenait vraiment ridicule : comment avions-nous atterri ici, alors ? Je levai la tête avec précaution parce qu'une douleur pulsante s'y insinuait : le plafond, trois ou quatre mètres plus haut, cerclé d'un rebord en pierre taillée qui entourait la pièce, était en bois clouté. Les clous auraient eu bonne place dans une scène de crucifixion. Je frémis en me remémorant celui qui avait transpercé la paume de Navarre juste avant mon évanouissement.

Une énorme trappe était fixée sur la coursive ; les gonds épais comme des conduites d'eau luisaient doucement dans un angle entre le bois et le minuscule chemin de ronde de la largeur d'un pied à peine. La cage y avait peut-être été descendue telle quelle, sans doute avec un palan, Herfauges couché sur son matelas. Sauf qu'en prime, on lui avait offert de la compagnie et qu'on y avait rajouté une cruche d'eau.

Et donc, ça lui fait deux cruches ! me dis-je en regrettant amèrement de ne pas avoir Zalia sous la main pour la lui raconter, celle-là.

Se mettre au diapason des collègues, ça allège les relations dans un bureau, j'avais lu ça sur le Net, une fois. Du coup, je constatai que l'ordinateur que nous avions prêté au prisonnier avait disparu. Je fouillai mes poches à tout hasard. Non, on ne m'avait pas laissé mon cellulaire, même pas un stylo. Il ne fallait pas rêver non plus. Cela dit, si nous étions aussi profondément enfoncés sous terre que le suggérait le genre de la pièce, il y aurait eu de grandes chances que les ondes ne traversent pas, de toute façon.

Je me lançai dans un gros effort de verbalisation :

— Ça a dû leur prendre un moment, tout ça : découper les grillages, me glisser dedans et ressouder le tout, non ?

J'avais à peine appuyé sur le point d'interrogation final, qu'une quinte de toux me plia en deux et ma gorge s'embrasa à nouveau. Pourvu que ce ne soit pas une nouvelle crise d'allergie, on ne m'avait pas laissé ma pharmacie de secours non plus.

— Je ne pense pas ! Dix minutes tout au plus, en vitesse vampire… objecta mon compagnon. Et puis, ils ont dû remonter l'ensemble sur place.

Je fis signe que non :

— Des féaux, seulement des féaux…

C'était tout ce que j'étais en état d'articuler. Je m'emparai à nouveau du verre d'eau pour éteindre l'incendie qui manifestait l'intention de s'étendre à ma poitrine ; quant à mon crâne, la sensation douloureuse du départ virait à la migraine en bonne et due forme. Herfauges me contredit à nouveau :

— Un féal bien *nourri* par son maître peut devenir très rapide…

Je me resservis une rasade, déglutis avec précaution. Ça allait mieux, mais je ne pris pas de risques et me contentai d'un :

— Navarre ?

Il secoua la tête :

— Tu n'es pas encore dans ton assiette, hein ? Je t'ai dit qu'on dormait à ce moment-là. Je ne sais pas ce qui lui est arrivé. J'ai repris conscience ici comme toi.

Sans réfléchir, il donna un violent coup de poing dans le grillage. En jurant, il retira sa main fumante aussitôt.

— Ce n'était pas très malin, ça, remarquai-je sans pouvoir m'en empêcher.

Ce n'est pas parce qu'on recouvre peu à peu l'usage de la parole qu'il est intelligent de s'en servir. Il se tourna vers moi avec un sourire mauvais :

— Et tu n'imagines pas à quel point, petite idiote ! Je crève de Soif !

Je regardai sa main, la cicatrisation se déclenchait mais elle était lente, très lente. Je blêmis.

— C'est ça ! grinça-t-il. Tu penses que je vais tenir combien de temps avant de te vider comme tu viens de lamper ce verre ?

Je lui fis face :

— Et qu'est-ce qui vous retient exactement ? La dernière fois, ça ne vous a pas gêné énormément !

Il haussa les épaules :

— Je jouais, c'est tout. On va pas remettre ça sur le tapis, hein ? Tu t'es bien vengée aussi, petite garce ! J'en ai eu mal pendant deux jours, le temps que mon œil redevienne normal.

Je hochai la tête avec précaution, le monde n'était pas encore stable à mes yeux. Les parois de la cage tanguaient, le plancher aussi comme s'il avait flotté sur les eaux d'une rivière en crue. La douleur sous mes cheveux ne cessait de croître. Je retins un haut-le-cœur et Herfauges s'avisa de mon teint verdâtre.

— Ah, non, ne vomis pas ! dit-il d'un ton dégoûté. Bon, sinon, même si ce que Géraud et Navarre me feraient ensuite n'entrait pas dans l'équation, je déteste agir comme on l'attend !!! Ça me crispe. Je ne sais pas si tu as remarqué ?

Vu le résultat désastreux de mon hochement de tête précédent, je me contentai de ciller. Il reprit :

— Eh bien, j'ai l'impression que ceux qui nous ont enlevés ne demandent que ça. Que je te boive ! Ou alors, ils t'auraient collée ailleurs. À ces chaînes, par exemple…

Il désigna un anneau fixé dans le mur en face de nous. Des entraves y pendaient.

— Quel intérêt ?

Je voulais dire : pourquoi le pousser à me tuer ? Ils auraient pu s'en charger au départ, tout aurait été réglé et au moins je n'aurais pas aussi mal à la tête.

— Pas la moindre idée. Ou alors : vouloir vraiment énerver ton oncle. Mais c'est stupide, même Mère hésiterait ; et elle le connaît depuis des siècles. Ou le placer en conflit d'intérêts par rapport à elle, justement, ou…

Je levai la main, chassant la dernière hypothèse :

— Ça aussi, c'est idiot. Votre mère ne s'opposerait pas à ce qu'il vous tue, elle lui demanderait seulement d'attendre un peu…

Ce qu'il ferait sereinement, trompant son impatience en cherchant des options douloureuses et lentes à l'exécution. Mon oncle n'avait jamais totalement quitté le XIIIe siècle, sur certains points, dont la loi du Talion. Œil pour œil, dent pour dent, ça lui parlait.

— Ou alors, continua Herfauges en ignorant ma réponse, c'est une commande par un vamp qui veut me shunter pour la succession de mère, ou bien une initiative de féal, pour son propre compte… voilà ce que c'est de leur montrer nos petits trucs ! Personnellement, c'est pour ça que je n'en ai jamais eu, ou presque.

Il feula presque les derniers mots.

J'évitai de penser à ce qui avait dû arriver aux féaux en question si la première idée d'Herfauges était la bonne ; quant à la seconde, j'avoue que je ne parvenais pas à désapprouver le féal qui aurait pu s'en rendre coupable. Même s'il avait trouvé malin de m'offrir en pâture à un de ses anciens maîtres dans la foulée.

J'évitai de la sortir, celle-là.

— On a peut-être seulement voulu vous garder en état plus longtemps, au cas où, et ils m'ont prise parce qu'ils m'avaient sous la main. C'est un genre de puits, continuai-je, désignant l'étrange structure de la pièce. Vous croyez qu'il débouche où ?

Mais Herfauges ne m'écoutait plus, il reniflait l'air alentour avec concentration.

— On est sous terre, très profond, à mon avis. Mais toujours à Paris.

— Qu'est-ce que vous en savez ?

Je ne me résignais pas à le tutoyer, je réservais ça aux amis et lui l'utilisait pour les inférieurs. Herfauges haussa les épaules :

— Même en vitesse vampire et en disposant d'un avion supersonique, ils n'avaient pas énormément de temps avant mon réveil et celui de Navarre. Donc, ils n'ont pas pu nous traîner très loin. Et je fréquente les dessous de la capitale depuis très longtemps. J'ai vu la construction ces souterrains.

Ce fut mon tour de hausser les épaules à cette vantardise évidente :

— Allons, Herfauges, elles datent d'avant les Romains ! Même vous n'êtes pas aussi vieux.

Si je n'avais pas eu aussi mal, je lui aurais ri au nez et ça se voyait. Il ne s'offusqua pas.

— Les catacombes ne datent pas de l'antiquité, figure-toi, dit-il avec une certaine condescendance. On les a fondées pour délester les cimetières de Paris au XVIIIe siècle… Mais tu n'as pas idée du nombre de gens qui ont creusé sous cette ville, à toutes les époques. Pour en tirer des matériaux de construction en général, se cacher, ou chercher des minerais précieux. Ou s'amuser. (Il prit un ton rêveur.) J'en ai fait partie. L'odeur des trous parisiens : la tourbe, la glaise, les carrières, les égouts, les vieilles champignonnières, tout ça, c'est comme une « signature ». Et cette signature-là, je la reconnaîtrais entre MILLE, justement...

Eh bien, vu son ton nostalgique, il avait dû s'en passer d'aussi belles dans les carrières qu'au Père-Lachaise ! Remarquez, je ne tenais pas à savoir ce qui était capable d'inspirer de la mélancolie à ce type.

— Ça sent aussi l'humain, reprit-il. Ça, ça doit être toi et les féaux qui nous ont traînés ici... Mais il y a *autre chose* vraiment... je n'arrive pas à mettre le doigt dessus.

Il recommença à renifler profondément, avançant à l'autre bout de la cage. Ma migraine explosa soudain. J'eus l'impression que mon crâne suivait le mouvement. Les murs ondulèrent comme des draperies parcourues par un typhon. Un instant, je pris cela pour un effet du coup que j'avais reçu sur la tête, de ma nausée grandissante ou de la lumière dansante des torches. Mais je changeai d'avis quand un sang pourpre et dense comme un sirop se mit à sourdre entre les pierres à la base du mur. Une odeur de mer putride emplit mes narines.

— Herfauges ? dis-je d'un ton mal assuré.

C'était maintenant de grosses flaques lourdes qui s'évasaient du pied des parois et convergeaient toutes vers moi. Leur surface bombée avançait en longues traînées de mélasse fureteuse qui semblait me chercher.

— Quoi ? demanda-t-il agacé, le nez toujours en alerte.

La pièce entière se remplissait d'un flot lent et continu d'hémoglobine en décomposition, cernant la cage où il s'insinuait peu à peu. Je me réfugiai affolée sur le matelas mais Herfauges ne s'en aperçut pas, il était trop occupé à scruter les moindres recoins de notre geôle. Bientôt, la vague monta par-dessus le rebord du matelas, se refermant autour mes chevilles avec un bruit de succion répugnant, puis baignant mes fesses d'une humidité tiédasse. Les relents de poisson pourri devinrent insoutenables. Je me levai précipitamment et gémis :

— Rapprochez-vous de moi, s'il vous plaît !

Il se tourna vers moi, sidéré.

— Non, mais ça ne va pas la tête ? Je sens déjà d'ici l'odeur de ton sang, bordel de merde, je le vois courir *là*. (Il désigna ma jugulaire d'un doigt presque tremblant.) Tu sais ce que je ressens ? Je ne tiens pas à te tuer, petite conne ! Pas aujourd'hui, en tout cas !

Je hochai la tête :

— Ma tête n'est pas au mieux de sa forme, c'est vrai.

Je fermai les yeux, pour éviter de voir les visages torturés qui se dessinaient en irisations clapotantes autour de moi. Ce n'étaient même pas des visages, plutôt des amalgames de faces torturées, comme si on les avait atrocement pressées ensemble et qu'elles s'étaient fondues les unes dans les autres en une parodie de figure unique. Ça montait presque à ma taille à présent et une bouche aux lèvres mollasses, à la langue indiscrète se glissait dans mon jean et mon chemisier. Je retins un autre haut-le-cœur.

— Herfauges… repris-je dans un effort surhumain, je suis sorcière, vous le savez ?

Je n'avais pas la moindre intention de lui dire que je ne l'étais qu'à moitié. S'il me croyait en possession de la magie de ma lignée, il pourrait hésiter encore quelques secondes avant de me mordre au moment où il craquerait. Parce que quelle que soit sa résolution de ne pas donner satisfaction à nos ravisseurs, il craquerait forcément. Il n'était pas non plus le genre à résister très longtemps à la tentation. Le flot putréfié avait presque atteint nos poitrines à présent, un voile nauséabond passa devant mes yeux. Le plus terrifiant était sans doute l'inconscience d'Herfauges qui baignait là-dedans, serein, sans s'apercevoir de rien.

Il renifla de mépris :

— La nièce de Géraud, tu pourrais être quoi d'autre ? À part une emmerdeuse, bien sûr, mais désolé, ça n'est pas incompatible…

— Je vois les fantômes, tous, expliquai-je avec une lassitude contrôlée. Je ne peux pas les arrêter ici, ils sont trop forts. (Bon d'accord, c'était un mensonge éhonté : je n'aurais pas pu les arrêter non plus ailleurs ; mais il n'avait pas besoin de le savoir, n'est-ce pas ?) On dirait qu'on y a laissé mourir un nombre incalculable de gens. Et ils sont toujours là.

J'espérai que la note d'hystérie dans ma voix en fin de phrase était passée inaperçue.

— Qu'est-ce que ça à voir avec moi ? gronda-t-il.

— Normalement, votre présence seule dans la pièce devrait les arrêter, l'aura des vampires éteint celle des fantômes. (Vu sa mine, je le lui apprenais.) Mais ceux-là sont si puissants, si… désespérés, que l'effet s'atténue dès que vous vous éloignez de moi. Rapprochez-vous, s'il vous plaît.

J'aurais voulu avoir l'air seulement poli, et que la note de supplication dans ma voix se fasse moins aiguë. Il n'avait pas la moindre idée de ce que je percevais, aussi tranquille que dans le salon de Géraud. Il me considéra avec attention, puis avança d'un pas vers moi.

— Ça suffit ?

La marée reflua d'un bloc vers les murs, elle n'arrivait plus qu'à la hauteur de mes genoux.

— Non, soufflai-je.

Encore un pas, puis il stoppa net ; il était à moins d'un mètre.

— Je ne peux pas plus, navré. À moins que tu tiennes à ce qu'on soit vraiment très proches, très vite, fit-il avec un rictus des plus déplaisants.

Les murs ondulaient toujours de l'autre côté des parois d'argent, mais bien plus lentement et il n'y avait plus la moindre trace de l'inondation cramoisie, seul un remugle pourrissant me chatouillait parfois les narines. Je le remerciai du menton, en forçant pour rendre ma voix aussi assurée que possible :

— Ça ira… là.

— N'empêche, il y a une odeur…

Je ne pouvais m'empêcher de lui donner raison, mais je doutais que nous parlions de la même. Je le fixai d'un regard interrogateur.

Brusquement, il fut sur moi, je n'eus même pas le temps de me tasser contre le grillage. Je me sentis blêmir plus encore. Merde, il craquait déjà ! Son souffle froid chatouillait mon cou. Je me mis à trembler. Mais il se retira aussitôt, reprenant sa place aussi vite qu'il l'avait quittée.

— OK, c'est toi qui pues ! cracha-t-il.

— Pardon ?

— Tu empestes le garou ! Tu t'es fait tringler par un cabot, il a laissé sa marque sur toi !

Il grinça quelque chose dans une langue que je ne reconnus pas tout d'abord. Puis, j'identifiai un ou deux mots pour les avoir lus dans la *Chanson de Roland*. De l'ancien français, du *très* ancien français, et *très* vulgaire aussi. Juste avant, j'étais au bord de l'évanouissement mais la grossièreté d'Herfauges me donna un coup de fouet.

— Connard, répondis-je avec calme.

Il me regarda abasourdi. Il devait s'être écoulé plusieurs siècles depuis la dernière fois où on l'avait insulté ainsi. Surtout aussi tranquillement, et si près d'être croqué comme un gâteau apéritif. Je repris avec une fougue dont j'aurais juré être incapable cinq secondes plus tôt :

— Je ne me *fais* pas tringler ! *Je couche* avec qui je veux, Herfauges ! Et les miens sont majeurs, consentants, savent lire et ne se teignent pas les cheveux, vu ?

Je couchais avec qui je pouvais surtout, mais ça, je serais morte plutôt que l'avouer. Le vamp me jeta un regard noir, juste avant d'éclater de rire :

— D'accord, d'accord ! fit-il les mains levées en signe de reddition. Pourtant, ça nous aurait arrangés qu'il y ait un garou dans le coup ! J'aurais pu déduire à peu près où nous sommes, leur territoire souterrain n'est pas très grand. C'est pas leur genre, les tunnels aux cabots !

La lassitude tomba sur mes épaules comme un rideau de velours, je soupirai, à peine audible :

— Ça nous aurait avancés à quoi de savoir où nous sommes ? Vous avez une solution pour sortir de ce piège ?

Je désignai les parois de la cage.

— Crois-moi que si j'en avais trouvé une, je m'en serais servi chez ton oncle !

Ignorant résolument la fatigue qui m'envahissait, je me levai en me tenant au grillage pour étirer mes membres endoloris. J'avais toujours aussi mal et le vertige s'en mêlait à présent. Je sentais les yeux de mon voisin suivre chacun de mes gestes, le moindre mouvement de mes muscles sous mes habits, avec une avidité inquiétante.

L'espèce de chambre tout autour était vraiment très ancienne ; le sol se couvrait d'une poudre bizarre et blanchâtre. Je m'accroupis en passant deux doigts à travers les grilles ; j'en pris une pincée que je fis rouler sur ma paume : très fin, comme du talc. Certainement pas du sable, car si volatile que le moindre mouvement la répandait partout. Je toussai. Ça m'attaquait la gorge en plus.

— De l'os, soufflai-je horrifiée. De la poussière d'os !

À vue de nez la couche épouvantable était d'une belle épaisseur. La marée rouge à laquelle je venais d'échapper n'était plus un mystère à présent. Prise d'une terreur rétrospective, je repris ma place sur le matelas en inspirant avec précaution. Herfauges ne put s'empêcher d'esquisser un mouvement de recul.

— Vous connaissez un endroit où l'on aurait assassiné environ trois cents personnes et réduit leurs cadavres en bouillie ? articulai-je d'une voix si basse qu'il dut tendre l'oreille.

Il secoua la tête en signe de négation.

— Bon, alors je vais dormir, dis-je sur le même ton en m'étendant sur le matelas. Poussez-vous un peu.

Il me gênait pour les pieds.

— Tu veux dormir ? fit-il incrédule, en m'obéissant machinalement. Tu n'as pas peur que…

Il n'acheva pas.

— Ça changera quelque chose si je suis réveillée ? Non ? Donc je vais dormir parce qu'il n'y a rien de mieux à faire et que j'ai un mal de tête épouvantable. Réveillez-moi, s'il se passe un truc intéressant !

Je plastronnais, et j'usais de mes dernières forces, inutile de vous le dire. Mais il me semblait que c'était la seule façon de traiter avec ce type pour qu'il me considère autrement que comme un déjeuner à peine passable. Et l'idée de continuer cette conversation stérile au milieu d'un fantôme omniprésent et protéiforme ne me disait pas grand-chose non plus.

Le plus étonnant est que je parvins réellement à m'endormir malgré la douleur taraudante qui semblait vouloir percer mes tempes. Et d'un sommeil de plomb encore.

***

— Il se passe quelque chose d'intéressant, susurra la voix d'Herfauges à mon oreille.

Sa bouche était trop près de ma peau, de petits frissons parcoururent mon échine.

Chapitre 21

Effectivement, c'était intéressant. Le ciel était carrément en train de s'effondrer sur nos têtes. Enfin, le plafond.

Le bruit de lointaines explosions parvenait jusqu'à nous. De la poussière vieille de plusieurs centaines d'années nous tombait dessus en pluie neigeuse. Je m'étonnais de ne pas être en train de gonfler comme une outre, ç'aurait été le moment d'une jolie petite crise d'allergie aux acariens. Mais il faut croire que je n'étais pas réactive aux bestioles séculaires, je devrais me contenter de la simple irritation due à la poudre d'os.

On entendait des détonations, des chocs sourds et des cris. Herfauges s'était relevé et scrutait le panneau au-dessus de nous avec attention, les yeux en alerte, vifs et mobiles comme s'il suivait les mouvements rien qu'à l'oreille.

Une explosion plus proche. Les gonds énormes grincèrent. Le plafond craqua. Quoi qu'il se passait là-haut, le poids supporté était trop lourd pour lui ou quelque chose lui cognait dessus. Très fort. L'énorme cercle de planches s'incurvait en sens inverse de son trajet normal comme s'il avait été constitué de métal et forçait sur ses glissières. Herfauges fronçait de plus en plus des sourcils.

Soudain, il y eut une secousse, nos oreilles se bouchèrent et un autre craquement plus menaçant encore que les autres retentit.

— Onde de choc, dit-il. D'accord ! Si on la joue comme ça…

Son regard fit le tour de notre cellule, il s'arrêta sur le matelas sur lequel j'étais étendue.

— Approche ! ordonna-t-il, diffusant son charme de vampire sous la forme la plus impérieuse.

Je ne me rendis même pas compte que je lui obéissais. J'étais déjà contre lui. Dans ses bras. Il pencha la tête vers moi et sa bouche s'ouvrit lentement. Je me mis à trembler comme une feuille, j'étais terrorisée. Une voix intérieure me hurlait de m'enfuir, mais j'en étais incapable et restai là, le cou offert… Et le soulagement complet de ma migraine au contact de la peau du vamp n'était pas la moindre de ses séductions.

— Ah non, tiens, c'est pas ça l'idée ! ricana-t-il contre ma peau en s'arrêtant juste à temps.

Puis il changea radicalement de ton :

— Il va falloir avoir confiance, petite sorcière…

Ça sonnait presque comme une prière.

— Plutôt crever, murmurai-je alors que je récupérais un semblant de maîtrise de moi.

— Remarque, c'est un peu ça l'enjeu…

Je n'eus même pas le temps de gémir, il me plaqua à plat ventre contre le parquet de la cage, se coucha sur mon dos et nous recouvrit tous les deux avec le matelas.

— J'espère que ça ne va pas leur prendre des heures, en haut, dit-il dans mes cheveux, parce que là, j'ai quand même du mal !

Je ne lui demandai pas à quoi, je sentais son souffle devenir brûlant contre ma joue, tandis qu'il haletait comme un poisson hors de l'eau. Son corps pesait de plus en plus lourd contre le mien et le matelas sur nous, s'il arrêtait l'avalanche de poussière, stoppait également l'oxygène. Moi aussi, j'avais du mal à respirer. Au-dessus de nos têtes, le plafond craqua pour la troisième fois dans un concert de ce qui devenait des rugissements. Je crus y reconnaître un loup, mais je n'en étais pas sûre à cause de l'exhalation sifflante d'Herfauges qui noyait tous les sons.

Les torches s'éteignirent d'un coup après un dernier crépitement.

— Raconte-moi quelque chose… supplia-t-il.

— Pardon ?

— J'ai dit, parle-moi, bordel ! De n'importe quoi, ce que tu veux ! Mais dépêche-toi !

Il en aurait presque pleuré. Je restai coite une seconde. Ses mains se raidirent contre mes épaules et son front toucha le haut de mon crâne. Un conte de fées, ça ne le ferait pas, j'en étais sûre. Mon cerveau moulinait dans le vide. Je ne trouvai rien d'intelligent à raconter à un type qui me viderait de mon sang si je n'arrivais pas à jouer les Shéhérazade souterraines.

— Vous connaissez l'expérience de la guimauve ? soufflai-je précipitamment.

— Hein ?

— Bon, je vois que non. (J'essayai de prendre la voix la plus professorale possible.) Alors l'expérience de la guimauve, c'est un truc qui a été tenté par des psys, il y a vingt ans.

— Putain, je hais les psys ! grogna-t-il en donnant un coup de poing sec à côté de mon crâne.

— Ah tiens, pourquoi ?

Je tentai de prendre un ton détaché, mais l'imitation était assez pâle : quand il parlait, je sentais ses lèvres sur ma peau et deux petites choses pointues en dépassaient bien trop à mon goût. Le pire était que la sensation n'était pas totalement déplaisante.

— Mère m'a obligé à en consulter un, une fois… Dans les années 80.

Je ne lui demandai pas de quel siècle, c'était forcément le XXe ; avant, elle l'aurait adressé à un exorciste. Peut-être que cela aurait été plus efficace, cela dit.

— Et alors ?

— Il a dit que j'étais un sociopathe ! fit-il, encore vexé comme un pou quarante ans plus tard.

— C'est très étonnant.

La Grande Mère m'est témoin que, là, j'avais répondu à plat, et que celui qui aurait décelé une ombre d'ironie dans ma voix aurait été forcément télépathe. Mais Herfauges ne s'y trompa pas.

— C'est ça, fous-toi de ma gueule ! Bon, continue ton histoire de guimauve…

— Au vrai, c'étaient des chamallows.

— Je sens que la précision est d'importance…

— Bref, ils ont sélectionné des groupes d'enfants de maternelle, poursuivis-je sans me laisser démonter. Ils les ont collés devant une table couverte d'assiettes de chamallows… en leur disant de ne pas y toucher.

— Tiens ? Je croyais pourtant qu'on avait eu la mauvaise idée d'abandonner les châtiments corporels à l'école…

Étonnant, combien parfois les rebelles les plus énervés se montrent conservateurs à propos de la répression dont ils ont souffert eux-mêmes.

— Pas tout à fait. Mais les gosses se font ça entre eux maintenant, ça vous plairait… Donc, le deal, c'était ça : le psy quittait la pièce et les gamins restaient face à leur assiette de chamallows. Et quand le type revenait…

— Il ne restait plus un môme vivant parce qu'il avait tout saupoudré de cyanure ?

Je ne pus m'empêcher de glousser.

— Abruti ! Non, bien sûr ! Mais ceux qui avaient résisté à la tentation de boulotter leur assiette de guimauve s'en voyaient offrir deux.

— On le leur avait promis ?

— Oui.

— Et il y en a eu beaucoup à gagner la double ration ?

Le ton de mon compagnon était dubitatif, mais en même temps la pression sur mon cou s'était allégée. Au-dessus de nous, le cirque continuait et un morceau de roc se détacha des hauteurs pour s'écraser sur la cage avec un bruit métallique.

— Un petit vingt-cinq pour cent, environ… (Je forçai ma voix, car le vacarme devenait épouvantable.) Là où ça devient intéressant, c'est quand le psy leur a demandé de quelle manière ils avaient résisté au truc alors que la plupart de leurs copains avaient craqué…

— Et alors ?

Il hurlait pour qu'on l'entende. Mais juste après, grâces en soient rendues à la Grande Mère, il y eut quelques minutes d'un silence tout ce qu'il avait d'inquiétant, j'en profitai pour glisser :

— Ils ont tous répondu qu'ils avaient essayé de toutes leurs forces de penser à autre chose. Le psy a continué son étude et il a constaté que ces mômes qui avaient tenu bon étaient également ceux qui réussissaient le mieux tant en termes sociaux que scolaires, et sa conclusion…

— Ouais, je la vois d'ici sa conclusion : ne pensez pas à la guimauve et vous deviendrez de grands chefs honorés et respectés ! Je suppose qu'il y a un message subliminal pour moi, là-dessous ?

— Vous croyez ?

— Je crois surtout que tu sens de plus en plus la guimauve !

Le plafond s'écroula à cet instant. Il était moins une. Jamais je n'ai plus été ravie de ma vie de prendre quelques tonnes de pierres, de métal et de bois sur le dos. La dernière chose que je sentis fut le corps d'Herfauges s'arc-boutant au-dessus du mien pour me protéger des coups puis de la pression.

***

— J'y suis peut-être allé un peu fort avec la dynamite

C'était une petite voix de rat terrorisé.

Fred.

J'étais forcément à l'hôpital et je délirais.

— Je vous dis qu'elle est là-dessous, ajouta-t-il. Elle est vivante, monsieur Navarre ! C'est son aura, je la reconnaîtrais entre mille. Surtout ici !

Une voix douce qui me séduisait, même sous le poids d'Herfauges, même sans oxygène, intervint :

— Moi aussi, monsieur. Mes phéromones…

— Ne vous fatiguez pas, je la sens aussi, répondit Navarre.

On déplaça des planches et des moellons. La masse contre mon dos devint moins pressante. Je ne pouvais toujours pas respirer. Des étoiles dansèrent sous mes paupières. Quant à Herfauges, il gisait sur moi, inerte. Des liquides d'un froid glacial s'infiltraient de ses vêtements aux miens. Lui non plus ne respirait pas. Mais lui, c'était normal.

— Merde ! La volière s'est imprimée sur eux !

Navarre jura épouvantablement.

— Oui, fit Jacques calmement, c'est de l'argent. Ça va faire mal.

Ils ignorèrent Fred qui proposait de s'en charger.

La grille se désincarcéra d'un coup autour de nous. En même temps que l'air, des remugles de chairs calcinées parvinrent jusqu'à mes narines. Ils touchaient à l'argent sans protection ces deux ahuris ! Alors que n'importe quel bout de chiffon aurait pu suffire. Je gémis. Je ne savais pas si c'était de souffrance ou pour protester contre celle que nos sauveteurs s'infligeaient si stupidement. On souleva le matelas, puis Herfauges.

— Ne bouge pas, princesse, murmura Jacques à mon oreille.

Je secouai la tête et tendis la main au hasard, je n'y voyais rien. Jacques glissa son bras sous mes doigts puis m'aida à me redresser. J'étais indemne même si mon corps entier geignait, une bonne commotion mise à part sans aucun doute. Un pur miracle. Une fois debout, je me pliai en deux.

— Herfauges ? crachai-je en même temps qu'un bon kilo de poussière.

— Il est encore… en vie, m'informa Navarre d'un ton sec.

Il était clair qu'il le regrettait.

— Il m'a sauvée ! protestai-je.

Jacques se contenta de remarquer :

— Ça ne devait pas être pour tes beaux yeux, tu sais. Ce type ne donne rien sans contrepartie.

Puis il me fixa avec une tendresse amusée que je perçus malgré la brume épaisse dans laquelle il me semblait nager. J'avais du mal à accommoder, tout paraissait flou. Pourtant ils avaient amené de vraies lampes destinées sans doute à un terrain d'atterrissage pour Boeing 947. Jacques tenait dans sa main une maglite capable d'assommer un bœuf et Fred arborait un casque de chantier auquel il avait tenté d'accrocher un phare. La lumière était aveuglante. Je compris tout à coup que ce brouillard était réel : la chute du plafond avait projeté partout la poudre dont le sol était tapissé. Nous étions plongés dans un nuage d'ossements humains ! Je frissonnai. Sans la présence de Navarre et d'Herfauges, nul doute que les fantômes m'auraient tuée sur ce coup-là. En plus du reste.

— C'est Herfauges qui a eu l'idée du matelas ? demanda Jacques.

J'acquiesçai.

— Ça, c'était un coup fumant, non seulement ça vous a protégés des pires chocs, mais en plus ça lui sans doute sauvé la vie quand la cage s'est imprimée sur vous. Tant d'argent à la fois…

Il ne termina pas sa phrase, et agita sa main calcinée jusqu'aux phalanges. Elles se reformaient. Puis il jeta un coup d'œil sur Herfauges étendu non loin de mes pieds. Je suivis son regard et réprimai un cri. Il était inconscient. Ça valait mieux car la douleur aurait été atroce. Son corps avait absorbé l'essentiel de l'impact, il ne devait plus avoir un os en un seul morceau. Du sang noir suintait de tous ses orifices et même de sa peau, par endroits, comme si on l'avait collé dans un pressoir. Je passai la main dans mon dos et mes fesses. Je la ramenai devant mes yeux. Elle était entièrement couverte de ce liquide cinabre et gluant. Mes cheveux en étaient tout poissés aussi, je me retins de peu d'en rajouter en vomissant. De toute façon, je ne pouvais même pas me pencher, mes lombaires me lançaient atrocement, Herfauges m'avait protégée mais il n'avait pu que m'éviter le pire.

Navarre se pencha sur le blessé et le poussa légèrement. Herfauges ne réagit pas, son corps ballotta ; ses membres torturés avaient la mollesse et la consistance d'une éponge.

— Il va avoir besoin de beaucoup de sang... dit Jacques à regret.

Navarre hocha la tête.

— Je serais assez pour qu'on le ramène comme ça à l'Étude ! Ce serait plus sûr. Mais ça ferait désordre, si les flics s'intéressaient à nous au retour. Jacques, courez prévenir votre alpha qu'on les a retrouvés et que tout le monde est en vie pour l'instant...

— Il faut remonter d'abord, fit remarquer le garou.

Navarre se gratta la tête. Il sortait d'un combat. Des contusions sur son visage et des écorchures sur ses bras nus disparaissaient lentement. Son débardeur noir était couvert de poussière et de traces humides. Il semblait désorienté et surtout rongé par une angoisse inexprimable.

— Je me charge du reste, dit-il avec effort. Avertissez votre alpha que nous les avons récupérés et remerciez-le. Je ramène ces deux-là, au bureau.

— Non, répondit Jacques.

— Quoi, non ?

— C'est Fred qui préviendra mon alpha, il est de notre bord, même si ce n'est pas un garou. Moi, je m'occupe d'Agnès et nous remontons tous les cinq ensemble. On a pas mal nettoyé le coin mais rien ne dit qu'il ne reste pas un ou deux kamikazes cachés dans les environs.

Navarre fronça les sourcils et se redressa de toute sa hauteur, toisant l'archiviste qui lui rendit son regard sans ciller.

— Votre cinéma est inutile, dit tranquillement Jacques. Je sais que vous pouvez m'écraser comme une punaise, mais je ne changerai pas d'avis. Faites-en ce que vous voulez.

Et sur ces mots, il lui tourna le dos pour me prendre dans ses bras avant que j'aie pu émettre la moindre protestation. La tête contre l'épaule de Jacques, je surpris la grimace étrange de Navarre qui nous regardait avancer vers le panneau détruit.

Chapitre 22

– Je te ramène chez toi, dit Jacques. Pas à l'Étude. Tu as besoin de repos. Fred ? Au passage, tu demanderas à Richard de poster des bêtas autour de la maison d'Agnès…

— Oui, Jacques, murmura Fred qui grimpa très maladroitement le plan incliné formé par une partie de la trappe brisée.

— Fred ? appela encore Jacques. Attends-nous aux escaliers. Je préfère que tu ne remontes pas tout seul non plus.

Le médium hocha la tête sans répondre, il abordait un passage délicat : une planche disjointe qui menaçait de nous le renvoyer plus vite qu'il n'était monté.

Tout le reste nous était tombé dessus. Je jetai un œil vers le haut, malgré la lumière des lampes, le haut du puits était invisible, tout se perdait dans le noir et le brouillard d'ossements à une vingtaine de mètres. Je ne parvenais pas à imaginer quel avait été l'usage de cette pièce autrefois.

Fred avait enfin atteint le rebord de pierre et s'y était perché. Il suivit mon regard et me renseigna :

— C'était un puits d'angoisse, mademoiselle Agnès.

— Un puits d'angoisse ?

Le petit homme s'agita, gêné :

— Un supplice datant de l'Inquisition. Vous avez remarqué ces spirales le long des murs ?

Non je n'avais pas remarqué, elles étaient si comblées de poussière qu'il fallait savoir qu'elles y étaient ou avoir le nez dessus pour les dénicher.

— Le panneau n'était pas seulement capable de s'ouvrir. Il pouvait aussi… descendre.

Oh. D'accord.

Et tout ce qui était en dessous se retrouvait en bouillie. Merveilleux. On pouvait dire ce qu'on voulait de la plupart des éternels, Herfauges en tête, mais jamais ils n'égaleraient en horreur ce que les simples humains étaient capables de concevoir rien que pour s'éliminer les uns les autres. En général, les éternels ont du mal à penser industriel, même en terme d'extermination. Ce n'est pas dans leur nature. Ce sont plutôt des chasseurs, ils comprennent la nécessité de la reproduction du gibier.

La rage des fantômes s'expliquait d'autant plus : si on ne les avait pas laissés mourir de faim au milieu des cadavres, ils avaient regardé le plafond descendre sur eux sans aucune autre solution qu'attendre la mort.

— Mais Herfauges m'a dit que les catacombes avaient seulement servi de carrières et d'ossuaires. Il n'a jamais parlé de l'Inquisition ! rétorquai-je.

Fred eut un rictus de mépris mal dissimulé.

— C'est un vamp… ces êtres traversent l'histoire, uniquement en fonction de leurs nombrils. Je ne pense pas que les vampires aient beaucoup pleuré le sort des Templiers que visait l'Inquisition justement. Les Meutes et les mages fonctionnent d'une autre façon. Cependant, il n'a pas complètement tort en ce qui concerne cet endroit : ça a aussi servi d'ossuaire. Pour le charnier du gibet de Montfaucon. On a jeté ici les restes des condamnés à mort et utilisé l'ancien système pour tasser les cadavres. Toute cette section est classée Monument historique, termina-t-il avec une sorte de fierté.

D'accord, des victimes de l'Inquisition et des condamnés à mort pour Dieu savait quelles horreurs, l'endroit rêvé pour m'enfermer. Je hais les Monuments historiques.

— Normalement, personne n'y a plus accès depuis des années, ajouta le petit médium. L'Inspection des carrières a déclaré avoir injecté du béton dans les galeries mais d'après ce que nous avons vu en descendant, c'était surtout du béton virtuel…

— Du béton virtuel ? demandai-je sans comprendre.

Fred haussa les épaules :

— On prétend que l'Inspection réalise de petites opérations lucratives avec les BTP. Ils affirmeraient boucher les galeries, et partageraient l'argent du contribuable pour des travaux non réalisés.

— Tu es vraiment sûr que c'est le moment d'une conférence ? demanda Jacques avec gentillesse.

— Bien sûr, les aficionados des catacombes ont pu recreuser derrière ; ça arrive tout le temps… poursuivit l'autre, sans pouvoir s'en empêcher.

— C'est curieux chez les mages ce besoin de faire des phrases, gronda Navarre. Jacques, si vous ne bâillonnez pas ce type, je m'en charge.

— Fred ? fit Jacques.

Fred me resservit son sourire gêné et nous fit de la place, tandis que Jacques me chargeait sur son dos, entreprenant l'escalade à son tour. On se hissa sur le rebord en pierre d'un mètre de large. Un cabestan à chaînes aussi épaisses que mon poignet pendait au mur, à moitié détaché, sans doute l'ancien mécanisme qui permettait de mouvoir le panneau. Une porte s'ouvrait de l'autre côté de la coursive, elle avait été arrachée du chambranle. Les huisseries centenaires consumées et déchiquetées dénonçaient une explosion. Je demandai à Jacques :

— J'ai entendu les déflagrations, ce n'était pas exagéré ?

Mon compagnon gloussa :

— Nous n'avions pas les clés, certains voulaient nous empêcher de passer et Fred avait ces grenades…

— Fred ?

Mon ton devait passer les normes de sécurité admises par toutes les conventions européennes en matière d'incrédulité, mais Jacques continua :

— Oui, Fred. Tu sais, il n'est pas aussi… enfin, bref… (Il parlait un ton plus bas, pour que ledit Fred ne nous entende pas.) C'est un vrai timide, mais quand il se lâche…

— Il se lâche à la grenade ?

— Pas seulement, fit Jacques le plus sérieusement du monde. C'est lui qui a eu le panneau de la trappe. À la dynamite, puisque les autres l'avaient scellée au ciment. D'ailleurs, c'est grâce à lui aussi que nous t'avons localisée. Navarre a prétendu qu'il te percevait mais il n'avait pas sa précision.

Pas étonnant que tout nous soit tombé dessus. J'évitais de lui demander s'ils avaient essayé de nous sauver ou de nous achever mais ma tête devait parler pour moi.

— On croyait que vous étiez encore plus loin lorsqu'on a explosé la trappe, ajouta Jacques avec une moue d'excuse. Vous avez disparu un moment du « radar » de Fred, je ne sais pas pourquoi. Et Navarre devenait intenable, il attaquait le bois avec les poings…

On fit le tour du rebord pour y parvenir, là, Jacques me reposa sur mes pieds à ma demande.

— Dans les escaliers, je te reprends sur mon dos. La montée est très rude, tu n'es pas en état.

Des dizaines de féaux morts gisaient en travers du couloir, nous enjambâmes les cadavres. L'un d'eux eut la très mauvaise idée de gémir, son front était barré d'une profonde blessure qui saignait abondamment. Jacques l'examina.

— Il est encore en vie, très bien. Attends-moi là, veux-tu ? Si quelqu'un approche, crie.

Il se chargea de l'homme inconscient et le porta vers le puits béant.

Je criai aussitôt.

Un joli cri, ni trop aigu, ni trop fort. Jacques se retourna, surpris :

— Qu'est-ce qui t'arrive, princesse ?

— Fred se rapproche de moi, je suis sûre qu'il lui reste des grenades… répondis-je d'une voix faussement légère.

Je n'avais pas du tout envie qu'il me laisse là, flageolante au milieu des morts, surtout que les murs recommençaient à onduler, et pas qu'un peu. Tout le sang répandu sur les murs ne datait pas des minutes précédentes, il y en avait trop, il était trop sombre et trop visqueux. On avait dû sortir du rayon d'action de Navarre et d'Herfauges. Le fantôme à mille têtes et mille voix me rattrapait, me cherchait.

Croyant à une plaisanterie, Jacques me fit une grimace ironique et reprit sa route avec son chargement vers le seuil béant. Je fermai les yeux pour ne plus voir les murs où des silhouettes imprécises se fondaient en douceur dans les ondes écarlates, mais elles venaient seulement s'imprimer derrière mes paupières plus lentement.

— Navarre ? dit Jacques d'une voix forte. J'en ai un ! Ça vous suffira ?

— Oui, fit la voix de mon ami jaillie des profondeurs. Balancez-le.

Avant que j'eue pu réagir ou comprendre l'intention des deux hommes, Jacques éjecta le féal. Un léger choc me renseigna : Navarre l'avait réceptionné à l'atterrissage.

Le garou me rejoignit enfin et me fit signe de continuer vers Fred qui nous attendait déjà au pied d'un escalier en colimaçon.

— Mais qu'est-ce qu'il va lui arriver ? demandai-je en pleine crise de déni.

Il haussa les épaules avec tristesse :

— De toute façon, il est déjà mort, Agnès. Essaie de voir ça comme un acte de clémence. Je ne crois pas Dame Bathilde portée à l'indulgence envers les traîtres.

— Non ! criai-je en me précipitant vers le couloir.

Il m'arrêta d'un bras.

— C'est trop tard, princesse.

Je m'arrachai de sa poigne et parvins jusqu'au rebord de la porte, face au vide. Le vertige me saisit, je reculai d'un pas. Mais j'avais eu le temps de voir Navarre maintenant le cou de l'homme entre les crocs d'Herfauges. Les blessures apparentes les plus graves étaient en train de se refermer.

Je fermai les yeux, des larmes roulaient sur mes joues.

— Ça suffit, Herfie, je ne tiens pas non plus à ce que tu sois en état de me courir un quatre cents mètres haies… entendis-je encore Navarre.

Il y eut un grand bruit mou. Cette fois, je n'eus pas besoin d'explication : il avait rompu le cou à la victime.

Lui mort, Herfauges ne pourrait plus s'en rassasier. Navarre s'assit à côté de son congénère, attendant qu'il ait terminé de se guérir.

— Je vous retrouve dans quelques minutes, dit-il à Jacques dans mon dos. Filez !

Je voulus objecter, rappeler à Navarre que je ne pouvais pas partir sans lui. Pas sans affronter mes pires cauchemars, mais j'en fus incapable. Une main glacée semblait cercler mon cou et serrer de plus en plus fort.

Je me laissai entraîner par Jacques, sans pouvoir opposer la moindre résistance. Un maelström rugissant de figures imbriquées les unes dans les autres ouvrait vers moi sa gueule spectrale édentée. Au pied des marches, Jacques me reprit dans ses bras, sans comprendre que mon inertie soudaine n'était pas due à l'épuisement ni à l'horreur de l'assassinat du féal. Mon visage était tétanisé, impossible de remuer un muscle et de refermer les paupières pour contrer l'assaut de la face grotesque. Bientôt, tout me parut sentir la charogne. J'allais bientôt vomir sans pouvoir ouvrir la bouche ni rejeter ce qui m'étouffait. Mais je parvins à me retenir, ce fut ma seule victoire.

On grimpa plusieurs étages dans l'escalier en spirale, parfois interrompu par de petits paliers. Jacques ne s'y arrêtait que pour permettre à Fred, moins rapide, de nous rejoindre, sans s'apercevoir de mon silence anormal.

Au fur et à mesure que nous remontions, les murs bruts firent place à des parois de pierre taillée, parfois ornée d'écus en bas-relief ou d'inscriptions en latin. On passa ainsi devant des graffitis qui signalaient le passage des chevaliers du Temple. Comme toujours, il s'agissait de symboles ésotériques, des compas, des soleils aux rayons pourvus de mains ainsi que des figures géométriques, des entrelacs magiques de croix du Temple.

Fred ne put s'empêcher de marmotter :

— Qu'est-ce que je disais à propos des Templiers ? On les retrouve partout ! Philippe le Bel a eu bien raison de s'en débarrasser. Regarde, Jacques !

Le garou s'inclina pour examiner les dessins, et secoua la tête :

— Non, ce n'est pas si vieux. Ce sont juste des satanistes à la petite semaine qui ont gravé ça… Ces trucs n'ont pas trente ans.

Il se pencha encore plus pour examiner les dessins des croix et concéder :

— Je t'accorde que ceux-là étaient bien documentés, la reproduction est impeccable.

Pendant qu'il parlait, ma tête ballotta sur son épaule et toucha le mur, pile à l'endroit du dessin. Un instant, le cercle de glace autour de ma gorge se desserra et je hurlai de toutes mes forces.

Jacques sursauta. Il faillit me laisser tomber et recula, scrutant mon visage tordu avec terreur. Je cessai d'être en contact avec le dessin protecteur, à nouveau réduite au silence. Fred se pencha sur moi. Je le vis en surimpression avec un crâne encore tout couvert de chair sanguinolente et hurlai de plus belle. Mais cette fois le cri ne retentit que dans ma tête. Le petit homme murmura :

— Elle perçoit des choses, des choses épouvantables.

J'étais au bord de la folie, couverte de sueur glacée, enfermée dans mon propre corps, obligée de contempler l'agonie de centaines de gens, mais je ne pus m'empêcher de remarquer l'once de jalousie qui perçait dans la voix du médium. S'il avait su combien j'aurais été heureuse de lui refiler le don et toutes ces atrocités !

— Je suis navré, princesse, me souffla Jacques. Je n'avais pas réalisé ; Navarre et Herfauges ne vont pas tarder, on va les attendre ici, dit-il. Cramponne-toi d'accord ? Je suis là.

Il me serra très fort contre lui. Il me murmurait des mots sans suite que de toute façon je n'entendais plus parce le fantôme multiforme bramait dans mes oreilles. Jacques était là, oui, et je sentais son désir pour moi, sa tendresse, comme une toute petite lampe, une bougie flottant dans un coquillage sur une mer démontée. Parfois, je parvenais à m'y accrocher comme une bouée et parfois je lâchais prise. Mais toujours je remontais vers cette lumière intermittente.

J'emmagasinais dans cette attente de Navarre et d'Herfauges plus de traces ectoplasmiques que dans toute ma vie. J'avais l'impression qu'elles se déversaient en moi comme une marée irrépressible. La migraine me tuait, j'étais toujours sur le point de rendre. Mais si j'avais vomi, j'aurais sûrement craché des esprits. Je sentais les traînées noires se poser sur mon âme, s'enfoncer, se confondre au cœur de la poche d'obscurité où je les contenais depuis toujours. Cette poche gonflait, de plus en plus énorme, et ses parois de plus en plus minces se tendaient, proches de la rupture. Si ça continuait, elles cèderaient. Soudain, j'eus une sorte de répit, les revenants disparurent d'un bloc. Je crus que Navarre et Herfauges nous avaient enfin rejoints.

On ne pouvait pas se tromper plus gravement.

Un féal déboula dans l'escalier. Il se jeta aussitôt sur Fred. Son compagnon plus grand, plus agile fonça droit sur Jacques. Un vampire ! C'était de lui que m'était venue cette trêve inespérée. Mon ami eut juste le temps de me poser à terre pour le recevoir. Je me laissai glisser mollement d'une dizaine de mètres plus bas, avec toute l'élégance d'une serviette humide. Mes vertèbres en prirent un coup même si la paix brutalement revenue me permit de me réceptionner à peu près.

Le fantôme repartit à l'assaut aux alentours de la sixième marche. Jamais je n'avais été confrontée à une frénésie aussi démesurée, sauf dans la salle où nous avions été enfermés, Herfauges et moi. L'aura du vamp en était tout étriquée, comme compressée par la puissance du spectre. Je demeurai inerte, à nouveau seule en face de lui, contemplant la bataille à travers le voile tournoyant et sanguinolent de sa présence en furie.

Depuis Alésia et Diên Biên Phu, tout le monde sait qu'il vaut mieux se trouver en haut qu'en bas, lors d'une bataille. Tomber sur l'ennemi s'avère plus facile que se hisser jusqu'à lui pour lui coller une rouste. Sans compter la surprise qui reste quand même l'avantage majeur en matière d'attaque. Nos agresseurs avaient tout bon.

Le féal étala Fred d'une beigne en pleine figure. Le petit homme boula dans les jambes de Jacques qui se débarrassa de lui d'un mouvement sec du genou, puis il me roula dessus. Le garou arrêta net le coup suivant de son adversaire d'une manchette efficace. Archiviste, peut-être, mais pas manchot.

Fred resta vautré dans mon giron, à demi assommé. Pendant ce temps, Jacques affrontait les deux hommes. Le vampire était aussi rapide que mon garou. J'aurais eu du mal à suivre leur combat, même si l'esprit furieux n'avait pas continué sa danse des vertiges autour de moi.

Le féal n'essayait pas réellement de frapper Jacques, il n'aurait pas pu le blesser, ce n'était qu'un humain, après tout. Mais il se plaçait de façon à le gêner dans ses ripostes et le distraire. Le vamp en profitait pour porter des coups qui faisaient mouche de plus en plus souvent. Jacques ralentissait. Je le distinguai de mieux en mieux, ce n'était pas bon signe. Ça voulait dire qu'il fatiguait.

Fred gémit contre moi, il reprenait conscience. Le féal l'entendit et se glissa jusqu'à nous. Il me jeta à peine un coup d'œil ; dans mon état, j'étais moins dangereuse qu'un chaton mouillé.

Il hésita, puis tira de ses poches un court poignard. Il saisit les cheveux de Fred, incapable de se défendre et dont les yeux papillotaient follement. Grande Mère, on allait égorger un homme sur ma poitrine sans que je puisse rien pour le défendre ! Même pas tourner la tête pour éviter de voir ça.

Du coin de l'œil, Jacques comprit la situation. Il força son adversaire à descendre ; ils s'étalèrent presque sur nous. Le féal fut éjecté sur le centre de l'escalier. Son couteau tinta contre la pierre, à quelques centimètres de ma main. Le vamp était assez proche pour me protéger de son émanation de non-vie, cette fois. Je récupérai une partie de mes forces et saisis le manche de l'arme. Le féal me fonça dessus pour la récupérer, mais je tendis le bras à l'aveuglette, droit devant moi. Mon geste tremblant était trop maladroit et imprécis pour qu'on l'anticipe, l'homme s'empala sur la lame avec un gargouillis atroce. Je demeurai là, stupide, ma main crispée sur le couteau. Le sang gantait mes doigts puis la manche de mon pull. J'avais tué quelqu'un. Un inconnu. J'y croyais à peine, plus atterrée que tout par la noire indifférence qui s'était abattue sur moi.

Herfauges et Navarre surgirent enfin, le premier soutenu par le second. Navarre lâcha son prisonnier qui vacilla et se rua sur l'autre vamp. Jacques lui fit place :

— Vous en avez mis un temps ! fit-il en souriant.

— Dé-so-lé, martela Navarre en suivant le rythme des coups qu'il infligeait au vampire. Quelqu'un a cru qu'il pourrait filer sans me demander mon avis. J'ai dû improviser une laisse avant de remonter.

Effectivement, une tresse d'argent d'environ deux mètres reliait Navarre et son congénère. Le nœud côté Herfauges était directement lacé sur la peau de ce dernier, elle fumait en grésillant, tandis que l'autre bout était attaché à un mousqueton du blouson de cuir de mon ami. Herfauges tentait vainement de garder un visage impassible mais une sueur de sang perlait sur sa peau encore couverte de bleus et d'écorchures.

L'autre vamp tenta une manœuvre désespérée. Il se jeta au cou de Navarre, dans l'espoir de le mordre. Herfauges recula mais lui balança son pied entre les chevilles, le faisant trébucher. Navarre en profita pour rompre et saisir à pleines mains la chaîne d'argent pendant sur son blouson. Il forma une boucle avec les mailles étincelantes. Je les vis à peine bouger, la chaîne brilla et s'enroula autour de la gorge du vamp. Les crocs de Navarre se plantèrent dans la jugulaire juste au-dessus de la laisse. Il le but d'un trait sous nos yeux et le rejeta sans même un regard.

Le vamp s'effondra comme une outre vide puis son corps disparut dans un sifflement vénéneux.

Je détournai les yeux, sachant bien ce que je verrais sinon. Et je n'y tenais pas du tout. Mais la puissance solaire de Navarre rassasié se refléta dans les yeux exorbités de Fred et Jacques.

Herfauges lui-même ne put s'empêcher de reculer.

Je choisis ce moment pour éclater en sanglots, avant de rendre toutes mes tripes.

Une vraie dame.

Chapitre 23

Jacques ne se laissa impressionner par rien. Il me ramena chez moi sans écouter ni mes insultes, ni mes larmes. Mes menaces de mort le laissèrent froid lorsqu'il entreprit de me déshabiller avec précaution, décollant mon chemisier raide du sang d'Herfauges de ma peau moite.

Il siffla avec étonnement lorsque, grattant les sombres caillots à la surface de mon épiderme, il constata que je n'avais pas un bleu, pas une écorchure.

— Ton dos devrait pisser le sang, vu ta chute dans l'escalier, remarqua-t-il, visiblement soulagé.

Il fit rouler la poudre rougeâtre entre le pouce et l'index avec perplexité.

— Ça doit être ça qui t'a guérie, continua-t-il, un brin réprobateur à cette idée.

Je ne sais pas ce que je lui répondis, une insanité sans doute. Mais il l'ignora et me prit dans ses bras et se dirigea vers la salle de bains. Il me colla dans un bain, me lava lui-même des pieds à la tête, en vidant deux fois la baignoire qui s'était remplie d'une mousse rosâtre et répugnante. Ensuite, il se coucha à côté de moi et me laissa passer la nuit à sangloter contre lui, quand je ne lui bourrais pas la poitrine de coups de poing.

C'était la première vraie crise de nerfs de ma vie.

Inutile de dire que je n'en suis pas fière.

***

Ce ne fut pas Zalia qui sonna le lendemain, mais Géraud. Il avait encore sa valise, il descendait de l'Eurostar. Fred et l'alpha de Jacques, Richard, se présentèrent également quelques minutes plus tard, sans doute prévenus par la cohorte de bêtas qui veillaient autour de chez moi. Je les fis entrer sans enthousiasme dans le salon, je n'étais pas très heureuse de les avoir là, avec Jacques qui s'occupait du café dans la cuisine.

C'était une intrusion. J'avais eu mon lot d'intrusions ces dernières quarante-huit heures.

Fred et l'alpha me saluèrent cérémonieusement, Géraud m'embrassa sur le front.

— Thomas t'envoie ses meilleurs vœux, me dit-il. Il est désolé, il fouille à nouveau les archives pour comprendre comment il a pu se laisser prendre comme cela. Et en fait, tu as été enlevée pendant trois jours. C'est le temps qu'ils ont mis à vous retrouver… et à nous prévenir.

Ces derniers mots étaient pour Jacques et Fred. Jacques tint bon sous l'assaut des prunelles bleues de mon oncle, pas son ami.

— Je suis désolé, Sire Géraud, balbutia Fred. J'aurais dû me montrer plus convaincant avec monsieur Navarre.

Il essayait de prendre le moins possible de place sur mon canapé, croisant et décroisant sans cesse ses jambes maigres sous la table basse de verre. Jacques revint avec le café et lui en colla un d'office dans ses mains moites.

— Vous auriez dû essayer les grenades avec lui aussi, ça aurait pu marcher, fis-je, acide.

Géraud se tourna vers Fred.

— Que s'est-il passé ? Je n'ai rien pu tirer de cohérent de Navarre. Il est encore trop ivre de son dernier repas, soupira-t-il.

Le petit homme rétrécit un peu plus et Jacques intervint :

— J'avais rendez-vous avec Agnès et elle était en retard. Je suis allé la chercher chez vous. J'ai trouvé votre… garde du corps, crucifié sur un mur par des piquets recouverts d'argent. J'ai été obligé de l'y laisser un moment parce qu'il n'avait pas toute sa tête… Il hurlait des choses à propos de Dracula, je crois. Je n'ai rien compris. J'ai fini par lui donner mon sang pour le calmer. J'ai même dû le forcer parce qu'au départ, il me le crachait à la figure…

— Quoi ? Et tu ne m'as rien dit ? hoquetai-je en tournant vers lui un regard lourd de reproches.

— Peut-être qu'il n'était pas utile de vous l'apprendre hier soir, mademoiselle ? suggéra timidement Fred.

Le médium n'essayait pas d'être ironique, je n'étais même pas sûre qu'il sache comment s'y prendre en général. Il ne volait pas au secours de Jacques et ne tentait pas non plus de calmer l'hystérie dans ma voix. Il se contentait d'énoncer un fait. Au lieu de m'énerver encore plus comme son intervention l'aurait dû, cela me calma. Je rougis et me tus. Effectivement, mon état de la veille ne se serait pas amélioré à l'idée que les deux amours de ma vie s'étaient jeté d'abord leur sang à la tête avant de partir à ma rescousse.

— Je l'ai libéré ensuite, reprit Jacques en me serrant la main pour me réconforter. Puis j'ai appelé Fred et Richard, puisqu'on ne pouvait pas vous joindre sur vos cellulaires. Je suis vraiment désolé qu'on ait dû s'y prendre comme ça, princesse, termina-t-il pour moi.

Géraud acquiesça, et à Fred :

— Et vous, quel est votre rôle dans cette histoire ?

— Pardon, Sire Géraud, fit le petit homme. C'est mon seul talent, sentir les auras ; et la vôtre est si forte, mademoiselle ! Vos ravisseurs vous avaient placée dans un tel endroit, que vous brilliez comme un phare enterré. Je crois qu'ils ne se doutaient pas de l'effet que vous produisiez.

Géraud secoua la tête :

— Navré, Agn… commença-t-il.

— Le prochain qui me présente des excuses prend ma tasse dans la figure ! le prévins-je avant de me tourner vers Fred. Donc, vous m'avez sentie parce que… ?

C'était la première fois qu'on me parlait d'une quelconque force de mon don, de ma malédiction plutôt. J'avoue que ça m'intriguait.

— Vous êtes une Invocatrice très puissante, ça c'est sûr. Ce que je ne m'explique pas c'est que vous ne parveniez pas à discriminer. Tous les Grands Initiés le font sans y penser, répondit Fred de sa voix tremblotante, puis il jeta un coup d'œil en coin à Géraud et se tut.

— Je n'ai pas invoqué depuis sept siècles, rétorqua ce dernier sèchement. Je ne compte pas m'y remettre.

— Oui, Sire Géraud, répondit Fred humblement. Mais il y a autre chose, mademoiselle est vraiment très étrange, vous savez. Je ne comprends pas comment elle attire tous ces spectres. Du coup, ils deviennent visibles, même pour moi. Du moins leurs auras. On dirait qu'ils se…

Il chercha le mot.

— … se connectent ? Se branchent ? On dirait qu'il y a un échange, qu'ils vous laissent quelque chose… (Il se gratta nerveusement le crâne.) … euh, je ne sais pas…

— Si vous ne savez pas, taisez-vous ! l'interrompit mon oncle, cinglant, tandis qu'une ombre passait dans son regard.

Il pensait sans doute à ma mère et ne voulait pas qu'on continue d'appuyer là où ça faisait mal.

— C'est comme ça qu'il l'a repérée, dit Jacques. Il a vu les auras s'agiter dans les souterrains et nous a avertis.

Fred hocha la tête avec vigueur :

— C'était hallucinant, je n'avais jamais perçu un phénomène aussi énorme !

— Ouais, fit Richard, intervenant pour la première fois. Je me méfie toujours quand notre Fred se montre enthousiaste, s'esclaffa-t-il brièvement. C'est jamais bon signe et le charnier est sous notre territoire.

Jacques continua pour Géraud :

— Richard m'a autorisé à seconder l'opération. Et on ne parvenait toujours pas à vous joindre à Londres, monsieur…

— Nos cellulaires se sont mystérieusement déchargés dans le train. « On » nous a éloignés, Thomas et moi, avec un leurre et « on » s'est arrangé pour que personne ne puisse nous prévenir, grinça Géraud.

— C'est ce que nous avons pensé avec Navarre.

— Alors vous avez pris cette initiative idiote d'intervenir sans préparation ? s'insurgea mon oncle.

Fred protesta :

— Pas nous, monsieur ! Euh… (Petit regard en coin vers Jacques et son alpha.) C'est surtout monsieur Navarre qui est parti comme un furieux dès que j'ai enfin réussi à le convaincre que je savais où ils étaient.

Géraud posa sa tasse sur le rebord de la table basse et y étendit ses mains comme pour les examiner longuement :

— Celui-là, il a de la chance que je ne le recloue pas aussi sec !

— Géraud, ils sont arrivés juste à temps ! m'indignai-je. Herfauges n'en pouvait plus de se retenir, il m'aurait bue comme tu bois ton café.

Il s'abstint de rétorquer qu'il n'avait pas touché au dit café et se tourna vers Jacques :

— Et pourquoi avez-vous oublié de prévenir Zalia ?

— On n'a pas oublié ! protesta Fred. C'est elle qui nous a procuré les grenades…

Mon oncle soupira et s'effondra dans mon canapé, en fermant les yeux, tandis que l'alpha de Jacques éclatait d'un rire tonitruant.

***

Lorsque Zalia vint me chercher le lendemain soir, elle baillait à s'en décrocher la mâchoire car elle était en plein milieu de son cycle nuit. Cela ne l'empêcha pas de me sauter au cou en pleurant de soulagement, tout en râlant ferme contre la brigade de bêtas autour de chez moi. Les mâles secondaires de la Meute Saint-Blaise lui ayant occasionné toutes les difficultés du monde pour la laisser se garer d'abord, puis entrer dans la maison.

— Et tu vas voir, souligna-t-elle en démarrant. Au bureau, c'est pire. On se croirait au bord d'une révolution.

Effectivement, quand on arriva près de l'Étude, on traversa un cordon de protection digne d'un chef d'État. Bon, ça aurait été un chef d'État particulier, transylvanien, par exemple. Il y avait de tout dans la rue Montmartre, sauf des êtres humains. Quelque chose, un instinct sans doute, les conduisait à éviter l'endroit. Je vis même un taxi se lancer dans un demi-tour hardi alors qu'il avait presque décidé de s'y engager et qu'elle était pratiquement vide de véhicules.

Zalia se gara devant un troquet vert, à quelques pas du Goth Goth Bar.

Je gémis.

— Pas là, Zalia, par pitié !

— Hein ? Désolée, mais le parking de l'immeuble est plein de « voitures officielles ». Y a quoi, là ? demanda-t-elle stupéfaite. C'est juste le Café du Croissant !

Elle jeta un coup d'œil aux consommateurs sur la terrasse : de grands types solitaires aux larges épaules ou des femmes tout aussi grandes, musclées comme des statues de Junon, assises avec la décontraction des lionnes sur leurs rochers au zoo de Vincennes. Avant l'heure du repas.

— Bon d'accord, c'est bourré de cabots, mais t'as rien contre les garous, non ? T'es même plutôt tout contre dans ton genre…

Sans relever le sarcasme, je lui désignai une inscription sur la devanture, des boiseries anciennes peintes en vert et or. Jacques me l'avait montrée également lors de notre trop bref déjeuner, des siècles subjectifs auparavant.

— C'est qui « Jaurès » ? dit-elle en déchiffrant ce qui était une épitaphe.

— Tu crois qu'ils sont réunis là par hasard, les cabots, comme tu dis ? Jaurès était un grand dirigeant socialiste d'avant 1914. Il a été assassiné devant la terrasse alors qu'il était au bord de convaincre les Français de ne pas s'engager dans la Première Guerre mondiale. Si je descends, tu devras me porter jusqu'au bureau : il y a assez de fantômes ici pour remplir l'ancien cimetière d'à côté.

— Bordel, on devrait raser cette ville ! grogna-t-elle en redémarrant.

Elle se posta en double file devant le Goth Goth et prit son cellulaire.

— Corben ? Salut, mon chou ! Dis ? Un 4x4 monstrueux devant chez toi me gêne pour me garer…

Trois secondes plus tard, un homme en costume trois pièces, encore plus minuscule et plus maigre que Fred, sortit précipitamment du bar. Il fonça au volant du véhicule, l'air totalement affolé, et démarra en trombe. Zalia se glissa aussitôt à sa place.

— Plus ils sont petits, plus ils en veulent de grosses, t'as remarqué ? Doivent avoir besoin de compensation… dit-elle.

J'évitai de lui répliquer que son mètre cinquante-cinq s'accordait sans problème avec l'énorme limousine de Géraud.

Lorsqu'on déboula en haut toutes les deux, on tomba en plein conseil de guerre.

Le Légat du Haut-Cénacle trônait dans le fauteuil de Navarre. À ses côtés, Bathilde avait investi celui de Zalia que Denis lui avait tiré pour l'occasion. Il se tenait dans son dos, contre la fenêtre. Herfauges était enchaîné à leurs pieds, cerné par une phalange de vamps inconnus. Navarre s'était adossé derrière mon bureau. Richard, l'alpha de la Meute Saint-Blaise, s'était approprié un fauteuil visiteur de Géraud tandis que Jacques s'était emparé du second, Fred se dandinait entre les deux, debout. Tout le monde, sauf lui et Géraud, parlait à voix très haute et n'écoutait personne. Zalia fila vers ses tiroirs, y dénicha un nécessaire de toilette pour disparaître ensuite dans la salle de bains, comme de juste.

Je me laissai tomber sur mon fauteuil miraculeusement vide, attendant que ça se calme. Géraud silencieux me fit un petit salut au passage. Je remarquai que le téléphone devant lui était décroché en position conférence.

Le brouhaha nerveux continua quelques minutes quand une voix merveilleusement chaude, sereine et persuasive jaillit du combiné pour susurrer :

— Et si on se taisait ?

Le silence tomba aussitôt comme si on avait tourné un commutateur.

— Merci, Thomas, fit Géraud.

Il jeta un regard circulaire à l'assistance et articula lentement :

— Une attaque comme celle d'il y a trois jours est inqualifiable. Ces bureaux sont sacrés devant toutes les lois de l'AlterMonde et quelqu'un les a profanées.

Le Légat approuva :

— Géraud, nous sommes tous d'accord là-dessus. Mais était-il nécessaire de convoquer ces cabots ?

Il désigna Richard qui découvrit juste ses dents. Ce n'était pas un sourire. Dame Bathilde se racla la gorge.

— Sans eux, Herfauges serait mort… avant qu'il ait transmis, Légat. (Le vamp lui concéda ce point d'un hochement de tête sec.) Continue, mon petit, fit-elle à Géraud.

— Allons, Mère, pas ces yeux de biche aux abois… intervint son fils. Je vais crever tout de même et vous serez enfin tranquilles. Et comment va ma petite guimauve ? termina-t-il à mon adresse.

— Je vais bien Herfauges ! Merci de ce que vous avez fait pour moi, répondis-je calmement.

Il me fit un salut moqueur :

— Ne me remercie pas, mon affriolant chamallow. La prochaine fois, je te croque comme le joli bonbon fondant que tu es ! Même si c'est mon dernier acte sur cette Terre !

Je ris, sachant pourtant qu'il était mortellement sérieux. Navarre s'agita dans mon dos et Jacques jeta un regard furieux à Herfauges.

Géraud soupira :

— Légat, ma Dame Bathilde, ce n'est pas seulement parce que la Meute a donné son concours que Richard est ici. (Il marqua une pause.) Mais parce que j'ai été obligé de sommer une Instance !

Il avait laissé mourir ces derniers mots avec une note curieuse dans le ton, quelque chose qui se rapprochait du désespoir. Je lui jetai un coup d'œil inquiet. Navarre s'ébroua derrière moi, confirmant mon impression.

D'autant plus que cette fois, nul besoin de la voix d'or de Thomas pour imposer le calme. Il s'était abattu sur nous comme un rideau de velours sur une scène de théâtre juste après la fin tragique des amants maudits.

— On parle de moi ?

Une très jolie jeune fille en tutu rose tyrien se matérialisa au milieu de la pièce dans un nuage de poudre jaune d'or. Elle avait de fausses ailes d'ange en crépon accrochées dans le dos et une baguette magique de plastique bleu nuit pailleté où s'accrochait une étoile de papier doré collée de guingois.

Tous les assistants se dressèrent sur leurs pieds comme si on leur avait infligé un choc électrique, ils s'inclinèrent si bas devant elle que je crus qu'ils allaient se mettre à ramper. Même le Légat. Thomas au téléphone donna l'impression que le combiné saluait.

Il n'y eut que Géraud et moi à rester assis dans nos fauteuils. Moi parce que j'étais trop ébahie pour réagir, lui parce qu'il avait fait pivoter sa chaise ; il contemplait résolument le mur, les épaules raidies.

La ballerine, mutine, se percha sur mon bureau et me fit un bisou sur le nez qui claqua gentiment :

— Tu es mignonne, toi ! Il y a longtemps que j'ai envie de te le dire !

— Euh… merci, balbutiai-je dans le silence de mort. Et vous êtes ?

Elle éclata d'un rire argentin où sonnaient mille clochettes folâtres.

— Oh, quelqu'un va bien se charger des présentations ! Toi, Herfauges mon roudoudou ?

Je le vis déglutir. Ma stupéfaction augmenta d'un cran. Il se reprit avec un effort visible, l'orgueil suscite parfois des exploits surhumains. Même chez les non humains. Et Herfauges était pétri d'orgueil. Il essaya d'articuler d'un ton léger, au diapason de celui de la danseuse :

— Ma douce guimauve, permets-moi de te présenter Azraël.

Comme je ne réagissais pas, il ajouta inutilement :

— L'Ange De La Mort.

On pouvait donc parler en collant des majuscules devant chaque mot ? Et il existait quelque chose au monde capable d'infliger une sainte trouille à ce type ? Mais je ne parvenais toujours pas à réaliser. Je savais très bien qui était Azraël. En théorie. Mais je contemplai la fille, ses cheveux bruns soyeux sous le diadème de pacotille, ses yeux bleu clair innocents à peine maquillés, son air si horriblement sain de Miss Haute-Savoie à la présélection.

Et évidemment, je n'en crus pas un mot.

— Pffff, tu es trop sérieuse, Agnès, ça te perdra, soupira la danseuse. Ça va mieux comme ça ?

Elle ne claqua pas de ses doigts fins chargés de bagues en forme de cœurs rouges et de fleurs orange, il n'y eut aucun effet spécial. Pas même une étincelle. Seulement la ballerine fut aussitôt remplacée par une robe de bure grise tendue sur une silhouette de ténèbres et accompagnée d'une faux.

— Salut Géraud, ça va ?

Mon oncle tressaillit, mais ne se retourna pas pour accueillir la visiteuse et je vis ses mâchoires se serrer si fort que ses dents grincèrent.

Chapitre 24

– Ok, je ne sais jamais où la poser, cette chose, déclara Azraël. Tiens-moi ça, tu veux, mon chou ?

Elle tendit sa faux à Fred qui parvint à refermer ses doigts dessus alors qu'il tremblait de tous ses membres et qu'il était toujours à demi prosterné. Il faillit la laisser tomber. Sur Jacques.

— Vous permettez, Azraël ? fit mon garou.

— Non, mon petit loup ; tu n'es plus humain, toi. Tu n'as pas le droit, dit la grande silhouette de nuit avec gentillesse. Bon, je crois que j'ai une meilleure idée maintenant qu'Agnès est convaincue. Car tu l'es maintenant, oui, bichette ?

J'acquiesçai. Est-ce que quelqu'un avait un jour dit à cet ange que sa manie de surnommer les gens était totalement insupportable ?

— Tu n'as pas idée, ma petite chérie ! rétorqua Azraël d'une voix qui me sembla venir du fond des âges.

C'est-à-dire les miens d'âges, parce que cette fois elle arborait un chignon serré au vérin hydraulique, des petites lunettes rondes cerclées de fer qui lui donnaient des yeux de chouette acariâtre, un tailleur beige en tweed à mi-mollet et des mocassins à glands dorés.

Madame Legris, mon institutrice de primaire. J'avais réalisé de brèves incursions à l'école de la République pour passer les examens qui autorisaient ma mère à continuer à m'instruire à domicile et entérinaient mon niveau. Madame Legris m'avait récupérée chaque fois dans sa classe du moment. On aurait dit qu'elle choisissait chaque année le niveau de ses élèves pour me suivre. Ce qui, à la réflexion, devait être le cas, parce que mon œil désormais exercé reconnaissait dans son double une sorcière grand teint, et non pas la simple humaine que j'avais cru à l'époque.

Des accords avec ma mère, aucun doute. Ce qui expliquait aussi pourquoi dans ces brefs passages scolaires, j'avais été très peu attaquée par les revenants. Soudain, je me remémorai les décorations poussiéreuses de sa classe : des napperons de papier découpé qui pendouillaient à longueur d'année au plafond. Merde, que j'avais été naïve ! Ces choses que je trouvais hideuses, si maladroites, n'étaient rien d'autre que des charmes de protection !

Azraël sourit, mais ne commenta pas mes pensées que pourtant elle semblait lire comme dans un livre. La faux tremblante dans les mains de Fred s'était transformée en longue règle de fer, d'environ un mètre. Cette fois, il la laissa vraiment tomber de saisissement. Elle s'écrasa sur le parquet avec un son métallique âpre qui nous fit tous grincer des dents, comme si on avait fait crisser une craie sur un tableau noir. Azraël se courba et la récupéra avec un soupir.

— C'est plus pratique comme ça ! Et ça conviendra à ce que j'ai l'intention de dire.

Elle se tourna vers nous tous, fixant chaque visage d'un regard d'acier par-dessus ses verres. Comme jadis dans la classe, les spectateurs rétrécissaient sur place lorsqu'il devenait la cible du feu froid luisant derrière les montures. Même le Légat en sembla encore plus pincé que d'habitude, l'air du type qui suce un citron d'une acidité redoutable.

— Les enfants, l'un d'entre vous, ou l'un de vos amis a été très vilain ! commença-t-elle d'un ton à la fois sévère et désolé. Ce serait merveilleux s'il se dénonçait, ou si quelqu'un sachant quelque chose le disait ; sinon… (Une pause.) Je me verrai obligée de punir toute la classe !

Le silence perdura quelques secondes, puis tous se lancèrent dans un concert de protestations indignées. Chacun s'insurgeant contre un châtiment forcément injuste. J'y contribuai de mes récriminations, suivie par Jacques et Navarre. Seul, Géraud se taisait toujours, scrutant le mur avec une obstination psychotique.

Azraël leva la main qui tenait la règle en l'air, le silence retomba aussitôt.

Elle me regarda et constata :

— Ça ne marche jamais, hein, ce truc-là ?

Je fis signe que non. Elle haussa les épaules :

— Tant pis, ça valait le coup d'essayer. Je suis désolée Géraud, dit-elle aux omoplates tendues de mon oncle. Mais votre agresseur ayant eu l'ultime bon sens de respecter la Sauvegarde en ne tuant pas ton garde du corps, je ne peux pas faire mieux ni te dénoncer le coupable. J'ai les mains liées.

Géraud acquiesça sans un mot tandis qu'Azraël reprenait :

— Bon, je vais m'en tenir au traditionnel.

Elle prit une longue inspiration et clama d'une voix où perçaient des accents de trompettes du Jugement Dernier :

— IL EST ARRIVÉ JUSQU'AUX INSTANCES QUE LA NEUTRALITÉ DES ÉTUDES A ÉTÉ COMPROMISE ; CELA EST INTOLÉRABLE ! LES

INSTANCES NE PRENNENT PAS PARTI DANS LES REMOUS D'ALTERMONDE ET IL EST HORS DE QUESTION QUE CELA COMMENCE ICI. TOUTEFOIS, SI UN NOUVEAU MANQUEMENT SE PRODUISAIT, LES INSTANCES SE VERRAIENT DANS L'OBLIGATION DE CONTREVENIR AUX RÈGLES ET DE PUNIR DIRECTEMENT LE COUPABLE. DONC, SI CELA SE PRODUISAIT À NOUVEAU, LES ESPÈCES EN CAUSE SE VERRAIENT DÉNIÉ LEUR DROIT À COURIR SUR LA SURFACE DE LA TERRE.

Elle se racla la gorge :

— Allez, tous en chœur : *SEULS LES HUMAINS COMPTENT, POINT D'AUTRE VOIE POUR ALTERMONDE* !

On répéta consciencieusement tandis qu'elle rythmait la récitation de sa règle d'acier.

— Je crois que c'est clair, là. Pour tout le monde ? Je ne vais pas être obligée de revenir, n'est-ce pas, les enfants ?

Un murmure approbateur lui répondit. Personne ne tenait à l'entendre à nouveau crier comme ça, je suppose. Nous en avions tous pour des heures de sifflements dans les oreilles. Je me raclai la gorge, une question me taraudait depuis un moment :

— Euh… Azraël ?

Elle hocha la tête avec bienveillance. Je me sentis à nouveau comme à l'école quand la maîtresse a donné la permission de parler à la bonne élève et que tous les regards se fixent sur elle tandis que la classe entière se met à penser « FAYOTE » de façon quasiment palpable.

— Qu'est-ce qu'ils ont de si spécial les humains ? Pourquoi vous les protégez ?

Azraël rit à gorge déployée. Ses dents nacrées étincelèrent sous les néons de l'Étude comme de petites perles :

— Tu ne te rends pas compte, jolie-jolie ! On ne protège pas vraiment les humains de l'AlterMonde, c'est l'AlterMonde que nous protégeons des humains !

— Je vous demande pardon ? fit le Légat.

Le citron imaginaire semblait avoir été remplacé par une bouteille entière de vinaigre blanc, s'il pinçait les lèvres un peu plus, il les avalerait. Azraël tourna vers lui son œil de feu froid, totalement dénué de chaleur cette fois et elle répondit d'une voix chargée d'un mépris insondable :

— Ils sont tellement plus nombreux, et ils changent, eux. Ils vous balaieraient. Même vous, monsieur… Avec tous vos pouvoirs et toute votre hargne.

Elle ignora son sursaut indigné pour s'intéresser à Herfauges.

— Mon choupinet, je t'ai entendu proférer des menaces contre ma petite chérie. Menaces qui vont, j'espère que tu l'as compris, en contradiction absolue avec les avertissements que je viens de donner, n'est-ce pas ?

— J'ai compris, Azraël, susurra Herfauges.

— Oui, j'en suis sûre ! minauda-t-elle. Mais comme je ne suis pas certaine que la disparition de ta race t'affligerait plus que ça, compte tenu des circonstances, je vais intervenir. Ce n'est pas dans les règles, mais crotte ! Il faut parfois savoir violer le corps d'une loi pour respecter son esprit.

Il ne se passa rien. Enfin, j'en eus l'impression. Mais bientôt, un lourd parfum de guimauve envahit la pièce. Normalement, ça sent très bon, la guimauve ; mais là, la concentration était telle que j'eus l'impression qu'une cuve entière s'était déversée sur nous. On regarda de tous les côtés pour en découvrir l'origine, jusqu'à ce que tous les yeux convergent vers moi. Merde, c'est moi qui émettais cette terrible odeur de sucre ? Je me levai presque de ma chaise.

— Azraël ! implorai-je affolée.

Je répandrai vraiment cette fragrance épouvantable toute ma vie ? Personne doué d'un nez normal ne pourrait rester plus de deux minutes dans la même voiture que moi, sans parler du même lit.

— Ne t'inquiète pas ma petite chérie, sourit finement la forme de mon ancienne institutrice. Ça n'arrivera que lorsque tu seras dans les parages de notre Herfauges. Sinon, tu sentiras comme tout le monde…

— C'est-à-dire ? demandai-je méfiante.

— La sueur et les larmes, quoi…

Elle eut l'air triste en disant ces derniers mots. Son désenchantement s'accentua encore lorsqu'elle s'adressa au dos de mon oncle.

— Géraud ? C'était une bonne idée de nous sommer. Les Instances t'en sont reconnaissantes. Si l'intégrité des Études avait été mise en danger…

— Ne te fatigue pas Azraël, tu sais très bien que c'est Thomas qui a insisté ! laissa tomber froidement Géraud sans se tourner vers elle. On aurait pu s'en tirer sans toi… comme d'habitude. D'ailleurs, tu peux me dire quel est le résultat de ta visite, sinon que le bureau va empester la fête foraine tant que ces deux-là s'y croiseront ?

Le double de mon institutrice soupira, elle arborait la même expression que lorsque mademoiselle Legris s'adressait à l'un de ses cancres préférés, un de ceux qui « pouvaient » ou qui « auraient pu », si la vie ne s'était pas chargée de leur coller des bâtons dans les roues, et parfois direct dans la figure, depuis le landau.

— Ce n'est pas si simple, mon vieil ami…

— Ça ne l'est jamais avec vous autres, répliqua-t-il avec sècheresse.

Azraël secoua la tête, ce qui eut pour résultat d'agiter son chignon assez comiquement.

— Tu m'en veux parce que je ne t'ai pas désigné le coupable…

— Oui. Ton cirque ridicule doit l'amuser au plus haut point… puisqu'il est parmi nous.

Sa voix avait pris des accents insinuants. L'ange éclata de son rire perlé.

— Je te croyais plus subtil, Géraud ! Tu penses bien que ça, je ne te l'apprendrai pas. Rien de ce que j'ai pu dire ne te permet de l'affirmer. Je n'ai pas le droit. Les Instances n'interviennent que pour et dans la neutralité. Leur seule préoccupation sont les…

— … humains, l'interrompit Géraud. D'accord, adieu et au plaisir de ne pas te revoir.

— Tu ne penses pas ce que tu viens de dire, fit l'ange avec douceur.

Elle avança et lui posa la main sur l'épaule toujours détournée.

— Je te promets, je te jure, mon vieil ami : un jour, je viendrai pour toi et seulement pour toi. Et si ce n'est pas moi, ce sera l'un de mes frères, JE T'EN FAIS SERMENT.

Il y eut un tintement dans le lointain, entre la cloche de bronze ou la clôture de caisse enregistreuse de magasin. Comme si la promesse solennelle avait servi de battant. Ou comme si on l'avait consignée en chiffres de flammes dans quelque livre de comptes cosmiques. Géraud tressaillit au contact de la petite main ridée.

— Pars maintenant ! Je t'en prie…

Il suppliait.

Azraël n'insista pas et disparut aussitôt. Il me sembla pourtant que l'ombre de sa main demeurait quelques secondes, toujours posée sur l'omoplate de Géraud.

Personne n'osa respirer pendant une bonne minute. Ce n'est que lorsque mon oncle fit pivoter son fauteuil et nous fixa d'un regard indéchiffrable qu'on entendit à nouveau les bruits de la vie, furtifs, revenir dans le bureau.

Zalia passa même la tête à travers la porte pour jeter un œil. Elle renifla, perplexe et suspicieuse, puis se cacha à nouveau dans les profondeurs du cabinet de toilette lorsque le parfum de sucre que j'exhalais lui parvint aux narines.

Mon oncle posa ses mains à plat devant lui.

— Bien, vous avez entendu. Désormais, si nous subissons la moindre attaque ici, c'est aux Instances que vous aurez affaire directement. La clause de Sauvegarde est renforcée.

Le Légat s'agita sur son siège :

— Qui soupçonnez-vous, Géraud ?

Ce dernier le regarda froidement.

— Tout le monde. Sauf lui.

Il désignait Herfauges qui le salua avec ironie.

— Même moi ? glapit Bathilde, scandalisée.

— Pardonnez-nous, Ma Dame Bathilde, fit la voix tendre et persuasive de Thomas à travers le téléphone, mais vous ne seriez pas le premier grand chef qui préfèrerait voir son empire s'écrouler plutôt qu'admettre qu'il devra passer la main. « Après moi le déluge », c'est un grand classique depuis Charlemagne. Vous pourriez très bien vouloir la fin de votre propre Cénacle… Inconsciemment, bien sûr ! ajouta-t-il d'un ton apaisant.

— Vous voulez dire que je serais folle à lier, alors ? rétorqua-t-elle avec un mépris souverain, sans se laisser séduire par le talent de notre sirène.

Elle aurait blêmi de rage si elle l'avait pu. On sentait que son interlocuteur avait une chance incroyable de se trouver hors d'atteinte à des kilomètres de là.

— Tout est possible, admit Thomas, je privilégie d'autres hypothèses, mais celle-ci n'est pas à écarter.

— Vous avez l'intention de nous les communiquer ? demanda la Maîtresse de Cénacle d'un ton glacial.

— Je ne crois pas, non, intervint Géraud.

— Mais vous ne soupçonnez pas ces cabots, c'est évident ! ragea-t-elle.

— Évident ? reprit Richard qui s'était gardé de parler jusque-là. Allons, Maîtresse Vamp, vous croyez vraiment que la fin d'un Cénacle nous chagrinerait ? Géraud le sait bien et je pense qu'il nous soupçonne aussi. Même si c'est lui qui est venu chercher notre Archiviste !

Jacques approuva dans son dos.

— C'est nous qui l'avons envoyé sur la piste de la fausse descendante, Dame Bathilde. Croyez que nous sommes navrés.

— La fille de Londres était un leurre, dit Thomas. C'est sûr. Mais le piège ne venait pas de vous, ça, nous le savons. Rien ne dit que c'est vous qui auriez modifié l'état civil.

— Vous l'avez interrogée, cette fille ? Et les féaux du Cénacle Majeur de Bathilde ? demanda acidement le Légat, visiblement agacé d'être tenu en dehors de la conversation.

Denis broncha et jeta un regard furieux sur le vamp. Dame Bathilde posa la main sur le bras musculeux de son lieutenant, mais il n'était pas sûr que ce soit pour l'apaiser. Ça avait plutôt l'air d'un encouragement. Géraud leur jeta un regard condescendant :

— Qu'est-ce que vous croyez ? C'était une impasse. Tout ce que cette gamine savait, c'était qu'elle avait gagné un séjour à Londres. À condition d'effectuer certains déplacements à l'arrivée en un temps record. Elle nous a promenés dans toute la ville avant que nous mettions la main dessus. Elle était complètement hors du coup, par ailleurs.

— Elle était gironde, remarque dans son genre, ça valait le coup de courir après…

La voix chaude avait pris un ton rêveur. Géraud jeta un regard froid au combiné.

— Oh, Géraud, ça va, hein ? reprit le sirène qui pourtant ne pouvait rien voir de la mine réprobatrice de mon oncle. On est pas obligés non plus de tirer des tronches de vingt miles marins ! De plus, je crois que la piste Fränkel n'était pas totalement dénuée d'intérêt…

— C'est n'importe quoi ! grogna Denis. Elle était stérile votre descendante, et l'autre était une chienne ! Il ne reste aucune trace des Herdstal ni des Peyrusse, vous avez failli à votre mission, c'est tout ! Avouez-le !

Géraud le scruta tranquillement.

— Je ne crois pas qu'on puisse affirmer que ce soit de notre faute si la lignée de Dame Bathilde est effectivement éteinte. Par ailleurs, ce n'est pas encore avéré.

— Si vous comptez me fourguer l'avorton, vous savez où je vais les lui mettre la neutralité des Études et la clause de Sauvegarde ? ricana Herfauges.

Le combiné grésilla. Il y eut un long silence sur la ligne qui sembla s'étaler dans la pièce comme si tout le monde retenait sa respiration en même temps que la communication se rétablissait. Zalia passa à nouveau la tête par la porte. Constatant que le bureau était toujours envahi, elle s'enfuit une fois de plus dans son repaire. J'avais eu le temps d'apercevoir une coiffure rousse avec des anglaises roulées comme des cigares, retenues de chaque côté du visage par des rubans vert émeraude. Elle avait forcé sur le maquillage aussi. Je me fis la réflexion qu'il faudrait que je le lui dise avant qu'elle file chez Corben. J'étais certaine que le rouge à lèvres Véronèse ne passerait pas avec le colosse. L'intuition féminine, je suppose.

La porte du bureau claqua et Thomas susurra :

— Nous avons une autre piste, figurez-vous.

Chapitre 25

– Qu'est-ce que tu en penses ? murmura Zalia tandis que nous les observions de la voiture.

Ce parking du Bois de Vincennes était idéalement placé : à la pointe du lac en forme de lune des Minimes, près du pont de l'îlot de la Porte jaune, assez loin des arbres et des pelouses. Dehors, les pollens en suspension devaient être rares. Ce n'était pas la saison. Mais les chrysanthèmes devaient avoir à peine achevé leur floraison dans le Parc Floral voisin.

Quand j'étais petite, nous évitions cet endroit comme la peste avec mes parents. Ma mère l'appelait le Parc Infernal, parce que j'avais eu mes plus belles crises d'allergie dans ses environs. On raconte que le roi Saint-Louis rendait la justice sous un chêne dans le coin. Je regardai les marronniers aux branches presque nues, encore humides de la pluie de la veille, d'un air critique.

Je haussai les épaules, répondant à Zalia avec un temps de retard.

— Je ne sais pas comment Géraud compte choisir entre elles deux… fis-je.

J'épiai les deux filles, de vraies jumelles, en train de converser sur un banc tout près de la passerelle de bois et de ciment reliant la petite île à la terre. Nous avions suivi la première de son poste de caissière dans les guérites du Parc justement. Là, sa sœur l'avait rejointe, ses cours sous le bras, dans cet endroit paisible qui semblait leur lieu habituel de déjeuner.

Elles riaient et donnaient du pain aux canards mandarins venus quémander les restes de leurs sandwiches. Le soleil automnal brillait haut et clair dans le ciel. Il faisait presque bon dehors. Mais je n'avais guère envie de sortir du véhicule.

Blondes toutes les deux, des yeux d'azur, des tailles fines de lianes souples, de longues jambes et des seins haut perchés, elles se chuchotaient des riens à l'oreille à propos de deux garçons en train de canoter sur le lac. Les deux gars avaient surpris leur manège et redoublaient d'efforts sur leurs rames. La barque disparut bientôt derrière l'île.

On entendait les gongs et la musique du mariage bouddhiste que l'on y célébrait. J'avais du mal à ne pas me laisser distraire par le flot coloré des invités qui ne cessaient d'aller et venir sur le pont. Zut, j'avais envie de voir la mariée. J'ai toujours aimé les mariages.

Zalia sortit la clé de contact de la serrure et ouvrit sa portière.

— Bon, on y va. Je compte sur toi, murmura-t-elle entre ses dents serrées.

Il y avait trop d'eau douce et trop de jeunes femmes alentour. Elle n'était pas à l'aise. Son air à la fois rêveur et angoissé n'augurait rien de bon. Je descendis à mon tour pour lui prendre le bras.

— Tout va très bien se passer… dis-je avec une conviction de commande.

Géraud avait décidé « d'employer la manière douce » afin d'amener les deux jeunes femmes à l'Étude. Je n'étais pas sûre qu'il ait bien choisi. Zalia non plus.

Elle tremblait comme une feuille, je ne l'avais encore jamais vue dans cet état, même le jour où elle avait tenté de me noyer dans le lavabo.

Elle se serra contre moi.

— Je ne l'ai pas *vraiment* fait depuis des siècles, tu sais…

Je suppose qu'elle entendait par là : « noyer des gens ». Zalia entretenait un rapport conflictuel avec sa nature de sirène. J'avais cru comprendre que ça la détendait de coller la tête de ses sœurs humaines sous la flotte, que l'impulsion était terrible quand ça la prenait, mais que ça ne lui était pas complètement indispensable. Genre un bon orgasme ou un verre de tequila. Et elle en avait honte comme d'une sale manie, du genre se masturber en public ou se ronger les ongles jusqu'au sang.

Nous croisâmes la mariée qui traversait le pont à ce moment-là. Elle était ensorcelante, couverte de fausses perles et de lys de soie, de longs cils baissés sur des joues rosies : un cygne timide pendu au bras d'un héron en grand deuil. Parce que le marié, lui, en revanche, n'était pas terrible et il ne s'efforçait même pas de feindre de s'amuser.

J'ai horreur de ça chez les garçons. Il faudrait qu'ils apprennent à dire non – ou oui – ou merde – mais totalement, sans arrière-pensée ni regret. Histoire de ne pas tirer des têtes d'enterrement ensuite, lorsqu'on leur a arraché un truc dont ils ne voulaient pas.

Zalia retint son souffle devant la jeune Asiatique dans son costume de reine d'un jour.

— Concentre-toi, ma belle, fis-je en lui donnant une pichenette sur le nez.

Elle cilla et me fit une moue désolée. La serrant plus fort contre moi, je la forçai presque à avancer vers nos objectifs. On s'assit à côté d'elles qui continuèrent leur conversation et ne se tournèrent même pas vers nous. Je me lançai dans une improvisation hardie de bitching bureautique.

— Je sais pas ce que tu en penses, mais le patron en ce moment est ingérable ! Un coup blanc, un coup noir, on sait plus où se mettre. Doit avoir des soucis avec sa maîtresse, je vois que ça !

— Ou alors sa femme le baise pas… murmura Zalia, tentant de se mettre au diapason.

Elle arborait cet air vague que j'avais appris à reconnaître comme un signal de danger. Je retins inconsciemment ma respiration. Pourvu qu'elle ne se trompe pas de cible ! Je fouillai mes poches, en sortis la boîte à pilule que m'avait confiée Géraud et y cueillis les billes de cire luisante. Je les enfonçai dans mes oreilles juste à temps. Zalia avait déjà commencé.

Elle m'avait prévenue. Moi, elle m'avait prise en force la fois où elle avait essayé de m'avoir au bureau. Là, elle chanterait. Si on pouvait appeler ça comme ça, m'avait-elle avertie.

Ça devait être bizarre sans protection. Je n'entendais plus rien avec la cire, mais je percevais le rythme à travers les lattes du banc : un bourdonnement lancinant qui prenait aux tripes et faisait flageoler les genoux.

Nos deux « victimes » se turent aussitôt, bouche ouverte. Leurs prunelles pétillantes se ternirent comme si elles s'étaient endormies sans pouvoir refermer les paupières. Elles se balancèrent légèrement, bercées par la chanson de Zalia qui ondulait sur le même tempo.

Je frémis de plus belle : les yeux mi-clos, la mâchoire cruelle, mon amie ne se ressemblait plus. Elle paraissait plus vieille, comme un rocher transportant avec lui la poussière des ères, comme il vous jette en pleine figure qu'il a croisé les dinosaures et combien votre bref passage semble dérisoire.

La menace suintait par tous ses pores. La cruauté aussi, une méchanceté froide, délibérée, qui ne se délectait même pas du mal qu'elle envisageait de commettre.

Elle se dressa avec une souplesse douloureuse et sinueuse de serpent. Je crus voir des écailles irisées jouer à la surface de sa peau sous le soleil. Les jumelles se levèrent simultanément, poupées animées par des fils. Zalia, l'œil perdu, libéra son bras de mon étreinte pour avancer machinalement vers le lac, les filles lui emboîtèrent le pas avant que j'aie pu réagir. Je sautai sur mes pieds et saisis à nouveau mon amie par le coude.

Je dus enfoncer mes doigts dans sa chair pour la stopper. Elle obéit en se reprenant avec difficulté. L'ombre de ce qui était Zalia, sa joie de vivre communicative, sa futilité gaillarde passa dans les reflets mouvants et noirs de ses yeux d'eau dormante. Un mètre après l'autre, elle me suivit vers la voiture, les deux filles en remorque comme si nous les tenions par un lien invisible.

Je lâchai Zalia une seconde à peine, le temps d'ouvrir les portières de la voiture. Les garçons du canot repassèrent la pointe de l'îlot à cet instant et saluèrent les jumelles qui tressaillirent. Leurs visages figés tentèrent de s'animer brièvement. Mais un ronronnement rauque résonna au creux de mon estomac, Zalia intensifiait sa prise. Les filles s'assirent dans la limousine pour boucler leur ceinture avec des gestes saccadés. Un sifflement aigu tenta de traverser la protection de cire dans mes oreilles. Je résistai à l'envie de dormir pour des siècles qui me saisit, alors que les deux têtes blondes s'inclinaient lentement l'une par-dessus l'autre. Deux secondes plus tard, elles s'étaient profondément assoupies.

Zalia s'accrocha à ma main avec brusquerie. Ses pupilles vides me scrutèrent encore une seconde avant que la vie y revienne. Elle me sourit piteusement et me fit signe d'ôter mes protections. Je l'examinai méfiante, mais non, c'était ma Zalia, celle des anglaises ridicules, des maquillages extravagants, qui me rendait mon regard. J'enlevai la cire de mes oreilles et montai à sa suite dans la voiture.

Un instant, elle pencha la tête sur le volant, comme si elle cherchait à reprendre sa respiration.

— Bon, t'es prête ? fit-elle enfin.

J'acquiesçai, elle démarra en trombe en direction de Paris après avoir occulté les fenêtres de la limousine. Quelques minutes plus tard, nous dépassions l'ancienne demeure royale aux façades austères et aux douves désormais tapissées d'herbe rase, pour nous glisser dans les petites rues de Vincennes avant de rejoindre la capitale.

Géraud nous accueillit dans le parking du bureau d'où il avait éjecté le cordon de défense, les maintenant à l'extérieur de l'immeuble. Il prit l'une des filles par le bras et je me chargeai de l'autre. Je remis mes protections : Zalia bourdonnait en sourdine dans notre dos. Géraud, lui, y semblait insensible.

On grimpa les escaliers sans difficulté majeure. Un voisin nous croisa, jetant un œil réprobateur aux jumelles. À son air choqué, il était évident qu'il les croyait ivres mortes. Je me retins de glousser nerveusement. On les installa dans la salle d'attente sur le canapé où elles s'endormirent à nouveau d'un bloc à l'instigation de Zalia.

— Bravo, les filles, dit Géraud. Zalia ?

— Oui, monsieur ? répondit-elle d'une voix terne.

— Vous avez quartier libre jusqu'à ce soir. Agnès s'occupera des petites. Filez chez Corben, qu'il vous chouchoute, d'accord ?

— Oui, monsieur !

Un zeste de son allant habituel résonnait dans sa voix, elle fila vers la sortie sans demander son reste.

— On dirait qu'elle a le diable à ses trousses, remarquai-je.

— C'est un peu ça, rétorqua mon oncle sans s'étendre sur la question.

Il ferma à clé la porte du cabinet puis me fit signe de le rejoindre dans le bureau. Je demandai :

— On prend laquelle, alors ?

Mon oncle soupira :

— Herfauges choisira ce soir.

— Géraud ? C'est terrible ce que nous cautionnons, là, tu sais ? dis-je d'une petite voix.

— Oui. Herfauges va être… on ne peut plus déplaisant avec son élue.

— Pas seulement. (Je me raclai la gorge.) Tu as pensé à l'autre ?

Il se détourna avant que je puisse déchiffrer son expression, mais je sus avec certitude qu'il y avait réfléchi, lui aussi. Quel que soit le choix de notre client, nous relâcherions une des jumelles dans la nature, sans aucun souvenir de ce qui s'était passé. Zalia y veillerait. Physiquement, c'est sûr qu'elle ne souffrirait pas. En revanche, la disparition inexplicable de sa sœur la hanterait toute sa vie. Quoi qu'il arrive, il y aurait deux victimes. Il n'était pas certain que celle qui souffrirait le plus serait celle que nous livrerions au Cénacle.

Je déglutis :

— Vous les avez trouvées comment ?

Géraud soupira à nouveau.

— Thomas a vérifié une hypothèse de travail, juste après Londres… dit-il sans se compromettre.

J'insistai bravement :

— Oui ?

Mon oncle serra les mâchoires, mais répondit tout de même :

— Séléné, la seconde fille de Fränkel… n'a été un cabot qu'à vingt ans.

— Mais normalement elle aurait dû avoir la même déformation que sa sœur, celle-là, non ?

— Eh, non ! fit-il avec lassitude. Nous avons parié qu'elles n'étaient pas de vraies jumelles, au contraire de celles-ci, et que, comme souvent les filles pauvres de cette époque, elle avait peut-être mis au monde un enfant naturel plus tôt…

— Alors ?

— Nous avons gagné sur les deux points, comme tu vois. Séléné a eu un garçon qu'elle a abandonné à l'Assistance publique. Elle n'avait que quatorze ans… Elle n'a pas pu le réclamer ensuite, après son adoption dans la Meute, car elle n'a pas osé l'apprendre à son mâle, je pense. Les jumelles sont ses arrière-arrière-petites-filles. Voilà, c'est tout.

— Et le Cénacle va accepter les descendantes directes d'une louve ?

Géraud haussa les épaules :

— C'est ça ou l'avorton… ricana-t-il. Et puis, techniquement, les filles n'ont rien à voir avec les Meutes…

J'approuvai en silence, n'osant aller plus loin. Depuis la visite d'Azraël, mon oncle était à cran et mes essais de papotages vipérins sur le banc du Bois de Vincennes n'avaient pas été totalement gratuits, je dois bien l'avouer. Il me faisait presque peur depuis qu'on s'était lancés aux basques des deux gamines.

Dès qu'on avait eu les noms, elles avaient été aussi faciles à trouver qu'à enlever, les pauvres. Étudiantes désargentées, elles vivaient ensemble dans un deux-pièces à Montreuil et finançaient leurs cours grâce à un petit stratagème de jumelles. Inscrites en faculté sous leurs deux noms, elles travaillaient pour le Parc à tour de rôle sans que personne ne s'aperçoive de rien. Elles s'en sortaient plutôt bien que mal avec le salaire alloué par la mairie de Paris.

Zalia et moi avions ri comme des bossues en découvrant l'astuce, et Herfauges avait daigné approuver du bout des lèvres.

— Jolies, pas trop cruches, on peut voir… avait-il laissé tomber.

Je refusai net de m'interroger sur ce qui adviendrait de la laissée-pour-compte. Lorsque tout serait fini, elle se retrouverait seule à assumer tous les rôles qu'elle avait tenus avec sa sœur.

Nous n'avions pas encore prévenu le Cénacle ni la Meute. Géraud et Thomas trouvaient ça plus prudent en attendant qu'Herfauges fasse son choix. Celui qui avait tenté d'enlever Herfauges ne devait pas remettre le couvert avec la Dauphine en puissance du Cénacle.

Géraud s'assit à son bureau avec brusquerie. Il avait le front plissé et un air de colère rentrée particulièrement effrayant. Il frictionna son crâne chauve comme pour en arracher ses pensées.

— Je me sens dans la peau d'un bourreau… murmura-t-il à voix si basse que je crus avoir rêvé.

Je ne répondis pas, incapable de le réconforter parce que de fait, il s'agissait bien de ça. Bientôt, le lendemain soir sans doute, nous quitterions les lieux pour quelques heures, laissant Herfauges et sa victime censément consentante sous la surveillance de Navarre. Le lendemain, le premier serait mort, la seconde irrémédiablement marquée, traumatisée, transformée et mon ami irradierait cette force épouvantable qui l'éloignait de moi plus sûrement que tout autre chose. Je retins mes larmes à grand-peine.

Géraud repoussa son fauteuil, vint vers moi et me recueillit avec maladresse dans ses bras. Je me laissai aller sans retenue, mais toujours incapable de pleurer, pendant qu'il murmurait dans mes cheveux :

— Dis-toi que la petite voudra désespérément qu'il en soit ainsi…

Je secouai la tête en reniflant :

— Ça ne me console pas…

— Pour être parfaitement honnête, moi non plus, dit-il d'une voix enrouée.

Alors je mis à sangloter. Mon rimmel pourtant discret tachait la chemise immaculée de mon oncle. Je m'en excusai bêtement, il me tapota le dos avec sa gaucherie habituelle avant de me lâcher.

— Tu sais, rassure-toi, on ne s'habitue jamais…

— À quoi ? balbutiai-je entre deux sanglots.

Il ne répondit pas cette fois.

Chapitre 26

Navarre s'éveilla le premier comme d'habitude. Il surgit dans le bureau en trombe, rompant le silence pesant qui s'y était installé depuis le début de l'après-midi. Zalia n'était pas revenue, un coup de fil d'Haniel nous avait appris qu'elle et Corben étaient partis dès son arrivée au bar. Corben avait chargé son employé de prévenir pour qu'on ne s'inquiète pas. Quant à Thomas, mon oncle l'avait appelé et lui avait appris que nous avions récupéré les filles. Depuis, nous n'avions pas de nouvelles.

— Mhm ! J'ai dormi comme une masse ! dit Navarre. Alors, Agnès, vous avez réussi à nous ramener les Cendrillon ?

Il me souriait gentiment avec cet air lointain qu'il prenait systématiquement en s'adressant à moi, même depuis l'épisode de mon sauvetage pour lequel il avait refusé tout remerciement. Je contins le pincement au cœur que ça me causait toujours et tentai de m'accrocher à l'idée de Jacques, Jacques m'embrassant, Jacques nu contre moi ; ça fonctionnait mais comme un clignotant. Un coup froid, un coup chaud. Je laissai tomber. Cette stratégie n'était pas efficace, c'était évident. J'aurais dû me douter que les deux mâles ne couraient pas sur le même champ de courses.

J'aimais énormément Jacques, peut-être même qu'avec le temps, je l'aimerais tout court, mais j'étais folle de Navarre. C'est-à-dire qu'il touchait chez moi des cordes particulièrement primales et pour la plupart concentrées en dessous de la ceinture. Lorsque je pensais à lui, mon cerveau ne me projetait pas plus loin que dans un lit. Je rougis à cette idée, guère flatteuse pour lui, finalement. Mais peut-être que mon cerveau était plus raisonnable que moi, il se concentrait sur ce qu'il *pouvait avoir,* à savoir du sexe puisque c'était la seule option raisonnable. Quel avenir pourrions-nous espérer Navarre et moi, ensemble ?

Ce dernier n'avait pas attendu ma réponse, il avait filé vers la salle d'attente. Lorsqu'il revint, il se planta devant Géraud et déclara :

— Elles sont très belles, ces gosses.

Mon oncle hocha la tête. Navarre insista avec calme :

— Elles vont souffrir et ce sera notre faute.

— Oui, dit froidement Géraud. Vous comptez passer tous un par un devant moi pour me le reprocher ? Ou vous vous contenterez d'une *class action* ?

Le grand vamp me jeta un regard approbateur et haussa les épaules :

— Moi, j'ai de leçon de morale à donner à personne. Par contre, j'aime bien être au courant de ce qu'on fait… et qu'on sache que je le suis.

— C'est noté, rétorqua mon oncle. Autre chose ?

— Herfie en a encore pour une petite heure, j'aimerais passer chez moi. J'ai promis à Dana. Dieter s'agite quand je suis absent trop longtemps.

Les deux surgeons de notre garde du corps avaient un rapport assez bizarre avec lui. Je m'étais habituée à l'idée que Dana soit parfois sa maîtresse. De loin en loin, ils devaient matérialiser ce qui les unissait, sans plus. Mais la jeune vamp avait sa propre vie de son côté. Dieter, son frère, c'était autre chose. D'après ce qu'en laissait échapper Navarre parfois, ça ressemblait à une relation parent enfant, et ce dernier semblait assez difficile comme rejeton. Mais je ne parvenais pas à mieux le définir. Je ne les avais jamais rencontrés, le vamp cloisonnait sa vie privée et le bureau, en général.

Géraud acquiesça :

— Ne traîne pas, les heures qui viennent seront… pénibles.

— Justement.

Navarre ouvrit la fenêtre. L'ultime rayon du soleil joua un instant sur sa peau trop blanche. Il frémit sous la brûlure et je vis l'épiderme racornir brièvement sur son front. Il soupira en frottant la marque qui disparaissait et s'envola.

Il revint au bout d'une heure, souriant et détendu, comme chaque fois qu'il avait volé. Je regrettai terriblement de ne pas avoir pu l'accompagner.

Je rougis, et frottai mes escarpins sous le bureau. Ils tintèrent de leur petit bruit métallique habituel. Il y avait longtemps qu'il ne m'avait pas ramenée chez moi ainsi, soupirai-je intérieurement. Depuis que je savais que ce n'était pas aussi innocent que ça en avait l'air, je ne pouvais pas m'empêcher d'y tenir comme à la prunelle de mes yeux.

Si je déménageais, comme Géraud le suggérait toujours, ce serait fini. L'idée même était insupportable.

— Bien, lui ordonna Géraud. Porte les filles dans la salle de bains et installe-les dans la douche aussi confortablement que possible.

Je demandai, ahurie :

— Pourquoi ?

Les deux hommes se tournèrent vers moi :

— Denis arrive avec le « déjeuner » dans dix minutes, expliqua Navarre avec patience en s'acquittant de sa tâche. On préfère qu'il ne rencontre pas nos invitées.

— Oh.

Denis frappa à peine deux minutes plus tard. Navarre venait juste de refermer la porte du cabinet de toilette.

Le grand roux entra dans la salle d'attente, une jeune fille en remorque comme prévu. Elle avait l'air encore plus sonnée que nos deux invitées. Denis me jeta un regard d'excuse :

— C'est tout ce que j'ai trouvé et elle n'était vraiment pas d'accord, j'ai dû *forcer* un peu…

Je détournai les yeux, soupirai profondément et fouillai dans mon tiroir pour y pêcher la trousse de premiers secours que j'y avais entreposée. Je ne savais pas pourquoi, mais je sentais que ce serait encore plus désagréable que d'habitude.

On entra dans la chambre. Depuis l'enlèvement, il n'y avait plus de cage, Herfauges était uniquement attaché par une laisse d'argent dont les anneaux couraient entre des pitons fixés dans le béton. Il se dressa sur son lit. Aussitôt la pièce fut envahie par l'odeur de la guimauve.

Merci, Azraël. Il me manquait ça pour me sentir séduisante, justement !

Le vamp entravé plissa le nez et cracha dans ma direction :

— Ah, tu pues, c'est épouvantable !

Il n'y avait rien à rétorquer : il avait raison. Mais il n'était pas question que je laisse la fille seule avec les trois vampires. Je ne pouvais pas m'y résoudre.

— Comment veux-tu que je boive dans un nuage de gaz pareil ? grinça encore Herfauges.

Je me carrai sur mes pieds, les bras croisés sur la trousse de secours et le fixai droit dans les yeux sans répondre.

Il me gratifia d'un sourire ravageur. Son changement brutal d'humeur m'inquiéta aussitôt.

Ce fut atroce. Comme de juste, il tenta de tuer la fille, qui se réveilla, bien sûr. En hurlant de toute la force de ses poumons et en se débattant avec désespoir, évidemment. Denis et Navarre récoltèrent de terribles brûlures dans le combat, surtout Navarre qu'Herfauges avait pratiquement réussi à étrangler avec sa chaîne. Denis avait l'air fatigué en plus ce soir-là. Son aide fut pour le moins négligeable.

Il repartit assez honteux avec la victime pansée et rendormie.

Herfauges très content de lui s'était étendu à nouveau sur son lit couvert de taches rouges.

— Vous pouvez crever pour que je change encore vos draps ! grognai-je.

— Aucun problème, ma petite guimauve, j'adore l'odeur du sang ! Au contraire de la tienne ! persifla-t-il.

Navarre intervint avec sérénité :

— Techniquement, vous puez tous les deux, tu sais, Herfauges. Vu que c'est uniquement quand tu es là qu'elle répand cette odeur !

Je lui jetai un regard de reconnaissance éperdue.

Géraud nous interrompit :

— Navarre ? Les choses sérieuses, maintenant !

— Oui, Géraud.

Il fila chercher les deux filles l'une après l'autre et les coucha sur son lit sous l'œil perplexe d'Herfauges :

— C'est quoi ça ? J'ai déjà… (Il fixa Géraud qui restait impassible dans l'encadrement de la porte.) Vous l'avez trouvée !

Le visage d'Herfauges s'illumina d'une curieuse lueur.

— J'en ai trouvé deux, rectifia posément Géraud. Il faut que vous choisissiez avant que nous prévenions votre mère… et le reste du Cénacle.

Herfauges contempla les filles et se frotta les mains de plaisir anticipé :

— C'est vrai, c'est vrai ! Ça va être délectable !

Géraud fronça les sourcils :

— Attention, il n'y en a qu'une pour vous. L'autre nous la renvoyons à ses chères études. Intacte.

Il avait appuyé sur ce dernier mot, à peine, mais ce fut suffisant. Herfauges s'assombrit.

— Quoi, je ne peux même pas y goûter ?

— Certainement pas, elle est couverte par la Sauvegarde, vous vous rappelez ?

Je retins la question qui me brûlait les lèvres. Je ne voyais pas comment la Sauvegarde pouvait protéger cette fille plus que celle qui avait servi de déjeuner. Je jetai un regard en coin à mon oncle et sus immédiatement qu'il mentait pour protéger la gamine. Mais Herfauges ne parut pas s'en apercevoir. Il finit par approuver :

— OK, comment visualisez-vous la chose ?

— Comme tout le monde. Zalia va les réveiller et vous leur… parlerez ! (Géraud sourit avec froideur.) On appelle ça un *entretien d'embauche*, d'accord ? Je sais, c'est un procédé totalement révolutionnaire pour vous, mais vous vous y ferez. C'est clair ?

Herfauges opina sèchement.

— C'est très clair.

Zalia arriva sur ces entrefaites. Mon oncle se tourna vers moi et me dit :

— Tu peux disposer, Agnès.

Je voulus protester mais je me heurtai à la barrière inflexible de son refus :

— Il est des responsabilités qu'il n'est pas nécessaire de s'infliger, ma nièce, dit-il seulement.

Il en appelait si rarement à un quelconque lien de famille entre nous que j'en fus soufflée et ne dis plus un mot, sauf :

— Bon, je vais demander à Jacques de passer me chercher.

— C'est une excellente idée. Envoie-le-moi dès qu'il sera là, renchérit mon oncle. Maintenant, sors d'ici et referme la porte derrière toi.

J'obéis machinalement, la tête vide. Je m'appuyai un instant contre le panneau puis me décidai à téléphoner à Jacques qui, rien qu'au ton de ma voix, oublia immédiatement de poser des questions et se contenta d'un :

— J'arrive.

Je n'ai pas la moindre idée de ce que j'ai fait en l'attendant.

Il prit la limousine de Géraud pour me ramener à la maison. Une fois, là-bas, il m'installa dans mon canapé et alluma la télé sur un sitcom américain particulièrement niais, une rediffusion, qui racontait les aventures plus ou moins sentimentales mais surtout sexuelles de quatre quadragénaires hystériques aux USA. Puis il nous fit livrer du chinois, du japonais et des pizzas. Le livreur de chez Fauchon, porteur de foie gras et de champagne, arriva avec un léger temps de retard sur les trois autres.

Je repris mes esprits devant la table encombrée de plats de toutes sortes, le seau à glace étincelant et les bougies que Jacques avait allumées dans l'intervalle. Je ne pus m'empêcher d'éclater de rire.

— C'est quoi tout ça ?

— Je ne savais pas ce que tu voulais, alors j'ai commandé de tout, fit-il avec une moue adorable.

Il redevint sérieux aussitôt.

— Parce que moi, je sais ce dont j'ai envie. Maintenant.

Je fis l'innocente :

— Tu ne préfères pas les sushis quand même ?

— Non, souffla-t-il en m'enlaçant fermement.

Je me coulai contre lui, avec un léger sursaut lorsque ses fantômes surgirent. Mais je les attendais cette fois et n'eus aucun mal à me concentrer sur celui qui m'intéressait. Je l'appelai même de toutes mes forces avec une avidité qui me fit presque peur, jusqu'à ce que je comprenne qu'il s'agissait seulement de mon propre désir pour lui. Alors je me laissai couler dans cette déferlante, tandis que Jacques me prenait dans ses bras et me portait vers l'escalier.

— Tes appartements sont bien par ici, princesse ? demanda-t-il hypocritement.

Deux marches plus loin, il ajouta :

— On mangera froid, je pense. Ça ne t'ennuie pas ?

Je secouai la tête et susurrai contre son oreille :

— Ça tombe bien, je n'avais pas envie de pizza.

Il ne me jeta pas sur le lit parce que c'était un garçon bien élevé mais je vis que ça lui coûtait. Je ris en jouant avec les boutons de sa chemise. Je les défis l'un après l'autre.

— Si tu continues comme ça, murmura-t-il d'une voix rauque, je ne vais pas me retenir longtemps.

— Qui te parle de te retenir ?

J'étais contre lui, vivante. Je ne voulais pas savoir qu'à quelques kilomètres de nous, deux jeunes femmes voyaient leurs vies broyées par des monstres. Et qu'on pouvait me compter dans les monstres…

Je fis courir mes lèvres et ma langue contre son cou, tentant de descendre plus bas. Mais il saisit mon visage entre ses mains. Il m'embrassa avec une violence contrôlée qui me fit frissonner.

— Je te préviens, la lune est assez haute, murmura-t-il presque dans ma bouche.

Je lui rendis son baiser :

— Ça veut dire que tu vas être… velu, cette fois ?

— Pas encore, sourit-il. Mais si tu insistes vraiment, on ne sait jamais.

J'insistai. Je m'arrachai à son baiser pour recommencer à goûter sa peau à petits coups de langue brefs. Une tension électrique courait juste à la surface, transportant une odeur musquée, proche du pin. C'était enivrant, mais il ne me laissa pas continuer et saisit mes cheveux à poigne tendre avant de me rejeter fermement sur le dos. Il ôta sa chemise d'un geste et me rejoignit.

Son poids tomba sur moi comme une nuit lourde et douce, m'enveloppant de son parfum fort. Ses lèvres humides laissèrent une trace chaude sur ma gorge avant de s'ouvrir sur mes seins à travers le tissu.

— Je suis désolé, gémit-il alors contre ma poitrine.

— De quoi ? demandai-je haletante.

— Je vais devoir te racheter un chemisier, je crois.

Ses dents puissantes se plantèrent dans la soie sans même égratigner mon épiderme. Les crocs déchirèrent le tissu comme du papier, libérant mes seins du soutien-gorge et de la chemise en même temps. Ses mains, sa langue et ses dents alternaient en des caresses dont je ne savais plus si elles étaient mordantes, humides ou chaudes. Ou tout en même temps. Je tremblai sous chacune. Je le renversai encore une fois et ne me laissai pas arrêter lorsque j'atteignis son bas-ventre. Il protesta sans conviction et ne me quitta pas des yeux tandis que je glissai ma langue partout où je pouvais. Sa peau était douce et odorante, j'avais l'impression de sucer du satin parfumé de santal.

Mais il se reprit avec difficulté, et me saisit au menton pour m'empêcher de continuer et m'enlever la jupe sans la mettre à mal, elle. Je l'arrêtai avant qu'il en fasse autant avec mon slip.

— Rachète-moi une culotte, aussi, ordonnai-je sourdement.

C'était un garçon très obéissant.

Le jour se leva. On déjeuna tranquillement de foie gras et de sushis, arrosés de café. Ma mère en aurait eu une attaque.

À un moment, on se retrouva dans le canapé devant la télé mais très vite on changea pour une chaîne personnelle. Puis, Jacques m'envoya fermement sous la douche en m'informant qu'il avait promis à Géraud de me ramener avant midi.

C'est là que je me rendis compte que nous n'avions pas dormi du tout.

Chapitre 27

Jacques me déposa dans la cour de l'immeuble et gara la limousine.

— Je t'accompagne, dit-il en me rattrapant sous le porche. Je dois saluer Géraud, sinon mon père va me tuer.

— Il y a longtemps que tu le connais ?

Nous n'avions jamais parlé de cela. Ni de grand-chose, il fallait bien l'avouer. Tout ce que je savais de Jacques au fond, c'est qu'il était un alpha en charge de toutes les archives de sa Meute et un louveteau. C'est-à-dire garou de naissance, ce qui restait relativement rare. Les deux tiers des unions de Meute ne mettaient bas que des enfants complètement humains. Leurs parents leur offraient le Don plus tard.

La plupart du temps, les gens entraient dans les Meutes vers vingt ans, lorsqu'un mâle ou une femelle choisissait un compagnon parmi les humains et lui octroyait le Don à son tour. C'étaient des alliances heureuses en général, car quelque chose poussait les garous vers une fidélité et une constance qui n'existait pas ailleurs. La réputation de sauvagerie dont ils avaient souffert depuis des siècles était liée à celle, atroce, qu'on avait faite au loup naturel dont ils partageaient la forme autant que les instincts. Bien sûr, certains d'entre eux étaient de sombres brutes, voire de véritables monstres, mais la proportion était la même que chez les hommes dont ils n'oubliaient jamais être issus.

L'AlterMonde le leur rappelait d'ailleurs assez souvent.

Je rougis dans l'escalier en songeant à tout ça. Je ne savais pas ce que Jacques prévoyait pour nous deux, ni même s'il prévoyait quelque chose, mais ce dont j'étais sûre c'est que je ne me sentais pas prête à entrer dans une Meute.

Jacques avait fermé les yeux brièvement, comme s'il avait dû se concentrer avant de répondre :

— La Meute Saint-Blaise eut l'honneur de rencontrer Maître Géraud lors de sa venue en Paris, l'an de grâce 1290, dit-il d'une voix étrange aux accents désuets.

— Pardon ?

Il me sourit timidement.

— Personnellement, je ne le connais que depuis mes quatre ans. Là, ce n'était pas vraiment moi qui te parlais, mais l'esprit de la Meute. Ton oncle ne t'a pas expliqué ?

— Vous avez un genre de mémoire collective, c'est ça ?

Embarrassé, Jacques balaya l'air de sa main pour réfuter mon explication :

— Pas tout à fait. La Meute Saint-Blaise n'est pas seulement une mémoire, c'est un être vivant, une personne unique. Les garous sont mortels, seule la Meute est immortelle. (Il hésita.) J'en suis part intégrante et… ma… compagne devra l'être également.

— Je ne comprends pas… dis-je en mentant.

J'avais peur de trop bien comprendre, au contraire. J'avais peur tout court, même. La Meute était donc une entité collective, comme une ruche. Jacques venait de me proposer de m'y intégrer. C'était encore plus étrange que de s'habituer à l'idée de courir couverte de poils une fois par mois et entrer dans un clan aux lois parfois plus strictes que celles d'un couvent ou d'une prison. Moi qui entrouvrais les barreaux de celle où je croupissais depuis vingt-sept ans... Je tressaillis. Je tentai de n'en rien montrer à Jacques, mais il me sourit à nouveau, tristement, et je sus qu'il m'avait surprise.

— Il y a toujours le cas « Alexandrine Zola », rappela-t-il avec gentillesse. Nous verrons plus tard, ne te mets pas martel en tête.

Je ris au jeu de mots involontaire. Il s'arrêta étonné, fit la relation avec le père fameux d'Herfauges et opina :

— C'est vrai que c'est assez drôle, vu les circonstances, dit-il en me tendant la main en geste d'apaisement.

Je la saisis et nous grimpâmes ensemble les dernières marches avant la porte de l'Étude. Pendant la montée, je réfléchissais à Alexandrine. Elle n'avait pas eu d'enfants. Si nous continuions sur ces bases, je condamnais Jacques à ne pas en avoir non plus. Je m'ébrouai à cette pensée troublante : est-ce que moi, je voulais des enfants ? Je n'y avais jamais réfléchi jusqu'ici puisque la probabilité de rencontrer un compagnon de vie susceptible de m'en faire était proche du zéro absolu, rien que six mois auparavant.

Sachant ce que je leur transmettrais, déjà... Je n'étais même pas sûre d'être fertile, compte tenu de mes origines métisses. Et même sans alibi médical ? C'était encore moins sûr et encore plus troublant que l'idée d'appartenir à une identité collective. Le discours selon lequel avoir un enfant était le but ultime de la vie d'une femme ne m'avait jamais convaincue. C'était peut-être vrai d'un point de vue biologique et au niveau de l'espèce, mais en tant qu'individu cela devenait carrément discutable.

On parle souvent de l'accouchement comme d'un moment transcendant et il est vrai qu'on touche aux racines de son identité, mettre un être vivant et un futur mort au monde doit avoir quelque chose de métaphysique. Mais comme Navarre, je ne marchais pas trop à la métaphysique. Me reproduire pour apprendre qui j'étais me semblait une solution d'un genre assez désespéré. Il devait exister des moyens plus confortables qui n'exigeraient pas des heures de souffrances les pieds en l'air, l'intégralité de mes nuits pendant des années et la fin du peu de vie sociale que je connaissais.

Zalia interrompit mes pensées en nous ouvrant sans le vouloir, elle sortait. Son sac à main brandi comme une masse d'armes et sa nervosité n'auguraient rien de bon.

— Ah, te voilà ! Je filais vous attendre chez Corben ! Tu as ramené la voiture, au moins ? me demanda-t-elle d'un ton de propriétaire.

Elle fixa Jacques d'un air critique, il lui tendit les clés en cachant son amusement.

— Elle n'a pas une égratignure, mademoiselle, affirma-t-il, charmeur.

— J'espère bien ! rétorqua Zalia, acerbe. Bon, puisque vous êtes là on va pouvoir raccompagner la petite.

Elle fit demi-tour.

— Monsieur ? Ils sont là !

On la suivit à l'intérieur, dans la salle d'attente. Une des deux filles reposait les paupières closes dans le giron de sa jumelle, l'autre lui caressait les cheveux en chantonnant. Elle ne leva pas la tête à notre entrée, mais Géraud nous accueillit les traits tirés, lui non plus n'avait pas dû beaucoup dormir cette nuit-là.

— Je te présente Anne, future Dauphine du Cénacle de Dame Bathilde. Demoiselle Anne, voici Agnès, ma nièce… et son ami.

Anne ouvrit ses grands yeux pour nous regarder, des yeux de chaton ou de faon, des yeux qui disaient « Ne me faites pas de mal, je suis très, très gentille. »

Oh merde !

— Enchantée, déclara-t-elle.

Je ne pouvais pas lui signifier que ce n'était pas le cas en ce qui me concernait. Aussi répondis-je sur le ton des condoléances :

— Je suis désolée pour vous et votre sœur…

— Quelqu'un est mort ? demanda-t-elle étonnée. Monsieur, vous m'aviez juré que tout irait bien pour Ève !

Je lançai un regard en coin à Géraud, elle était vraiment aussi stupide qu'elle en avait l'air ou c'était moi ?

— Ne vous inquiétez de rien, Anne, intervint mon oncle en ignorant mon œillade. Comme promis, mes employées ramèneront votre sœur à Montreuil. Elle se réveillera dans son lit et ne se souviendra de rien. Vous pouvez même les accompagner, si vous le souhaitez. Mais il serait prudent de revenir au plus vite ici, ensuite, d'accord ? Je vous ai expliqué que certaines personnes pourraient s'attaquer à vous, si elles connaissaient votre existence.

Anne battit des cils.

— Bien sûr, Monsieur. On y va tout de suite ? Zut, j'ai laissé mon sac dans la chambre de Papy ! On ne peut pas y entrer maintenant, hein ?

Le visage de Géraud devint de marbre, il fit signe que non et plongea dans ses papiers comme on essaie de se noyer. Mon oncle avait toujours eu du mal avec des gens pour lesquels il était nécessaire d'expliquer longtemps, sans s'énerver. Il ne savait pas comment s'y prendre et répéter plus de deux fois la même chose le mettait en transe. C'était le pire pédagogue de la Terre. Zalia leva les yeux au ciel et articula silencieusement dans ma direction :

Papy !

On aurait dit qu'elle crachait le mot. Elle leva les yeux au plafond, une fois de plus. Je cillai en réponse. Oui, je trouvais aussi que c'était du délire d'appeler *Papy* un type qui se proposait de vous violer longuement, même s'il vous offrait la vie éternelle en échange.

— Je peux la porter jusqu'à la voiture, si vous voulez, offrit Jacques en désignant Ève.

Zalia accepta du bout des lèvres.

— Merci, ça m'évitera de la réveiller.

Rien qu'à son inflexion, il était clair qu'être accompagnée lui éviterait aussi de couler l'adorable Anne dans la première flaque d'eau venue. Je demeurai quelques instants en arrière et demandai à mon oncle :

— Je les croyais intelligentes, ces filles ?

Il se frotta le crâne.

— Celle qui a le cerveau dort dans les bras de ton ami, dit-il d'un ton neutre. Et non, je n'ai toujours pas compris pourquoi Herfauges a choisi l'autre !

— Mais…

— Loi de l'Emmerdement Maximum pour tout le monde, je ne vois que ça… supputa-t-il. Ève souffrira toute sa vie de la disparition de sa sœur pour laquelle son fameux cerveau ne servira qu'à échafauder des théories qui la feront doublement souffrir ; et Bathilde se retrouve avec une Dauphine débile…

Il fit une pause et me fixa rêveusement, comme à travers moi.

— J'espère que c'est seulement ça… seulement de la provocation, sinon…

Il n'ajouta rien, continuant de me regarder comme si j'étais déjà partie ; je me résignai à lui donner satisfaction et emboîter le pas aux autres dans l'escalier.

Le trajet en voiture me donna une idée de l'enfer. Les boulevards des Maréchaux étaient totalement saturés. Deux heures pour parcourir trois kilomètres. Anne n'arrêtait pas de jacasser, s'extasiant devant une vitrine, une voiture ou un camion, avec la candeur d'une enfant de douze ans. Zalia dépassée jusque dans sa volubilité me lançait des regards exaspérés dans le rétroviseur, quant à Jacques, il gloussait sans pouvoir s'en empêcher.

Je lui jetai un coup d'œil sévère, mais là, il éclata franchement de rire, refusant net d'expliquer pourquoi. Puis ce fut trop tard, nous étions à Montreuil. Zalia se gara sur la place du marché sous les auvents de tôle.

— Je ne sors pas de la voiture ici, se justifia Jacques, c'est le territoire d'une autre Meute. Pas la peine de chercher les ennuis.

— D'accord, dis-je. À tout de suite.

Zalia distribua les billes de cire à Anne et moi. Puis elle chantonna doucement à l'intention d'Ève qui se leva et prit le bras de sa sœur.

C'était un piège, il n'y a pas d'autre mot. On revint quatre heures plus tard au lieu de dix minutes. Si Anne avait tant voulu nous accompagner, ce n'était pas vraiment pour tenir la main une dernière fois à sa jumelle. Elle désirait surtout récupérer un nombre incroyable d'affaires dans les tiroirs de l'appartement.

À un moment, Zalia me prit par le coude et me chuchota :

— Tu es sûre que tout est à elle, et pas à l'autre ?

Je secouai la tête en signe d'ignorance. Effectivement, je commençais à me le demander et je n'étais pas sûre non plus que cette cruche ait tout compris à la situation. J'en eu confirmation quand Anne proposa d'écrire une lettre d'adieu à sa sœur. Conviction qui s'accrut aussitôt lorsque j'en lus le contenu :

« Ma chérie,

Tout va très bien pour moi, ne t'inquiète pas, je suis avec un ami.

Ta Nannou. »

Elle n'avait rien capté. Pas même que sa sœur oublierait son existence même. Et si on laissait ce message, avec ce qu'Ève devait connaître de sa « Nannou » que je ne savais pas encore, ça m'étonnerait franchement que l'autre ne s'inquiète pas. Ou ne prévienne pas la police. Parce que toute sa vie, elle penserait à la traite des Blanches. Au moins.

Zalia fit de son mieux pour imprimer une certaine sérénité dans l'esprit de la jeune femme endormie, avant de subtiliser la lettre d'adieu imbécile. Mais dans l'escalier, elle me confia ses doutes.

— J'ai eu beaucoup de mal à effacer ses souvenirs. Cette petite est trop méthodique, elle saura que quelque chose lui manque et si je n'y retourne pas de temps en temps pour en remettre une couche, l'angoisse remontera…

Je lui pressai la main avec reconnaissance. Zalia reviendrait « pour en remettre une couche » comme elle disait, j'en étais sûre et ça me rassérénait un peu.

De retour à la voiture, nous trouvâmes Jacques profondément assoupi. Il ne s'éveilla que sur le périphérique.

— Je gênais la Meute Croix-de-Chavaux, me dit-il en s'étirant. Elle a préféré que je m'endorme.

Je me contentai de demander :

— Tu fais quoi, ce soir ?

— J'aimerais bien répondre la même chose que toi, ma belle, me répondit-il avec un sourire coquin, mais mon alpha a requis ma présence. Nous avons rendez-vous au Café du Croissant en bas de l'Étude. Je te raccompagne et je rejoins Richard.

Je ravalai ma déception. Ce soir serait le soir d'Anne. Elle deviendrait Dauphine. J'espérais juste parvenir à m'endormir sans me demander à quel prix toute la nuit. Toute seule, ça me paraissait compromis. Il comprit ma tristesse et se pencha sur moi en m'entourant de ses bras.

— Ce ne sera pas si horrible que tu penses, je crois, me murmura-t-il. Nannou a l'air écervelé comme ça, mais elle a de la réserve. La Meute le perçoit.

Je le fixai, abasourdie, et faillis le repousser. Écervelée. C'était une oie ! Une oie blanche oui ! Qu'on livrait au renard.

La nuit était sur le point de tomber quand on arriva dans la rue Montmartre. Zalia se gara dans la cour. Un clocher sonna la demie de sept heures. Jacques s'ébroua en nous tenant la portière :

— Vous n'avez pas faim, les filles ?

C'est alors qu'ils nous attaquèrent.

Ils s'étaient cachés sous les porches des divers escaliers de l'immeuble. Ils étaient au moins quinze. Des féaux. L'exiguïté du patio bondé de voitures les empêcha de nous foncer dessus tous ensemble. Cela nous sauva sur le moment. Zalia se débarrassa du premier d'un coup de genou magistral entre les cuisses et Jacques foudroya le second en lui collant son poing en pleine figure qui l'envoya dinguer comme un sac par-dessus une Audi. Il y eut une brève hésitation parmi nos agresseurs. Jacques en profita pour nous repousser derrière la statue de Diane et son cerf en grand deuil.

Zalia et lui se placèrent en rempart autour d'Anne et moi, protégées sur les côtés, entre le mur et le socle de marbre. Les autres, gênés par les voitures et la Diane, ne pouvaient nous frapper qu'un par un à droite ou à gauche. Et là, ils se retrouvaient face à Zalia et Jacques qui les recevaient comme il convenait.

Zalia sortit un long coutelas de ses bottes, attendant le premier assaut. Un sourire mauvais déformait son visage adorable. Je ne la reconnus pas : où était passée la fille qui avait si peur des conflits qu'elle s'enfermait dans notre salle de bains dès que nous avions des clients désagréables ? Apparemment, seuls les accrochages verbaux la terrorisaient ; pour les autres, elle avait du répondant.

Je me souvins tout à coup de sa façon de semer nos poursuivants quelques mois auparavant et surtout que c'était elle qui avait su où se procurer des grenades à Navarre, Jacques et Fred lors de mon sauvetage.

Anne se mit à pousser de petits cris étranglés qui me donnèrent aussitôt envie de la jeter à nos assaillants. Au lieu de cela, je sortis mon portable pour composer fébrilement le numéro de Géraud. L'Étude donnait sur la rue, pas dans la cour. Il y avait très peu de chance qu'il entende les bruits du combat.

Évidemment, je tombai sur la messagerie. Ou Géraud téléphonait à Thomas, ou le téléphone fixe du cabinet était coupé. Je tentai le cellulaire. Rien non plus. Zalia me bouscula sans y prêter attention. Le portable m'échappa aussitôt. Il s'écrasa sur le pavé, sa batterie éjectée par l'impact et glissa sous une Mercedes. Anne et moi étions trop secouées entre nos protecteurs.

Il régnait un silence terrible, parfois rompu par le bruit, les coups et les gémissements. Ou lorsqu'Anne récupérait assez de voix pour lancer un cri plus aigu qu'une sirène et faisait sursauter tout le monde. Mais ça ne durait pas, le silence mortel retombait aussitôt. Nos adversaires ne voulaient surtout pas attirer l'attention. Je remarquai qu'ils se concentraient avant tout sur Jacques, ceux qui fonçaient sur Zalia semblaient moins agressifs.

Je compris qu'ils avaient ordre de ne pas la tuer. Et sans doute, ils n'essaieraient pas pour moi non plus : la Sauvegarde jouait même ici, Azraël avait été très claire à ce sujet. Jacques et Anne en revanche n'étaient pas protégés. Pas tant qu'ils seraient à l'extérieur de l'Étude.

Zalia ne cessait de porter des coups, droit devant elle, tailladant tout ce qui se présentait. Elle chantonnait en même temps tout en dirigeant son chant meurtrier sur ses assaillants. Ça ralentissait leurs réflexes. La diffusion en semblait plus facile à contrôler qu'un fredon d'ensorcellement puisque ce ronron sourd n'avait aucun effet sur nous, seulement sur ses cibles.

Quant à Jacques, il y allait des poings, mais aussi des dents. Anne s'agrippait à moi, toujours gémissante. Je manquai de la gifler, mais je la fis s'accroupir à la place et la couvris de mon corps. Je n'avais aperçu aucun revolver, ni arme à feu, mais on ne savait jamais, et la priorité restait quand même de la protéger, elle.

Je ne voyais plus rien. Le crépuscule noyait la cour dans l'ombre. J'entendais seulement les bruits mouillés des coups. Un instant, Jacques se retourna vers nous, ne nous sentant plus dans son dos. Ses prunelles brillèrent comme des braises dans l'obscurité quand il nous repéra.

Je frémis. Le loup n'était plus si loin, maintenant. Je levai les yeux au ciel, mais non, la lune montante n'était pas encore pleine. Pourtant, la sauvagerie affleurait en lui, je la percevais, une onde de chaleur qui émanait de son corps, presque comme un fantôme. D'ailleurs, je n'en voyais aucun, constatai-je au milieu de la bataille, et ce n'était pas normal. Les intentions haineuses et meurtrières de nos agresseurs auraient dû en créer des centaines. Je n'aurais pas dû non plus pouvoir me coller contre Anne sans ressentir quoi que ce soit, au lieu de ça je baignais dans un néant tendre que je connaissais bien. Et je retins un cri d'horreur, les féaux ne seraient pas notre seul problème dans les minutes à venir.

Ça ne pouvait signifier qu'une chose : il y avait un vamp planqué quelque part.

Tout près d'ici.

Chapitre 28

« Lorsqu'il y a du crottin quelque part, cherche le cheval », disait ma mère, jadis. Je tentai d'ignorer les corps qui s'entassaient aux pieds de Jacques et Zalia pour fouiller l'obscurité et y dénicher leur maître. Voyons, il ne pouvait pas être très loin, sinon je me tordrais sur le sol depuis longtemps, foudroyée par l'impact des centaines de spectres qui auraient dû voler de toutes parts.

Il ne pouvait pas se montrer non plus. Je levai les yeux au ciel, il restait encore un peu de lumière. Le soleil n'était pas complètement couché. Je me mordis les lèvres pour retenir le cri qui y montait, refusant l'horrible soupçon qui venait de se glisser en moi comme un serpent. À ma connaissance, seul Navarre était capable de se réveiller si tôt dans la soirée. À plus forte raison, de sortir sans dommage réel ensuite.

Attention !

Mon instinct, ou la Grande Mère savait quoi, m'avait averti juste à temps, mais je ne pus en faire autant pour mes camarades. Un féal avait trouvé moyen de se jucher sur la Diane et s'apprêtait à sauter sur Anne et moi, évitant Zalia et Jacques. Nos deux protecteurs n'auraient rien vu. Jacques en avait attrapé un dont il se servait de bouclier, la main crispée sur le poing de sa victime immobilisée dans une étreinte de fer, il frappait dans l'obscurité avec le poignard même du féal désespéré. Zalia s'était perchée sur les épaules d'un autre et s'efforçait de l'égorger. L'homme se secouait comme un ours attaqué par un écureuil, incapable de s'en débarrasser.

Une longue lame brilla au poing de notre agresseur tandis qu'il se laissait glisser face à moi, un rictus désagréable sur un beau visage ferme. Je repoussai brutalement Anne contre le mur, son gémissement de surprise et de douleur me fit presque plaisir. Je me tordis pour prendre appui sur elle.

Et tu comptes faire quoi, au juste ? fit la petite voix irritante dans ma tête.

Je raffermis ma prise sur l'épaule d'Anne, ramenai mon genou vers moi et puis détendis ma cuisse violemment, talon pointé. Non, pas le visage. J'étais incapable de lever la jambe aussi haut et je n'avais pas la place. La pointe de métal se planta fermement en dessous de la ceinture de l'homme. Il émit un gargouillis pathétique et à défaut de pouvoir se plier en deux, se tassa au pied du socle de la statue comme un lot de serviettes mouillées. J'en profitai pour lui balancer un autre coup de talon en pleine tempe ; il frappa dans un bruit d'os très désagréable. Je frémis mais lui en collai un deuxième par précaution.

Honnêtement ?

J'ai tué ce type, je crois. Mais je n'ai jamais essayé de m'en assurer plus tard. Comme aurait dit Géraud, il n'est pas nécessaire d'être responsable de tout. Non plus.

— Bravo, murmura Anne dans mon dos. Je veux les mêmes ! Tu me donneras l'adresse ?

Plutôt crever, me dis-je.

Je l'aidai à se redresser.

Bordel, où était ce vamp ? Et s'il était réveillé pourquoi n'attaquait-il pas ? Je le cherchai du regard, sous les porches à l'ombre complice, dans les voitures garées. Pendant ce temps, Zalia et Jacques continuaient à se battre désespérément. Il était évident qu'ils ne pourraient plus tenir très longtemps. Le nombre gagnait. Même leurs victoires ponctuelles leur nuisaient parce que les corps gisaient sous leurs pieds, manquant bien souvent de les faire trébucher au plus mauvais moment.

— Il me faut absolument une minute, haleta Jacques à mon adresse en continuant de se battre.

Je hochai la tête sans demander d'explication et saisit le poignard de ma victime.

Là !

Une ouverture apparut entre les deux adversaires, elle devint nette comme si on avait zoomé sur elle dans ma tête. Instinctivement, je me fendis l'arme au poing, passant sous l'épaule de Jacques et le débarrassai de son adversaire en traversant sa garde, l'homme tomba, entraînant mon poignard avec lui.

C'est plutôt bien pour une débutante...

Je levai un sourcil, étonnée, je trouvai ma voix intérieure trop nette et trop satisfaite d'elle-même. Jacques se glissa derrière moi, contre Anne. Je pris sa place pour affronter l'assaillant suivant et rentrai les épaules. Merde, il était monstrueux, celui-là. Je ne voyais pas comment tenir une seconde face à lui, encore moins une minute. Je n'avais pas la place de rééditer mon exploit précédent. Je me déchaussai.

Cogne-le !

Le type gloussa en s'avisant de mon arme improvisée et s'avança sans précaution, son couteau en avant comme pour embrocher une dinde. Je suppose que c'était ce dont j'avais l'air, mon talon ridicule dans la main. Je fis un pas de côté, évitant la lame sans difficulté et lui dessinant une longue estafilade le long de l'avant-bras. Il jura instinctivement et recula, hésitant. Je saisis l'occasion pour lui agiter ma chaussure sous le nez. Là, il comprit enfin le danger que représentait la pointe et commit l'erreur inverse : il me surestima, cette fois. Il recula d'encore un pas, se heurtant à un complice qui tentait de se glisser entre nous.

Jacques me rejoignit à cet instant et reprit sa place :

— C'est bon, j'ai réussi à contacter la Meute, grogna-t-il. Ils arrivent.

Ah, il avait besoin de se concentrer pour ça. Donc, la Meute n'était pas présente en lui en permanence… Je notai ce détail dans un recoin de mon esprit.

— Ton poignard ! fit Zalia d'une voix hachée dans mon dos. J'ai perdu le mien *dans* quelqu'un !

Jacques me fit passer le sien que je refilai immédiatement à Zalia. Elle s'en empara juste à temps pour lacérer le visage d'un féal. L'homme rompit, les mains sur le nez. Pour autant que je pouvais distinguer quelque chose, ça pissait le sang.

Les portes de l'immeuble s'ouvrirent à cet instant sur six bêtas, accompagnés de Richard. Nos adversaires se désintéressèrent de nous pour identifier leurs nouvelles cibles et se jetèrent dessus. Ils jugeaient avec un certain bon sens que les garous étaient plus dangereux que nous. Avant qu'ils aient pu les atteindre, Richard leva la main en direction de ses hommes et tomba à genoux en même temps qu'eux. Stupéfaite, je les vis changer, l'un après l'autre. La lune n'était donc pas nécessaire, il suffisait d'un alpha pour que tout le monde puisse se transformer. Les loups commencèrent à se battre.

— Ne me regarde pas ! supplia Jacques.

— Hein ?

Je le vis se mettre à quatre pattes, lui aussi. Il eut à peine le temps de retirer sa chemise. Son visage s'allongea avec des bruissements humides assez répugnants.

Mais tu ne peux pas faire ce qu'on te demande ?

Zalia me saisit aux cheveux sans douceur et me fit tourner la tête de force.

— Il t'a dit de ne pas regarder, bordel ! grinça-t-elle en menaçant un féal hésitant à côté de nous.

Une minute plus tard, un loup énorme, gris au poitrail blanc, se faufila entre elle et moi. Juste avant de replonger dans la bataille, il tira mon poignet en direction de l'escalier du bureau.

Oui, il fallait profiter de l'occasion pour évacuer Anne et ensuite rameuter Géraud et Navarre. Zalia hocha la tête :

— On te couvre Agnès, foncez !

Je ne réfléchis pas, crochai les doigts sur l'avant-bras de Anne qui me suivit sans résistance. Entourées par Zalia et le loup, nous nous frayâmes un chemin au milieu du combat. Entre les bêtas et ceux qu'on avait éliminés, le rapport de force s'était quasiment égalisé, on put avancer presque sans difficulté.

Je poussai Anne sous le porche, Zalia et Jacques dans mon dos.

— Mais qu'est-ce qu'ils nous voulaient, tous ces gens ? demanda Anne de sa voix flûtée en ouvrant des yeux encore plus bleus qu'un océan.

Et vides, comme lui.

Elle eut de la chance : ni Zalia ni moi n'étions en état de répondre. Ça aurait sûrement donné des phrases avec les mots « éviscération » et « lobotomie » dedans. Et il n'était pas absolument sûr que nous nous en serions tenues à parler de nos agresseurs.

On se rua dans l'escalier, le loup gris en tête. Tout à coup, il s'arrêta net, redescendit d'une ou deux marches, les babines retroussées. Un grognement sourd jaillit entre ses canines blanches comme la neige.

Denis se dressait devant nous.

— Ça peut très bien se passer, vous savez, déclara-t-il tranquillement, la main posée sur la garde d'une épée courte ou d'un très long poignard pendu à sa ceinture.

— Ah bon ? dit Zalia. On va pouvoir rentrer au bureau et avertir Maître Géraud ?

— Je ne pense pas, répondit Denis.

Jacques recula encore, gueule ouverte, grondante, et se coula entre mes jambes. Je ne pus m'empêcher de frissonner bêtement.

— Dans ce cas, ça ne peut pas bien se passer ! dis-je pour exorciser ce frisson hors de propos.

C'était donc Denis, et depuis le début, sans doute. Ça se tenait. Qui plus que lui avait intérêt à ce qu'Herfauges disparaisse sans laisser de Dauphine ? Depuis combien de temps servait-il, aimait-il Bathilde en encaissant les provocations de son rejeton sans rien dire ? Des siècles de provocations et de silence…

Un nouveau frisson me parcourut, sans aucun rapport avec le premier.

— Mais si, il suffit que vous me laissiez seul avec l'Héritière, sourit-il.

— Ça doit être moi, ça ! s'exclama Anne d'un ton ravi qui fit lever un sourcil à Denis. Vous savez, je ne comprends pas : on vient d'être agressés en bas dans la cour, vous vous rendez compte ? De nos jours, on n'est vraiment pas en sécurité ! Même avec un digicode ! C'est fou, non ? Et il y avait des chiens sans laisse partout !

Denis me jeta un regard perdu. Zalia se ramassa sur elle-même et je sentis les muscles du loup se tendre entre mes cuisses. C'était… un contact… intéressant.

Merde ! Non, pas encore !

— Non, mais sans rire cher monsieur, pérorait Anne, il faut vraiment qu'on monte avertir Maître Géraud et Papy ! Je suis sûre qu'ils vont être très mécontents. (Elle se tourna vers moi, les yeux écarquillés, comme une chouette éblouie.) Tu ne penses pas qu'ils vont nous gronder, dis ?

— Papy ? gémit Denis.

Je secouai la tête, donnant le signal à Jacques et Zalia, et fonçai sur lui le talon d'argent à la main. La surprise joua en notre faveur, il n'eut pas le temps de dégainer son arme et on put le toucher tous, au moins. Mais il envoya Zalia se ramasser contre la cabine de l'ascenseur, assommée. Elle roula de quelques marches en arrière pour s'arrêter inerte sur le palier suivant. Moi, j'effleurai sa joue de ma chaussure. J'en suis sûre parce que j'entendis sa peau grésiller avant d'être éjectée un demi-étage plus haut, où je m'effondrai, sonnée mais consciente.

Jacques l'avait saisi à la gorge et refermé ses canines impressionnantes dessus. Anne, la main sur sa bouche ouverte, le dos plaqué au mur, ses cheveux blonds auréolant son visage adorable, campait avec talent le rôle de la pin-up paralysée de terreur dans les vieux films d'épouvante. Ç'aurait été le moment ou jamais pour glapir comme elle nous en avait fait la démonstration plus tôt. Mais non, cette idiote se contentait d'écarquiller ses grands yeux clairs devant Jacques et Denis.

Je les vis s'empoigner tous les deux comme dans un rêve. Le grand loup gris refusait de lâcher prise. Son poitrail blanc fut bientôt couvert d'un sang noir et malsain. Le vamp roux essaya d'abord de lui broyer la nuque de ses deux mains. Sans succès. Alors il opéra la même manœuvre que Navarre des mois plus tôt avec Artus. Il arracha sa gorge lui-même des mâchoires de mon ami et lui fit face tandis qu'elle cicatrisait. Je détournai les yeux. Le spectacle de la colonne vertébrale à vif au centre du cou était insoutenable malgré la chair qui se reformait à toute vitesse.

Ils se heurtèrent à nouveau. Ils avaient passé ce stade de rapidité perceptible à l'œil nu. Ce n'était plus qu'une brume virevoltante de poils gris, de cheveux roux, de laine et de sang. L'éclat d'un croc d'ivoire étincelait parfois.

Un peu plus bas, Zalia reprenait ses esprits. Ses yeux papillotèrent. Je lui fis un signe, montrant les hauteurs. Elle comprit aussitôt, referma les yeux et se laissa tomber lentement, très lentement, comme si son corps glissait de lui-même le long des marches, emporté par son propre poids.

Parvenue devant la porte de l'ascenseur, elle se redressa aussi sinueuse qu'un serpent et avec la même vivacité mortelle. Elle appuya sur le bouton d'appel puis se tassa à nouveau sur elle-même en un instant. Les deux adversaires n'avaient pu surprendre son geste.

Pourtant, je grinçai les dents d'appréhension en entendant le mécanisme se mettre en route. Les fils d'acier coulissèrent dans la cage de fer forgé.

Les deux autres continuaient à se battre. La brume devenait de plus en plus rouge. Je gémis en m'apercevant que les gouttes de sang qui en jaillissait parfois étaient clairement identifiables. Écarlate, brillant et vif, c'était Jacques ; cinabre et terne, c'était Denis. L'écarlate devenait largement majoritaire.

La cabine s'arrêta enfin. Ses portes s'ouvrirent devant Zalia qui demeura immobile. J'ouvris la bouche pour la prévenir. Mais Denis rompit alors brièvement le combat. Il recula de deux pas, laissant le loup haletant, babines pendantes, et scruta l'ascenseur, indécis. Comme elle ne bougeait toujours pas, il reprit la lutte aussitôt. Au dernier moment, alors que les portes se refermaient, Zalia attrapa la main de Anne toute proche pour se jeter dans la cabine. L'ascenseur se referma aussitôt, les emportant dans les hauteurs.

Denis hurla de rage et balança le loup contre la colonne de métal avec une force inouïe. Jacques geignit pour la première fois en tombant sur la rampe de cuivre. Ses yeux luisirent comme des escarboucles tandis qu'il se retransformait en vol. Ce fut un homme nu qui se réceptionna avec aisance sur les marches avant de se jeter dans le dos du vampire aux trousses de nos amies. Je les suivis aussi vite que je pouvais tandis qu'ils se poursuivaient à une allure folle entre les étages.

Denis parvint le premier à celui de l'Étude, juste au moment où la cabine y arrivait. Le vamp se ramassa sur lui-même, attendant l'ouverture.

Mais il en fut pour ses frais, elle dépassa l'étage, se perdant dans les hauteurs. Sacrée Zalia qui avait anticipé la chose et appelé un des niveaux supérieurs ! Si j'avais eu l'esprit à ça, j'aurais ri au nez de Denis, tant son air déçu était comique. Jacques l'avait rejoint. Les deux hommes s'empoignèrent de nouveau tandis que je rassemblai toutes mes forces afin de beugler et d'appeler Géraud au secours. Ici, il m'entendrait.

Le cri montait dans ma gorge, j'allais pousser un hurlement renvoyant celui des sirènes d'alerte du mercredi au rang des comptines pour endormir les enfants, un braillement à alerter une base aérienne, je le jure.

Je n'en eus pas le temps. Denis emprisonna le cou de Jacques dans un double Nelson impeccable et j'entendis les os des vertèbres craquer. Il s'effondra par paliers devant mes yeux exorbités qui refusaient de comprendre. Le vamp se redressa, dégaina son épée du fourreau où elle était pendue. Le métal étincela sous les néons de l'escalier. Enfin je pus hurler :

— Non !

Mais c'était trop tard, la lame dessina un arc parfait qui traversait la gorge de Jacques de part en part.

Son corps décapité tressauta tandis qu'un geyser écarlate en jaillissait pour imbiber le tapis des marches. La tête de mon ami se détacha du tronc, roulant jusqu'à mes pieds comme pour renverser une quille. Son cou tranché dégouttait contre mes chevilles nues.

Instinctivement, je me penchai pour la ramasser avant de m'asseoir lourdement. Je la posai sur mes genoux tremblants en scrutant ses beaux yeux dorés comme s'ils pouvaient encore me voir. Je ne comprenais pas ce que je voyais. L'odeur salée du sang répandu sur ma jupe me frappa comme un coup. En pleine poitrine. C'est elle qui donna un sens à ce que mes yeux refusaient d'admettre.

Jacques était mort.

Je criai à nouveau :

— Non !

Et ce « non » fit résonner ma conscience tel le battant d'une cloche de bronze. Je ne sais pas ce qui s'est passé. Je n'ai rien maîtrisé, rien compris. Je crois seulement que ma douleur et ma colère ont arraché le couvercle de cet endroit sombre et nauséeux, ce marécage d'âmes au fond de moi. J'ai contemplé cet enfer enkysté et j'ai su. Juste une seconde.

D'énormes ondulations se propagèrent en moi : les premières coulées d'une vague purulente déferlèrent sur mes épaules lentement et je m'y lovai inconsciemment comme on ramène contre soi les pans épais d'un manteau de fourrure. Je me drapai dans ce lourd tissu de suie moirée et ténébreuse. Il y eut un black-out total dans mon esprit, pourtant j'ai encore dans la bouche ce goût âcre, dans mes narines la puanteur de cette marée et des images gravées au fer rouge dans mon cerveau. Je vois toujours Denis grimaçant victorieusement à mon adresse, fonçant vers le haut, abandonnant le cadavre décapité de Jacques derrière lui. Navarre et Géraud surgissant enfin à cet instant.

Ils assistèrent au spectacle.

Je lâchai tout.

Woaw ! Tu en as des talents cachés, hein ? fit la même petite voix agaçante à un moment.

Je me redressai, laissant ce qui restait de Jacques choir jusque sur le palier inférieur. J'étais droite comme une épée, mon regard s'emplit de feu couvant, ma bouche s'ouvrit en un puits d'enfer et une nuée visqueuse et fétide en jaillit, traversée d'éclats flamboyants et de relents putréfiés. Un son grondant monta, mille gorges torturées et furieuses firent ronfler les échos d'un chœur dément. Tous, mes fantômes, les revenants concentrés depuis ma naissance, les haines recuites, les amours mortes, les frénésies de meurtre et de viol, les concupiscences, lourdes de sexe et d'argent. Tous, ils étaient là, mes spectres et je les sommai par leur nom. Ils me répondaient à l'unisson dans une acmé de rage acide qui ravageait ma gorge. Une odeur de pourriture infecte envahissait la cage d'escalier.

Cela s'écoulait à mon appel, dévastant tout sur son passage. Un raz de marée, un flux surgi d'un océan de lave pestilentielle qui se répandait hors de moi en une lame inexorable. Je la sentais gicler en pluie de ma bouche, mes oreilles et tous mes orifices. J'accouchai d'une éruption de pourriture. Mes lèvres fendues et calcinées en formaient chaque goutte de mort. Des balles dum-dum, des boulets de canon. Des missiles.

Cet essaim traversa la peau de Denis en une volée de shrapnells sans qu'il ait l'air de comprendre. Ils se fondirent à lui et on les vit courir sous l'épiderme comme des taupes creusant juste à la surface du sol. Denis se pencha sur sa poitrine pour suivre leur trajet avec une sorte de curiosité amusée. Il ne parvenait pas à se croire en danger, sans doute. Ce n'était ni du feu ni de l'argent, seulement les volutes concentrées d'une vapeur pâteuse et moite. Il sourit même, le premier instant. En une seconde, elles disparurent.

Denis se tâta la poitrine au premier soubresaut. Au second, il gémit. Puis les côtes vibrèrent en rythme comme si un tambour y battait sourdement. Il s'effondra en hurlant. Il y eut un craquement épouvantable, la cage thoracique du vamp s'ouvrit. Il avait encore les yeux ouverts. Il resta conscient jusqu'au bout. Incapable de hurler, d'esquisser un geste. Il regardait fixement son torse déchiré d'où jaillissaient des os brisés dont l'ivoire rougi dégoulinait d'un liquide bouillant. Des bulles noirâtres s'y formaient, éclatant dans une buée méphitique.

Un par un, ils le quittèrent. Chaque spectre emportait avec lui un fragment pantelant, un écheveau sanglant de viscères arrachés et des débris de poumons lacérés. Son cœur fusa enfin du thorax déchiqueté, palpitant encore dans ce qui semblait les serres spectrales d'un charognard monstrueux. Denis le scrutait d'un regard incrédule, hanté d'une angoisse et d'une horreur indicibles. Les griffes acérées se refermèrent sur la petite masse de chair vive et la broyèrent comme on essore une éponge.

La cage d'escalier fut entièrement tapissée de cette pulpe pourpre dans un chœur triomphal de voix mauvaises.

Ensuite, je tombai réellement dans les pommes.

Chapitre 29

Le parfum de sucre et de sirop m'a réveillée. La cloche de la basilique toute proche sonnait vingt-et-une heures.

On m'avait étendue sur un des lits d'appoint et Zalia me bassinait les tempes en répétant des mots sans suite. Sur le matelas d'en face, Herfauges me contemplait avec une fascination horrifiée. Je grimaçai. Je passai ma langue sur mes lèvres craquelées. L'odeur de guimauve était franchement insoutenable si près de lui. Je m'assis et j'éclatai en sanglots. Direct. Sans plus vraiment savoir pourquoi je pleurais si fort. Les larmes dévalaient déjà mes joues quand le souvenir s'imposa à mon esprit. Je revis soudain la tête de Jacques frappant mes chevilles et m'effondrai dans les bras de Zalia.

— C'est vraiment trop triste ! geignit une jolie voix musicale.

Oh, merde, elle était là, elle ! Je rouvris mes yeux gonflés sur une Anne lovée dans les bras de *Papy*. Il lui tapotait la main. La nausée me saisit aussitôt. Navarre surgit dans le dos de Zalia. Il tenait un petit verre rempli d'un liquide doré comme un soleil et me le tendit. J'avalai sans respirer ni réfléchir. Ouch ! Du Lagavulin. Je cessai aussitôt de pleurer pour tousser comme une perdue, ma gorge emportée par le feu liquide.

Géraud passa la tête dans l'entrebâillement de la porte et dit calmement :

— Tout le monde dehors, maintenant.

Zalia m'aida à me relever.

On sortit tous, laissant Anne et Herfauges.

Géraud se tourna vers moi et dit d'une voix très douce :

— Je te renverrais bien chez toi, mais tu ne dois pas rester seule, ce soir. C'est hors de question. De plus, je préfère que tout le monde reste ici, jusqu'à la fin… C'est plus sûr, Denis avait peut-être des complices…

Navarre secoua la tête avec véhémence :

— Ce salopard ! Cela dit, ça m'étonnerait beaucoup qu'il y ait un autre vamp dans le coup, Géraud. Ce n'est pas notre genre de partager ; surtout pas les petites manœuvres dans le dos d'un Maître de Cénacle.

Géraud opina mais ajouta :

— Ils étaient au moins deux avec celui que tu as éliminé dans les catacombes, rappela-t-il. Denis était puissant et respecté, il a pu laisser des féaux…

— Pas faux, mais d'après ce que j'ai pu voir en bas, Richard et ses cabots en ont eu pas mal…

Anne l'interrompit en jaillissant de la chambre comme un diable d'une boîte :

— Je peux utiliser la salle de bains ?

Interloqué, Géraud acquiesça et dit à Navarre :

— Fais dégager Zalia, veux-tu ?

— Ouais.

Traînant une des valises qu'elle avait tenu à emporter de chez sa sœur, Anne s'enferma dans le local, en fredonnant. Elle y resta longtemps. Zalia rongeait son frein à sa table, le nez fixé sur un fer à friser et de fausses tresses afro dans sa couleur. Pendant ce temps, j'entendais Navarre qui, muni de gants de cuir, démontait la cage d'Herfauges avec plus de force que nécessaire. Les grilles tombaient avec un bruit sourd comme s'il les jetait ensuite contre les murs et leur conversation nous parvenait à travers d'horribles relents de guimauve.

— J'espérais bien que vous m'ôteriez ce carcan gênant pour l'occasion. Merci, glosa tranquillement le prisonnier, je vais avoir besoin de place.

— Ta gueule ou je te balance un barreau à travers, vu ? Maintenant, tu bouges pas pendant que j'ajuste ce collier. Je serai pas tout seul à me brûler jusqu'à l'os, je te préviens.

Il y eut un tintement de métal. Navarre ajustait la chaîne d'argent destinée à retenir Herfauges en l'absence de la cage. Puis, il quitta la pièce en trombe pour se jeter dans son fauteuil, le regard noir et les lèvres pincées.

Dix minutes plus tard, lorsque Anne revint parmi nous, elle nous stupéfia.

Elle portait une toilette dorée qui parvenait à être moulante et vaporeuse à la fois. Très près du corps sur le buste et les manches qui pointaient sur la main comme les costumes médiévaux. Le décolleté plongeait jusqu'au nombril mais se camouflait hypocritement sous un pan de guipure topaze ; la jupe s'évasait à la taille dans un nuage flou de tulle blanc et or semé de paillettes. Anne avait relevé ses beaux cheveux en un chignon haut qui retenait un long voile presque opaque. Elle le rabattit sur son visage avec un sourire coquin lorsqu'on eut fini de béer devant son maquillage sublime. Le tissu tomba jusque sur ses escarpins blancs dessinant une longue silhouette d'ombre et de satin rutilant, une déesse à demi cachée dans sa chasse pendant la procession.

— Je l'avais achetée pour mon mariage, minauda-t-elle sous le voile.

Elle était magnifique et pathétique à la fois. Je me retins de rire nerveusement. Le vêtement avait déjà été porté, c'était sans doute une robe de soirée achetée dans une friperie mais il lui allait comme s'il avait été cousu sur elle. Je me demandai comment Herfauges lui avait vendu la chose, si elle se rendait à lui parée ainsi alors qu'elle était à deux pas du massacre et du viol. Mes mains se crispèrent sur une feuille de parchemin oubliée sur mon bureau.

Je tentai de croiser le regard de Géraud, mais il m'évita et murmura à Anne :

— Vous êtes radieuse, ma chère !

L'ombre dorée d'Anne gloussa. Elle disparut à nouveau dans la chambre, fermant soigneusement la porte dans son dos. Zalia faucha ses trésors sur sa table et fila vers les lavabos en sifflant :

— N'empêche qu'avec le voile baissé, elle a plutôt l'air d'un abat-jour, hein ? Remarquez, c'est logique pour un futur vampire…

Et devant nos regards ternes :

— Ouais, « abattre le jour », c'est plutôt leur genre, non ?

Géraud leva les yeux au ciel tandis qu'elle disparaissait. Elle faisait bien : il était franchement nul celui-là, Corben s'en serait étranglé.

Il y eut un long silence, puis Navarre posa son comics et demanda à Géraud :

— Et maintenant ?

Géraud cilla, comme arraché à un rêve. Ou un cauchemar.

— J'ai prévenu Bathilde…

— Ah, on va tous se tasser ici en attendant qu'il ait fini de la dézinguer ?

Mon oncle secoua la tête.

— Non, Bathilde préfère être là seulement pour le dernier sang de son fils. Elle est en train de purifier le Cénacle et traquer les derniers partisans de Denis. Elle est très affectée de sa trahison.

— « Très affectée » ! singea Navarre en retroussant les gencives sur ses canines avec dégoût.

Il se renfonça dans son fauteuil, le visage fermé.

Anne cria à ce moment-là. Son hurlement traversa les murs, aigu, douloureux, insupportable.

Géraud blêmit. Navarre froissa nerveusement sa BD et se releva pour se poster devant la fenêtre. Je vis ses lèvres remuer comme s'il comptait les pigeons sur le toit de la basilique comme toujours dans les moments de tension. Mais il avait les yeux fermés. La porte de la salle de bains claqua, Zalia fermait les écoutilles de son navire intime. Moi, je restai là, stupide, tripotant la même feuille sans la lire. Je n'avais pas la plus petite idée de ce dont elle traitait. Ma conscience était vide, traversée de fulgurances écarlates. Comme si mon esprit refusait d'envisager ce qui se passait à l'instant. Comme s'il s'empêchait de matérialiser la chose par des images, tout en ne pouvant repousser les idées terribles qui lui venaient.

Puis les gémissements succédèrent aux cris, avant de leur laisser place à nouveau. Le silence retombait parfois.

Et c'était pire encore.

Cela dura une éternité.

Je craquai en moins d'une heure. Posant la tête dans mes bras, je sanglotai comme une perdue sans plus savoir si je pleurais sur Anne ou bien sur Jacques. Leurs images se mélangeaient dans mon crâne en surchauffe. Navarre me servit un autre verre, avant de signifier qu'il allait « débarrasser la cour des déchets qui pouvaient encore y traîner ».

— Ne t'éloigne pas, recommanda Géraud. On ne sait pas ce qui peut arriver tant qu'Anne n'est pas... transformée.

Navarre hocha la tête et sauta par la fenêtre directement. Je le vis prendre de la hauteur pour passer au-dessus du toit avant de se laisser descendre de l'autre côté, dans la cour. Il revint dépité quelques secondes plus tard.

— Les cabots se sont chargés du ménage. Richard vous signale qu'il revient tout à l'heure, lorsqu'ils auront ramené... (Il me jeta un coup d'œil.) ... les corps à leurs proches.

Mais j'avais déjà pleuré toutes les larmes du mien, j'étais épuisée, et sans doute ivre aussi. Les deux verres de whisky n'avaient pas loupé mon estomac vide.

À trois heures du matin, la porte de la chambre s'ouvrit enfin. Une bouffée violente de guimauve nous sauta aux narines, Navarre rouvrit précipitamment la fenêtre, si bien que l'odeur se dispersa et qu'on put à nouveau respirer. Anne sortit, le voile rabattu, et referma dans son dos.

On ne voyait pas le visage de la jeune femme. De longues traces sanglantes maculaient le tissu déchiré par endroits le rendant plus opaque encore. La jupe avait été lacérée comme par un tigre. C'étaient les seules marques apparentes du drame épouvantable qu'elle venait de vivre. Elle dissimulait ses mains dans le tulle dévasté et ses épaules se recroquevillaient. Elle semblait s'être réfugiée dans sa robe dérisoire comme un enfant affolé se cache sous une tente.

— Je voudrais me rafraîchir, murmura-t-elle d'une drôle de petite voix chevrotante.

Elle tituba sur ses escarpins. Navarre se précipita pour lui offrir son bras. Mais elle recula instinctivement devant lui, visiblement terrorisée. Il s'arrêta aussitôt, désolé, mais s'arrangea pour la précéder et ordonner à Zalia de décamper. Anne le remercia d'un signe et s'engouffra dans le repaire de notre secrétaire. Nous entendîmes l'eau couler.

Zalia se gratta la gorge.

— Je lui ai laissé mon savon aux huiles essentielles… nous annonça-t-elle.

— C'est bien, soufflai-je.

Il faudrait sans doute que j'aille me verser le flacon sur la tête lorsque Anne aurait terminé, j'avais l'impression que le parfum de guimauve s'accrochait encore dans mes narines.

Nous ne savions plus comment ne pas nous regarder en face. Personne ne tenait à contempler Herfauges qui devait nager dans sa satiété féroce. Géraud tendit résolument la main vers son téléphone et appela Dame Bathilde. La Maîtresse de Cénacle promit d'arriver moins d'un quart d'heure plus tard.

— Tant mieux, grinça Géraud dans le combiné. J'aime autant vous dire que la Meute Saint-Blaise sera là également.

Il raccrocha et son regard se perdit dans le vide mais il était à l'affût et sursautait au moindre son. L'odeur de sucre s'était estompée, heureusement. L'eau ruisselait toujours dans la salle de bains quand Richard arriva encadré de deux bêtas et suivi par un Fred funèbre aux yeux presque aussi rougis que les miens. Il s'assit face à Géraud, constatant l'absence de Dame Bathilde :

— Je compte sur toi pour négocier les réparations avec le Cénacle, j'ai perdu deux hommes, dont un alpha dans cette histoire absurde, dit-il sans préambule.

— Bien entendu, rétorqua Géraud. Tu as des exigences particulières ou tu préfères attendre qu'ils fassent des propositions ?

Richard haussa les épaules.

— Déjà, j'exige qu'on me jure de laisser la petite Ève et sa descendance tranquille. Nous avons négligé ce rameau parce que nous en ignorions l'existence, mais c'est clairement un bourgeon de Meute ; nous lui devons protection.

Fred s'agita. Richard sourit à peine et dit :

— Oui, j'y viens, Fredo ! (Et à Géraud :) Fred aimerait avoir accès aux archives du Cénacle pour une recherche perso. (Il fit une pause.) Évidemment, je ne compte pas les rétributions pécuniaires. Nous avons au moins trois familles à prendre en charge, celles des bêtas morts en bas pendant la petite fête organisée par leur lieutenant. Jacques n'avait que son père, ce sera moins complexe, mais les alphas de sa trempe ne sont pas si nombreux. Bref, je veux des garanties et du blé, en somme ! Ça ne répare pas, mais ça soulage !

Géraud hochait la tête en prenant des notes inutiles, ce que venait de demander Richard était trop simple. Mais il semblait aux aguets. Sans doute que comme moi, il épiait les bruits d'eau venus de la salle de bains. J'entendais le son lisse de la douche, sans éclaboussures indiquant qu'on se lavait. J'imaginais Anne immobile, les yeux clos, nue et blessée au corps comme à l'âme, laissant glisser le liquide brûlant sur elle.

Elle était transformée maintenant. Pas complètement. Il s'en fallait d'une journée passée à dormir. Demain soir, elle s'éveillerait pourvue de crocs rétractiles, effilés comme des aiguilles. Et morte également. Pour l'instant, elle avait juste assez de sang vampire pour cicatriser des horreurs que Herfauges lui avait fait subir.

— Il y a bien trois quarts d'heure qu'elle est là-dedans ! me chuchota Zalia en me traînant à part pendant que les hommes discutaient négociations avec le Cénacle.

— Ne t'inquiète pas, elle est loin d'approcher ton record, répondis-je distraitement. Les victimes font ça souvent, il paraît. Elles se lavent de leur agression.

— Ah, comme l'eau lustrale à Rome, le jour des Lupercales, alors ? fit Zalia avec un sourire fragile.

Elle se référait à une cérémonie de purification collective qu'on n'avait pas dû célébrer depuis dix-huit siècles.

— Tu as assisté à ça ? dis-je interloquée.

J'oubliais toujours que Zalia était si vieille, tellement plus vieille que moi, presque aussi vieille que le monde. Les dreadlocks et les mini tresses en couleurs dont elle s'était affublée ce soir-là n'aidaient pas, il faut dire. Surtout qu'elle n'avait eu le temps que pour les deux tiers du crâne et que toute une partie de sa chevelure de feu était encore libre dans le cou.

— Je crois, fit-elle, gênée. Je ne me souviens pas bien, c'était il y a longtemps…

Tu m'étonnes !

— Tu sais, le bain que tu prends en sortant du bureau parce que tu as eu une journée de merde, c'est pareil, hein ? Se purifier par l'eau, c'est depuis la nuit des temps… Le baptême chrétien, ce n'est pas autre chose.

Je récitais les leçons de Maman, mi-trucs de sorcières, mi-simple bon sens.

— N'empêche, c'est long, sa purification à la petite, s'obstina-t-elle. Tu ne peux pas aller voir si tout va bien ?

— Pourquoi, tu ne… ? (Je m'arrêtai immédiatement en me traitant de tous les noms.) Euh Zalia… celle-là, tu ne peux pas la blesser, c'est une vamp maintenant. Mais bon, laisse, va. Elle a besoin de temps, surtout.

Zalia hocha la tête, à demi convaincue.

Le Cénacle débarqua sur ces entrefaites, six vamps, Dame Bathilde en tête, secondée par un dernier jeune vamp affolé de sa soudaine promotion. Je le regardai une minute, cela me suffit pour le juger. Mignon, précieux, surtout préoccupé de sa toilette et de lui-même. Un gigolo, certainement pas un lieutenant susceptible de tenter à nouveau de nuire à la lignée de sa Maîtresse. La Reine Mère avait compris la leçon semblait-il, et s'apprêtait à se battre jusqu'au bout contre son Cénacle pour imposer sa descendante.

Je soupirai. Eh bien, avec Anne ce ne serait pas gagné !

Bathilde s'assit aux côtés de Richard après un bref salut et s'adressa aussitôt à Géraud :

— S'il n'y a pas de concessions territoriales dans les desiderata de la Meute, mon petit, tu peux considérer qu'ils sont tous acceptés. Ça ira plus vite.

Richard prit acte, impassible et lointain.

— Trop aimable. On peut rêver des remerciements aussi, ou c'est trop demander ?

— Ne vous poussez pas du col, cabot ! reprit-elle avec hauteur. Si je n'étais pas aussi pressée de vous voir débarrasser le plancher afin de régler mes histoires de famille, ce serait une autre chanson, croyez-le bien. Dictez vos conditions et retournez à vos niches !

Richard échangea un regard agacé avec Géraud mais se contint.

— Si vous le permettez, Haute Dame, rétorqua-t-il avec un respect feint, nous n'avions pas tout à fait terminé. Fred ?

— Oui ?

Le petit mage se dandina.

— Tu n'avais pas quelque chose à dire à Maître Géraud et à sa nièce ?

Fred se racla la gorge.

— Hum… je ne voudrais pas m'immiscer bien sûr, mademoiselle, monsieur… Mais enfin… Il y a quelque chose…

Il ne parvenait pas à terminer. Géraud le regardait avec une froideur inusitée :

— Écoutez Fred, là, nous sommes assez occupés. Voyez-vous ?

Fred hocha vigoureusement la tête.

— Ce soir, mademoiselle Agnès…

Il s'arrêta à nouveau devant le regard noir que lui lança mon oncle.

— Ce qu'elle… avec le vamp ? Vous voyez ?

Géraud posa ses mains à plat sur son bureau et les contempla longuement.

— Je vois. Ça ne vous regarde pas, vous avez raison ! Donc, Richard, merci de ta visite et de ton aide ! Vraiment. Mais maintenant, emmène ton monde et au revoir !

Richard bondit presque. Bathilde n'avait pas remué un cil mais Géraud, oui. Il s'apprêtait à saluer et à embarquer fermement un Fred mortifié, quand j'intervins :

— Désolée, mon oncle, mais moi je veux savoir ! Qu'est-ce qu'il y a, Fred ?

Fred jeta un regard affolé à Richard et sembla se décider pour l'équivalent d'un suicide à ses yeux. Il me lança tout à trac :

— Ce que vous avez fait, mademoiselle. Pour tuer ce Denis. Les bêtas m'ont raconté. Ce n'est pas de la Seconde Vue. Vous n'êtes *pas* une Invocatrice avec seulement la moitié du don comme je croyais.

— Ah. Et qu'est-ce que je suis, alors ? rétorquai-je amèrement. Une Invocatrice avec le tiers du don ?

— Ça suffit avec ces absurdités ! dit Géraud en frappant sur la table.

Mais Fred l'ignora, de même que mon sarcasme, et tandis que Richard l'entraînait presque de force dans l'entrée, il couina :

— Ça ne s'est jamais vu, mademoiselle ! C'est autre chose ! Vous êtes autre chose !

L'un des vamps se déplaça rapidement pour refermer la porte sur la salle d'attente. Géraud le remercia des yeux et se tourna vers moi.

— N'écoute pas cet ahuri, il ne reconnaîtrait pas son orteil d'une clavicule de Salomon.

J'opinai en silence et fis comme si mon oncle m'avait convaincue de l'incompétence du petit homme. Mais au fond, je n'en étais pas si sûre que lui. Je l'avais vu dans les souterrains et au cimetière. Fred était humain, il n'avait pas accès à la magie, la vraie, mais c'était un érudit, un ami de Jacques qui savait tant de choses…

Je fis de mon mieux pour contenir la boule énorme qui marinait dans mon estomac depuis mon réveil. Plus tard. Je pleurerai Jacques convenablement, plus tard. Quand je serai seule, chez moi, enfin.

Géraud m'observa un instant, sembla rassuré par ma docilité apparente et se concentra sur Dame Bathilde.

— Vous voulez lui dire adieu ? demanda-t-il.

Elle hocha la tête, on se leva tous pour affronter les derniers instants d'Herfauges. Sauf Navarre. Lui resta à l'écart, le regard perdu dans la nuit. Je frémis. Je me jurai de partir avant qu'il se soit repu de notre prisonnier. Quoi qu'il arrive, quels que soient les fantômes à affronter sur le chemin, je rentrerai chez moi. Avant. Tout plutôt que d'y revenir dans les bras du soleil noir que devenait mon ami après ce genre de… repas. Ce soir entre tous, surtout.

Je crois que nous n'avons pas compris tout de suite quand la porte fut ouverte. En tout cas, pas moi. J'ai bien vu la scie à métaux par terre. Les maillons de la chaîne d'argent rompus. Les cheveux d'or étalés sur l'oreiller et le visage paisible d'Anne. Merveilleusement sereine. Complètement nue. Totalement seule.

Elle se redressa, exposant aux yeux de tous des seins menus mais irréprochables, s'étira avec langueur entre les draps froissés. Son regard bleu était rempli d'une intelligence acérée et maligne, elle nous fixa de leur feu corrosif.

— Bonjour, *Mamie*, fit-elle à l'adresse de Bathilde.

Chapitre 30

– Mais alors qui… ? souffla Zalia en se ruant dans la salle de bains.

On entendit la douche s'arrêter et elle revint en traînant les pieds.

— Ça surprend quelqu'un, si je dis qu'il n'y a personne là-dedans ? (Et à moi :) Quand je te disais qu'elle en mettait du temps à se laver !

Elle n'avait pas pu se retenir du « je te l'avais bien dit ». Il faut une terrible grandeur d'âme pour résister à l'envie de souligner qu'on a eu raison et les autres tort. Surtout à posteriori quand on ne peut plus rien rattraper. Zalia revendiquait rarement la grandeur d'âme, il est vrai.

Herfauges avait dû disparaître en vitesse vampire dès qu'on l'avait laissé seul, enveloppé dans sa toilette ridicule devant les lavabos. La salle de bains donnait sur l'entrée et même si nous avions laissé la porte du bureau ouverte, nous n'avions aucune chance de le voir filer.

On secoua la tête sans commentaires. Herfauges et sa Dauphine nous avaient joués d'un bout à l'autre, que dire de plus ? Sinon que le numéro de charmante idiote d'Anne était quand même poussé et qu'on aurait dû se méfier ? Je rougis. J'y avais cru à fond ! Cette robe théâtrale était destinée à nous en mettre plein la vue. Et ça avait marché !

Les deux complices nous avaient servi une des plus anciennes ruses de prisonnier du monde assaisonnée à la sauce « prestige », le vieux truc des magiciens de pacotille : attirer l'attention juste à côté de ce que le spectateur ne doit surtout pas regarder.

Merde, on avait même marché comme un seul homme. Navarre ne put s'empêcher d'éclater de rire, un rire jaune. Dame Bathilde se tourna vers lui comme un serpent et siffla :

— Tu ris, vipère ? Tu riras moins quand mon Cénacle exigera des réparations de ce cabinet ! Vous n'avez pas rempli votre mission ! Vous avez laissé échapper… mon fils.

Géraud retourna s'asseoir et déclara avec calme :

— Je ne vois pas sur quelle base vous demandez compensation, ma Dame Bathilde…

Elle passa à vitesse vampire et se matérialisa littéralement sous son nez. Il ne sursauta pas.

— Ah oui ? Et laisser fuir Herfauges, ça n'est pas une faute, peut-être ?

— Vous nous avez engagés pour retrouver une descendante à qui il puisse transmettre son don, rappela-t-il, serein. Est-ce que la mission est accomplie, oui ou non ?

Dame Bathilde hocha la tête à regret.

— Mais vous l'aviez sous surveillance…

Cette fois, ce fut Navarre qui rétorqua :

— Ttt, ttt, on l'avait sous notre protection, nuance ! Pour que vos propres troupes ne lui fassent pas sa fête avant l'heure ! Et ça aussi, on a réussi, Majesté.

Géraud sourit.

— Vous pouvez nous engager pour le retrouver, Ma Dame, si vous voulez. Navarre se fera un plaisir…

— Hum… fit l'intéressé.

— Navarre, disons, se dévouera à cette tâche, si cela vous agrée…

Bathilde se tassa imperceptiblement sur son siège. Elle était fatiguée, cela se voyait. Le fond de ses yeux noirs de vamp était tout injecté de sang.

— Il a disparu il y a combien de temps environ ?

— Une bonne heure, maugréa Zalia à qui on n'avait rien demandé. Le ballon d'eau chaude est vide !

La rancune perçait dans sa voix. Le gaspillage d'eau chaude entrait clairement dans la liste des nombreux crimes de notre évadé.

— Vous ne le rattraperez jamais, il peut être n'importe où dans Paris, maintenant…

La Maîtresse de Cénacle s'efforçait de contenir le tremblement de sa voix. Je l'examinai avec attention pour constater que la colère avait déserté ses traits si étrangement vieux. Une certaine forme de soulagement perçait dans ses muscles détendus d'un coup et son attitude soudain apaisée.

— On peut toujours essayer, proposa Géraud sans y croire lui non plus.

Bathilde s'avachit dans son fauteuil, les yeux clos.

— Tu me connais depuis longtemps, Géraud, murmura-t-elle. Mais sais-tu pourquoi je suis si vieille ? Seule de mon espèce à arborer les traces de la décrépitude ?

Mon oncle haussa un sourcil, attendant la raison de ce changement soudain de sujet et de ton.

— Non, répondit-il.

— J'ai refusé l'Offrande, expliqua-t-elle. Quand mon mari Avar, il y a treize siècles, m'a accueillie enceinte dans son château perdu des montagnes, il a attendu que j'accouche puis il a essayé de me transformer. Mais j'ai refusé l'Offrande…

— Je ne comprends pas, fit doucement mon oncle.

— C'est possible, tu sais, même quand l'Offrande a été accomplie…

Ici, elle jeta un coup d'œil à sa nouvelle Dauphine qui venait d'entrer dans la pièce enveloppée dans un drap. Anne était royale dans son fourreau de coton taché du sang des autres victimes d'Herfauges. Et je grimaçai. Comment avions-nous pu manquer cette arrogance, cette sûreté de soi ?

— Oui, je l'ai refusée, jour après jour, nuit après nuit, reprit Bathilde. J'ai combattu la mort dans mon sang, j'ai combattu le Sommeil, j'ai combattu la Soif… Et j'ai tenu. J'ai souffert mille tortures chaque jour, le soleil devenait mon ennemi et mon ami à la fois. Il me brûlait mais il me maintenait vivante. Mon mari me suppliait d'accepter, de le rejoindre. J'étais son Élue. Il m'aimait, je crois… Je ne m'en souviens pas, je me souviens seulement que j'ai tenu. Vingt-cinq ans.

— Pourquoi tant de souffrances, Bathilde ?

— Herfauges.

Géraud hocha la tête.

— Ce n'était qu'un bébé. Il avait besoin de moi. Les enfants mourraient facilement en ces temps-là. Si j'avais rallié mon mari dans sa nuit, je n'aurais pas pu m'en occuper, l'élever. J'aimais mon fils, c'était tout ce qui me restait de mon ancienne vie, de Charles. Tu comprends ?

— Vous vous êtes sacrifiée…

Bathilde fit un signe de dénégation violente.

— Non ! Absolument pas ! Ça, c'est ce qu'Herfauges croit… C'est ce qu'il m'a reproché des siècles durant… Mais je ne me suis pas sacrifiée, Géraud, jamais ! J'ai choisi, c'est tout. Choisi d'être humaine. Et mère. Tu comprends ?

Personne n'osait bouger dans le bureau. Zalia avait feint de filer à son poste favori, embarquant une série de vernis à ongles, mais elle restait paralysée à la porte de la salle d'attente.

Géraud opina en silence.

— Je ne sais pas si c'est cela qui l'a rendu comme il est, continua Bathilde. Herfauges a toujours été ombrageux. Je crois surtout qu'il ne supporte pas l'idée de me devoir tant. Il veut être libre. Il a toujours voulu cela. Sauf que c'est une dette qui n'existe que dans sa tête… Bref, j'ai résisté au Don et j'ai vieilli comme tous les humains. J'avais décidé de mourir en même temps que mon fils…

— Mais vous l'avez transformé, au bout du compte ?

— Pas moi, soupira-t-elle. Mon mari. Il ne supportait pas l'idée que je meure. Je l'ai tué pour ça. Et finalement, j'ai accepté l'Offrande pour ça. Pour pouvoir le tuer. Parce que sans l'Offrande, je ne pouvais pas.

— Je vois, dit Géraud lentement.

— Oh non, tu ne vois pas ! rétorqua amèrement Bathilde, les yeux toujours fermés. Tu sais le plus ironique ? Ces années de résistance à l'Offrande… Elles m'ont rendue puissante à un point que tu ne peux même pas imaginer. Je suis devenue Maîtresse de Cénacle à cause de cela, dès la mort de mon époux… Ils ont voulu me punir, je les ai balayés ! Je peux même voler. Comme lui…

Elle désigna Navarre qui ne bougeait pas. Il restait là, mains croisées dans le dos, comme un soldat, comme la première fois que je l'avais rencontré au Père-Lachaise. Mon cœur rata un battement tant il était beau dans cette attitude. Avec remords, j'étouffai ces palpitations. Merde, Jacques était encore tiède ! Je n'avais aucune tenue…

Constatant une fois de plus que l'un ne pouvait pas me guérir de l'autre, je me mordis les lèvres pour ne pas pleurer.

Comme Bathilde au même instant.

— Ça non plus, il ne me l'a pas pardonné. La puissance… Tellement plus puissante que lui…

— Mamie ? intervint Anne.

— Toi, je te préviens, hoqueta Bathilde. Si ça te reprend de m'appeler comme ça, je te crucifie moi-même au soleil, c'est clair ?

Anne sourit.

— Je ne crois pas.

Cette fois, Bathilde ouvrit les yeux et transperça sa descendante du regard :

— Ah non ?

— Non, et vous venez de nous dire pourquoi, *Mamie*. Parce que dans mon cas, c'est vous qui êtes endettée auprès de moi, n'est-ce pas ?

Bien sûr ! Bathilde n'avait jamais voulu la mort d'Herfauges ! Anne avait sauvé la vie de son fils et, ça, jamais la Maîtresse de Cénacle ne pourrait l'oublier. J'avais toute confiance en la jeune vamp pour le lui rappeler de temps en temps, d'ailleurs.

OK, elle s'était vraiment fichue de nous, cette fille et avec un naturel qui laissait pantois. Je me demandais comment Herfauges avait su laquelle choisir, comme ça rien qu'en leur parlant.

Anne me sourit gentiment.

— Tu sais, blonde et sexy, c'est plutôt une malédiction, surtout quand tu as un cerveau planqué sous ta permanente. Tu t'aperçois vite que les gens te préfèrent sans, je crois que ça les rassure. Quand on était petites avec Ève, on savait par cœur les répliques de *Certains l'aiment chaud*, le film de Marilyn.

— J'avoue que tu campes une Sugar très convaincante ! concédai-je sans trop de rancune.

Anne accueillit le compliment comme il convenait.

— Ève est trop… réglo pour ça, elle savait qu'elle se couperait toute seule. On est tombés d'accord tous les trois avec Herfauges, ce soir-là…

Bathilde, jusque-là perdue dans ses songes, intervint :

— Nous rentrons au Cénacle, petite. Tu as encore beaucoup à apprendre. Et il faudra laisser tomber Marilyn, je pense.

— Oui, Mamie. Vous avez une actrice précise en tête ? répondit Anne docilement.

— Élizabeth Taylor dans *Cléopâtre* ? suggérai-je.

— Elle était pas brune, Taylor ?

C'était Zalia qui tenait à apporter son grain de sel à cette conversation surréaliste.

— À ce stade, si vous tenez à écumer les cinémathèques, c'est plutôt Marlène Dietrich dans *L'Impératrice rouge*, grogna Navarre.

Mais Bathilde négligea l'intervention et s'adressa à mon oncle :

— Géraud, reprit la vieille vamp avec effort. Je te charge de retrouver mon ancien Dauphin. Que ce soit consigné dans tes archives, nous vous verserons des notes de frais tant que ça durera.

— Vous préférez un mémo mensuel ou qu'on annualise ? demanda tranquillement Géraud.

— Je veux un papier mensuel qui atteste que vous êtes toujours sur le coup et que vos recherches sont au point mort. Je dois pouvoir justifier devant le Haut-Cénacle. Ce sont nos lois, Herfauges est condamné, n'est-ce pas ?

— Il l'est, je mettrai mes meilleurs hommes sur le coup… Enfin quand ils n'auront pas autre chose à faire…

— Il a longuement habité en Tchéquie, veux-tu l'adresse ?

— Non, ce ne sera pas nécessaire. Je vais envoyer des courriers. Évidemment, avec les aléas de la Poste, on ne peut pas s'attendre à des réponses rapides…

— Évidemment.

Bathilde se redressa et tendit la main vers son second qui lui offrit son bras. Les vamps la suivirent. Anne resta en arrière.

— Je suis désolée… dit-elle à Géraud.

— Non, vous ne l'êtes pas, feula Navarre, furieux. Vous avez pris votre pied d'un bout à l'autre !

— Je crains que Navarre n'ait raison : nous sommes appelés à nous revoir, jeune fille, renchérit Géraud. Vous avez très mal commencé. Arrêtez de mentir, ce sera déjà pas mal.

— Et Ève ?

— Comme si vous en aviez quelque chose à battre ! explosa Navarre à nouveau.

— Ne vous inquiétez pas : la Meute Saint-Blaise prendra soin d'elle si votre Cénacle tient ses promesses.

Anne pinça les lèvres, puis nous gratifia de son adorable sourire de ravissante idiote avant de filer à la suite de Dame Bathilde. Zalia revint illico et je demandai :

— Bon, je suppose que c'était pas *pédagogique* de déclarer qu'on est assez contents de la tournure des événements ?

— En effet, dit Géraud, quoique je n'aurais pas dormi plus mal si Herfauges ne s'en était pas tiré. En outre, selon moi, la petite Ève a de la visite ce soir. Navarre, tu raccompagnes Agnès chez elle et tu t'en assures ensuite.

— Tu penses qu'Herfie se sera réfugié chez la deuxième ?

— Compte tenu de ce qu'a laissé échapper notre Marilyn de banlieue, je le crains, oui. Ce « on s'est mis d'accord, tous les trois » résonne désagréablement, je trouve. Va voir.

— Et si je tombe dessus ?

— Si Ève ne court aucun danger, laisse tomber. Bathilde ne tient pas plus que ça à ce qu'on le rattrape, c'est évident.

Navarre jura épouvantablement :

— Elle ne vient pas de nous engager pour le buter ?

— Navarre, tu es toujours aussi premier degré après six cents ans, ou tu fais semblant ? Tu as écouté ?

Zalia contemplait notre garde du corps avec agacement, son pied menu battant la mesure.

Géraud leva la main en signe d'apaisement.

— Tu t'assures seulement qu'il ne fasse pas de mal à la petite, d'accord ? Richard et la Meute le prendraient très mal. Ça m'étonnerait quand même, mais Herfauges n'a pas beaucoup d'inhibition. S'il a Soif, il risque d'oublier ce qu'il doit aux jumelles.

— Ou même trouver ça encore plus amusant, dans les circonstances… ajoutai-je à mi-voix.

Navarre se rembrunit, il était vexé.

— J'aime les choses simples, gronda-t-il.

— Eh bien, tu ne dois pas aimer grand-chose.

Ce fut la conclusion de Zalia.

Navarre s'ébroua et tendit les doigts vers moi :

— Agnès ?

Je lui saisis la main tandis qu'il nous perchait sur l'appui de la fenêtre. On s'envola aussitôt.

Il faisait encore nuit même si une trace grisâtre annonçait l'aube prochaine. Navarre raffermit sa prise autour de moi et je me blottis contre lui avec un soupir d'aise que je ne cherchai même pas à dissimuler. J'étais trop fatiguée. Il s'était passé trop de choses. Blottie dans ses bras, je me sentais provisoirement à l'abri de tout ce qui pouvait me blesser. Même le chagrin.

— C'était un loup brave, souffla mon compagnon dans mes cheveux.

— Oui.

Je ne pouvais pas en dire plus, sinon je me remettrais à pleurer sans fin, comme en début de soirée. Et là, je préférais cette parenthèse qui me permettait de profiter de la vue de la ville, ses lumières encore hésitantes qui ne dessinaient que les avenues. Le ciel était lourd de nuages mais il ne pleuvait pas encore et les néons se reflétaient sur la voûte céleste dans un halo aussi doré que la robe d'Anne. Il me tendit mon écouteur de MP3.

— Je suis désolé, Agnès, une chanson seulement. Le jour n'est pas loin.

J'acquiesçai tandis que le chanteur susurrait :

Dream brother, my killer, my lover...

Chapitre 31

Je fis le tour du cadran.

Géraud m'avait donné congé en me promettant de m'envoyer Zalia dans la journée pour me porter ce dont j'aurais besoin. Mais elle passa dans la matinée et je dormais comme un sonneur. Je sus qu'elle était entrée car, en refaisant surface vers dix-huit heures, je descendis et trouvai un sachet de croissants avec un petit mot. Je découvris également un message de Richard dans la boîte aux lettres : il m'informait de la date de l'enterrement de Jacques, le lendemain. Je soupirai. Je ne pourrai pas m'y rendre, c'était en plein jour, donc impossible d'être accompagnée de Navarre pour entrer dans le cimetière et en ressortir vivante. Et puis, je n'avais pas envie non plus qu'il soit là quand je dirais adieu, définitivement. Ce n'était pas « correct ». Ma mère n'était pas enterrée assez loin pour que je me livre à des actions inconvenantes.

Il faudrait que j'y aille de nuit. Comme pour elle.

Je pris une douche et me glissai dans l'un des jolis pyjamas gris en satin que mon frère m'avait offert lors de l'une de mes nombreuses maladies adolescentes. Avec son tact coutumier, Jehan m'avait dit à l'époque :

— Tu as déjà une gueule épouvantable, n'en rajoute pas en traînant couverte de serpillières, ça me déprime.

Je ne devais pas imaginer une seconde qu'il m'offrait un cadeau par gentillesse.

Je souris tristement à ce souvenir et me préparai une légère collation en projetant de regarder un film avant de retourner au lit. Je me sentais d'humeur à hiberner au moins une semaine et le temps à l'extérieur m'y encourageait vivement. La température ne devait pas excéder huit degrés, cette fois, et il pleuvait. L'hiver était là.

Mais je n'allumai pas la télévision, me contentant de me lover dans le canapé sous un plaid de cachemire blanc devant l'écran éteint, un bol de chocolat chaud à la main. La tasse me réchauffait les doigts et l'odeur douce du cacao était un pur nectar. J'étais dans un état bizarre. J'aurais dû m'en rendre compte la veille mais la douleur de la perte de Jacques et la fatigue avaient tout occulté. En ce qui concernait la douleur, elle était toujours présente bien sûr, je craignais bien qu'elle ne s'efface jamais. Les morts ne nous laissent aucune chance, ils creusent un trou dans notre âme. On peut toujours oublier un amour parti avec une autre, sauf quand l'autre, c'est Azraël ou l'une de ses petites copines.

Pourtant, si on faisait abstraction de ce puits de tristesse au creux de mon estomac, je me sentais… légère. Pour la première fois depuis très longtemps. Ou depuis toujours. Je ne parvenais pas à mettre le doigt sur la raison de cette sensation inattendue.

En tout cas, cela m'apaisait de me retrouver seule, avec mes défunts, pour les pleurer. Si seulement j'avais été plus rapide lorsque Denis avait levé son coutelas. Je frémis : l'arc étincelant de cette lame resterait gravé dans ma mémoire à tout jamais. Je me morigénai : la culpabilité n'a jamais ramené personne de l'au-delà, et en plus celle-ci était vraiment hors de propos.

Jamais je n'aurais pas pu être plus rapide que la lame d'un vamp. C'était la mort de Jacques même qui avait déclenché chez moi cette acmé de haine et de colère et permis d'ouvrir mon esprit pour en sortir… Pour en sortir quoi, d'ailleurs ? Je fouillai mon esprit pour y trouver la source des horreurs que j'avais déversées dans l'escalier.

Je tressaillis au souvenir du choc humide et tiède encore contre mes chevilles. De nouveau, la rage noire qui m'avait saisie alors serra ma gorge d'une étreinte de fer. Je me tournai instinctivement vers cet endroit sombre et clôturé au fond de moi. Je constatai avec stupéfaction combien on était loin du gouffre hurlant que j'avais contenu toutes ces années. Ça clapotait toujours, noir, poisseux et nauséabond, mais il ne restait plus grand-chose. Juste une flaque d'âmes mortes et pleurnichardes.

Je me vautrai dans les coussins du canapé. J'oubliai la tasse de chocolat à demi bue, sur la table basse, un quadrilatère de basalte poli, noir et lisse comme du marbre. Petite, j'y cherchais des étoiles car j'étais persuadée qu'il s'agissait d'un morceau de nuit solidifiée par la magie de ma mère. Je regardais mon visage se refléter à sa surface, détendu, délivré de ces rides attestant de mon combat interne quotidien.

Voilà pourquoi je me sentais si légère, presque libérée, alors que j'aurais dû plonger dans le désespoir. J'avais, je ne sais comment, vidangé cette partie de mon être qui me rongeait depuis toujours. Il en restait, mais si peu que c'était presque un jeu de la retenir.

La tension mentale qui m'avait habitée depuis ma naissance s'était apaisée d'un bloc. Et si j'ignorais toujours comment ouvrir le couvercle de ces abominations à volonté, je savais désormais que j'en étais capable dans certaines circonstances. La colère, la rage et le désespoir étaient les clés, selon toute vraisemblance. Inconsciemment, je me tendis, évoquai l'image de Denis sur le plateau de pierre lisse. Un instant, il me sembla que sa figure se substituait à mon reflet.

C'était le vamp roux tel que je l'avais contemplé aux dernières secondes de son existence, victorieux, arrogant, si insupportablement joyeux d'avoir assassiné mon amant. Une vague de haine reflua dans mon ventre. Une explosion d'exécration s'étoila dans ma poitrine au point que mes doigts se crispèrent en serres. J'étais prête à lui arracher encore une fois ses yeux calcinés.

La mare d'ombre clapota seulement plus fort, puis se calma. Je soufflai de soulagement, au dernier instant, je m'étais rendu compte que c'était sans aucun doute une très mauvaise idée. Dans quel pétrin me serais-je fourrée si je n'avais pas su refermer ensuite ? La première fois n'avait peut-être été qu'un hasard « bienheureux »...

On sonna à la porte juste au même instant.

Je m'y traînai en priant pour que ce ne soit pas Zalia, ni même une autre bonne âme compatissante, ayant décidé de venir me consoler. Je ne voulais pas l'être. Je voulais passer des jours et des nuits à me souvenir des mains de Jacques, de sa bouche et de sa peau. De son rire et de sa tendresse aussi.

Bon, d'accord, les pizzas froides me manquaient moins.

— Bonsoir, mademoiselle.

C'était Fred. Je m'apprêtai à l'éjecter plus ou moins gentiment et à refermer la porte derrière lui. Il saisit mon humeur au quart de tour et fit une chose inouïe : il cala son pied dans le panneau de bois et le chambranle, m'empêchant de la lui claquer au nez.

— Qui êtes-vous et qu'avez-vous fait de Fred ? demandai-je calmement.

— Je suis vraiment désolé… désolé… bafouilla-t-il. Il faut… absolument que je vous parle, mademoiselle !

— OK, soupirai-je. C'est bien vous. Entrez !

Il était clair à son attitude opiniâtrement tremblante qu'il avait l'intention de camper dans mon jardin jusqu'à satisfaction. Rien de pire qu'un homme timide déterminé, il faut un char d'assaut pour le faire changer d'avis. Et encore ! Au siècle dernier, les autorités chinoises avaient eu de très gros ennuis à Tian'anmen, m'étais-je laissé dire…

Il me suivit dans le salon. Je dus recourir à vingt ans de cours de bienséance assenés par ma mère pour lui offrir quelque chose. La proposition d'un thé ou d'un café tomba de mes lèvres avec une répugnance que je ne réussis pas à dissimuler. D'ailleurs, je n'en avais pas la moindre envie. Il se contenta de rougir, refuser poliment et entra en matière aussitôt :

— Vous venez de tenter quelque chose, je l'ai senti.

— En effet, j'essayais de me rendormir, grinçai-je. Et vous m'en empêchez.

Il secoua la tête.

— Ce n'est pas vrai. Et ça n'a pas marché, conclut-il.

Pour me donner une contenance, je saisis ma tasse de chocolat froid et fis mine d'y tremper mes lèvres. Seul l'agacement de voir le petit homme se tortiller sur le fauteuil me donna la force de ne pas vraiment grimacer de dégoût. C'était infect, à cette température. Fred prit le rictus pour lui mais se força à continuer :

— Ça ne risquait pas, vous savez ?

— De quoi ?

Je reposai la boisson sur la table. Au moins ça m'évitait une tentation, celle de la lui balancer à la figure.

— Ça ne risquait pas de fonctionner ici, dit-il avec patience. Votre mère a bien trop protégé votre maison. Et de toute façon, même ailleurs, ça ne fonctionnera plus avant un moment… Il faut que vous « rechargiez » vos réserves. Là, vous avez tout utilisé contre Denis.

J'acquiesçai, puis me penchai vers lui.

— Qu'est-ce que vous êtes exactement, Fred ?

Il rougit encore plus.

— Je ne suis qu'un prof d'histoire doué d'un tout petit talent de médium. Vous avez bien vu. Je sens ce que vous faites, je sens les esprits s'agiter, mais je suis incapable de les percevoir nettement. J'ai rencontré Jacq… notre ami commun… (Il me jeta un regard de Bambi navré qui me donna illico envie de le gifler.) … dans une bibliothèque où j'effectuais des recherches sur les mouvements ouvriers dans le vingtième arrondissement. Et je suis tombé sur les Meutes…

— La Meute Saint-Blaise vous a engagé pour vous neutraliser, en quelque sorte ?

— Pas exactement. Ils m'ont engagé pour me sauver la vie, je pistais la Meute Charonne et ça ne plaisait pas du tout à cette dernière. Il s'était passé des choses étranges pendant cette journée tragique en 1962…

S'avisant de mon regard terne, il expliqua précipitamment d'un ton professoral particulièrement insupportable :

— Le 8 février 1962, une manifestation en faveur de l'indépendance algérienne a été sévèrement réprimée par la police. Les manifestants se sont réfugiés dans une bouche du métro fermée et ont été coincés par la foule dans l'escalier contre le volet de fer : on a compté neuf cadavres…

Je fis tourner la tasse abandonnée sur sa soucoupe du bout d'un doigt et dis avec un calme que j'étais très loin de ressentir :

— Vous trouverez ça stupéfiant, j'en suis sûre, mais je ne vois pas le rapport…

— Il aurait dû y avoir plus de morts, voyez-vous, vu les circonstances… Mon hypothèse de départ était que la police avait sous-estimé le nombre des victimes et camouflé ce qu'elle avait pu, comme en 1961.

Je ne lui demandai pas ce qui s'était passé en 1961, je m'en fichais totalement, et il avait déjà assez de mal à rassembler ses idées, comme ça. J'ai toujours été une quiche absolue en politique, comment s'intéresser à la Vie de la Cité quand on n'y participe pas ? En outre, je sentais bien que ma division mentale habituelle méchants/gentils ne fonctionnait pas dans ce cas-là : j'ai horreur de l'ouvrir sans savoir de quoi je parle.

Fred me jeta un coup d'œil et sembla suivre ma pensée :

— Les Meutes sont au cœur de ce genre d'événements depuis toujours. Et ça, forcément je l'ignorais, je ne suis pas vraiment de l'AlterMonde, comme vous.

J'évitai de lui signaler que mon entrée au pays des vilaines fées était assez récente.

— Donc, la Meute Charonne ne tenait pas du tout à ce qu'on sache qu'elle était intervenue ce jour-là. Certains de ses membres s'étaient interposés entre la police et les manifestants, donnant à un nombre impressionnant d'entre eux la possibilité de se tirer des mâchoires du piège. Les garous ont dû rompre assez vite, mais leur action a été déterminante : il y aurait eu des centaines de morts, sinon. Pas seulement une petite dizaine…

Je secouai la tête.

— Je ne vois pas en quoi c'était un vrai problème de mettre ça au jour…

— En fait, les Meutes se défendent d'exercer un contrôle sur les humains, elles n'en ont pas le droit, c'est même l'une de leurs règles fondatrices. Et les Instances sont relativement chatouilleuses à ce sujet, vous l'avez constaté. À titre individuel, les garous peuvent interagir, mais ils doivent se garder de toute manipulation de masse. Ça va à l'encontre de leurs principes libertaires… et des Instances.

— Vous êtes en train de me dire que ces entités collectives sont anarchistes, c'est ça ? Des entités dont les règlements internes feraient frémir l'ancien KGB ou même l'Armée rouge ?

Je n'avais pas besoin de me forcer pour montrer mon incrédulité totale.

— Pas exactement, elles ne vont pas à ce degré de positionnement, rit-il. Disons qu'aux alentours du XVIIe siècle, les garous se sont trouvés fortement représentés dans des organisations du type Compagnons du Travail ou Franc-Maçonnerie… (Il s'interrompit.) Avant, ils étaient dans les guildes d'artisans. C'est logique, si vous y réfléchissez : au départ, les Meutes se reproduisaient dans les campagnes obscures, parmi les serfs, les esclaves, les apprentis, les gens sans protection… vous comprenez ?

J'opinai.

— Oui, j'ai déjà entendu ça quelque part, fis-je en me souvenant des leçons de Géraud.

— Eh bien, ils ont suivi leur classe sociale de départ, conduit la Révolution, la Commune, etc., etc. Bref, la Meute Charonne avait décidé d'avoir ma peau et les Saint-Blaise se sont interposés. Je les intéressais. Ils m'ont recruté.

— Pourquoi ne vous ont-ils pas offert le don en prime ? C'était un bon moyen de vous mater sans vous tuer.

Le petit homme fit un signe de dénégation attristée :

— Je ne peux pas le recevoir. Vous non plus, d'ailleurs. Notre sang nous en empêche. Si nous étions mordus, nous mourrions sans coup férir en cours de transformation.

— Je ne comprends plus rien, là…

Je frémis. Jacques devait ignorer ce détail le jour où il m'avait proposé d'entrer dans la meute.

— Je suis quand même un peu comme vous, répéta-t-il, lignée de sorcière. Enfin, arrière-petit-fils dans mon cas. C'est de là que me vient mon tout petit don. Mais c'est pour ça justement que je suis venu vous voir…

— Ah bon, ce serait bien si vous veniez au fait aussi, que je puisse vous mettre dehors. J'ai sommeil.

— Oui, répondit-il sans avoir écouté un mot de ce que je disais. Normalement, vous ne devriez pas exister.

— Je vous demande pardon ?

— Aucune lignée de sorcière abâtardie avec un humain ne peut donner naissance à une fille. Elles meurent en cours de gestation. C'est cela qui détruit les lignées. C'est impossible. Même moi, je ne peux pas en avoir et mon sang est plus que dilué.

J'additionnai deux et deux et tombai sur une conclusion qui me déplut au plus haut point.

— OK, alors là, feulai-je, ça dépasse largement ce que je suis capable de supporter ce soir ! Qu'est-ce que vous êtes en train d'insinuer ? Que je ne suis pas la fille de mon père ? Sinon je serais morte à la naissance ?

Il se ratatina dans son fauteuil.

— Eh bien, c'est l'une… de mes hypothèses, en effet, murmura-t-il.

— Et mon oncle le sait ?

Ma voix était glaciale, et mes yeux brûlaient de fureur. Fred détourna le regard mais eut le courage d'articuler fermement :

— Je le crois. Il a fait son possible pour m'empêcher de vous en parler hier soir, rappelez-vous !

Je me levai d'un bond pour filer à la cuisine. Machinalement, je préparai du café. Mon esprit tournait à vide. Je ne savais plus ce que je pensais. Quel intérêt Géraud aurait-il eu à me dissimuler une chose pareille ? Et si Fred avait raison, de qui étais-je vraiment la fille ? Le visage de mon père sérieux et doux s'imposa à moi. Je lui ressemblais, n'est-ce pas ? C'était évident que je lui ressemblais, j'avais les mêmes manières que lui, le même rire, le même détachement distrait.

Fred se glissa dans mon dos et dit doucement :

— Je sais à quoi vous pensez. Mais ça ne prouve rien. Les enfants recueillis très jeunes absorbent les comportements de leurs parents adoptifs…

Je secouai la tête sans répondre. On garda le silence le temps que le café coule, je lui tendis une tasse.

— D'accord. Ça nous mène où, tout ça ?

Fred haussa les épaules en essayant de ne pas renverser son café en même temps.

— Je ne sais pas.

— Et c'est tout ? hurlai-je furieuse. Vous êtes seulement sorti de chez vous en vous disant que vous alliez ruiner la vie d'une pauvre fille ?

Il recula d'un pas.

— Ce n'est pas ça… pas ça… du tout ! bégaya-t-il.

— Alors, c'est quoi ? Vite, Fred ! Ma patience est à bout !

— Je crois que cette naissance extraordinaire – que vous soyez ou non fille de monsieur Cleyre – est la cause de ce que vous avez fait à Denis. Votre don…

— Je n'en ai que la moitié. La Seconde Vue exige…

Je m'interrompis net. Pour la Seconde Vue, les deux parents devaient être sorciers. C'était la base même du don. On me le serinait depuis mon enfance. Fred avait raison. Je réprimai les larmes qui me venaient aux yeux.

— Je ne crois pas, mademoiselle, que vous ayez la Seconde Vue. Je ne le crois pas du tout. Vous ne vous contentez pas de *voir* les fantômes, vous leur volez…

— Excusez-moi, mais je sens que, ça aussi, je vais très mal le prendre ! sifflai-je. Vous avez une idée de combien ça me pourrit la vie ?

— Vous leur *empruntez*, rectifia-t-il précipitamment, une partie de leur essence. Et c'est ça que vous avez lâché sur Denis. Pas étonnant que le pauvre type n'ait pas eu une seule chance de s'en tirer ! Vingt-sept ans de macération spectrale, il s'est mangé !

Il avait de l'admiration dans la voix, cet ahuri. Je crus vraiment que j'allais lui jeter mon café bouillant au visage.

— Ça ne s'est jamais vu, vous savez, renchérit-il, se croyant consolant, sans doute. Et c'est une putain d'arme !

Il s'arrêta aussitôt, pivoine. Je ris jaune :

— Ne vous inquiétez pas, je ne dirai à personne que vous proférez des grossièretés.

— Merci, fit-il sérieusement. Cela dit, quand vous réutiliserez cette chose, il faudra…

— Attendez. Qui vous dit que j'ai envie de me servir de ça ? Vous n'êtes pas dingue, non ? J'ai carbonisé un type sur place !

— Je suis désolé, mais ce sera nécessaire. Ça me paraît évident.

— Ah oui ?

— Sinon c'est vous qui vous calcinerez à la fin, vous vous en doutez bien, non ?

Chapitre 32

Quand Fred partit enfin, je m'effondrai dans mon canapé. Il était environ trois heures du matin. Je l'avais laissé parler enfin et il m'avait tout raconté, tout ce qu'il savait, ce qui n'était pas grand-chose en définitive. Restait un fait certain : je recommencerai à emmagasiner des fantômes et, à un moment ou l'autre, il faudrait que je m'en délivre, sinon je mourrai. Sauf que vu les circonstances dans lesquelles j'avais pu m'en débarrasser, ça signifiait que je tuerais forcément quelqu'un.

Selon le médium, c'était déjà en soi un miracle que j'ai survécu si longtemps, et surtout, sans assassiner personne au passage. Il l'attribuait à mon « excellente nature », je cite. Moi, je pariais plus sur la sorte d'agoraphobie qui m'avait maintenue recluse la plus grande partie de ma vie : quand on sort peu, on a d'autant moins envie d'éliminer son contemporain. J'ai une foi limitée en « l'excellence » de la nature humaine, la mienne y comprise.

Enfin, tout cela était réconfortant, non ?

Je finis par me résigner à tendre la main vers le téléphone et à appeler Géraud. Je ne m'interrogeai pas une seconde, composant automatiquement le numéro du bureau. J'ignorais où habitait mon oncle. Pour ce que j'en savais, il aurait aussi bien pu vivre au bureau. Mais il existait bien quelque part un endroit où il stockait ses vêtements propres.

Il me répondit aussitôt :

— Ce fouineur n'a pas pu s'empêcher de venir te voir, soupira-t-il.

Je repris ma respiration. Si j'en croyais mes poumons, je l'avais retenue jusque-là.

— Oui. Tu ne penses pas que tu aurais pu me mettre au courant ?

— Au courant de quoi, exactement ?

— De tout ! criai-je lâchant les vannes. (Je me mis à sangloter.) Que mon père n'est pas mon père ! Que je n'aurais pas dû naître ! Que je suis un danger public ! Tout ! Pourquoi te taire si longtemps ? Tu attendais qu'il y ait un accident ?

— Reprenons au début : petit a, rien ne dit que tu ne sois pas la fille de ton père, ta mère ne m'a jamais rien affirmé dans ce sens. Et tu n'es certainement pas la mienne, termina-t-il, très sec.

— Et petit b ? Le fait que je risque de tuer quelqu'un ?

— Ça t'aurait beaucoup aidée de le savoir ?

Je restai sans voix quelques secondes puis repris :

— C'est un argument de mauvaise foi, ça, Géraud. Trouve mieux.

— D'accord, d'accord, soupira-t-il à nouveau. En fait, j'ignorais que ça pouvait donner cela. Je craignais plutôt l'*autre* versant de la chose… vois-tu ?

— Tu pensais que je m'autoconsumerais un jour ? C'est ça ?

— Oui, souffla-t-il dans le combiné.

— Et voilà pourquoi tu m'as engagée, pas parce que je risquais de mourir de dépression dans la vieille maison ?

— Aussi. Mais tu es également compétente et je le savais, répliqua-t-il plus fermement.

— C'est très gentil, mon oncle, de ne pas me dire que je suis un boulet en puissance ! Mais je crois que…

— Écoute, Agnès, voici ce qui s'est passé et je te jure que je n'en sais pas plus. Quand elle a été enceinte de toi, ta mère m'a appelé, totalement affolée. L'échographie venait de lui révéler que tu étais une fille. Les unions humains-sorciers sont rarement fécondes et elle savait qu'elle risquait de te perdre à la naissance ou avant. Et de plus, elle était sûre à quatre-vingts pour cent qu'elle ne pourrait pas avoir d'autre enfant, puisque Jehan était né deux ans auparavant. À vous deux, vous aviez pulvérisé les probabilités. Donc les chances d'avoir un autre bébé après toi étaient infinitésimales, tu comprends ?

— Et alors ?

— Elle ne supportait pas l'idée de te perdre et m'a supplié de te garder en vie. J'ai accepté. Je suis resté près d'elle toute la grossesse, et quand il y avait une complication, j'intervenais. Les médecins avaient donc le temps de te sauver, d'accord ?

Il avait usé de son pouvoir sur moi, à plusieurs reprises, si je l'écoutais bien.

— Tu m'as fait remonter le temps à chaque incident ?

— Oui.

— Chaque fois, le médecin a pu intervenir ? Combien de fois ? Combien est-ce que ça t'a coûté ?

— Non, ça, ma chérie, je ne te le dirai pas. Ça ne regarde que moi.

Malgré l'inhabituel « ma chérie », le ton était tranchant, je sus qu'il était inutile d'insister. Mais je me recroquevillai de culpabilité sur mon canapé.

— Et donc ? chevrotai-je enfin.

— Et c'est tout. Je ne sais absolument pas si mes interventions t'ont réellement sauvée ou si tu t'en serais tirée toute seule. Et je n'ai jamais eu une raison de penser que tu n'étais pas la fille de Louis.

— Sauf que je n'aurais pas dû survivre à ma naissance et ce fichu don…

— Oui. Sauf ça, admit-il. Est-ce que j'ai répondu à toutes tes questions ?

— Oui, murmurai-je. Je crois.

— Parfait, parce que j'ai du travail et notamment un coup de fil à passer à Richard pour lui demander de mieux tenir ses troupes, gronda-t-il. Pour le reste, je ne suis pas persuadé que tu avais besoin de savoir tout cela ! Maintenant, tu peux passer encore une journée chez toi à y réfléchir, si tu veux, mais lundi je veux te voir au travail, c'est clair ?

Je raccrochai sur un : « Oui, très clair, merci » étranglé.

Il m'avait cueillie comme une fleur avec l'histoire de ma gestation mais fondamentalement, je n'étais pas d'accord avec lui. Je ne croyais aux « mensonges bienfaisants ». J'étais comme ma mère qui préférait une vérité cruelle à une illusion lénifiante. Mais je comprenais pourquoi Géraud voyait les choses autrement. Il avait tant de choses complexes à administrer tous les jours, tant de conflits de pouvoir et d'ego entre les différents clans… Tout ceci devait relever pour lui d'une plus grande facilité de gestion, tout simplement. Selon le principe que ce qu'on ne sait pas ne peut pas nous blesser.

Honnêtement, je ne suis pas sûre que ma vie aurait été améliorée par l'idée de cette double épée de Damoclès pendue au-dessus ma tête, quand il était déjà compliqué de seulement traverser une rue. Mais maintenant, c'était différent, et il aurait pu s'en aviser.

J'étais épuisée au-delà de toute mesure et décidai de mettre à profit l'autorisation. Je filai à l'armoire à pharmacie familiale et dénichai un bon vieux somnifère.

Je dormis encore vingt-quatre heures, je pense.

Le lundi suivant, j'allai à l'Étude. Dans l'escalier, je m'arrêtai délibérément à l'endroit où Jacques était mort. Je soupirai. Inconsciemment, j'espérais trouver son essence là, sur ces marches où je l'avais perdu pour toujours. Pour la première fois de ma vie, j'appelai un fantôme.

Désespérément.

En vain.

Il ne se passa rien. Il n'y avait pas la moindre trace de lui ni de Denis. Même les murs étaient immaculés, Géraud avait veillé à leur nettoyage. Je ne compris pas tout de suite. Ni ma déception, ni cette absence inexplicable. Jusqu'au moment où je compris que si je pouvais sentir les spectres des émotions que Richard et les siens transportaient avec eux, jamais je n'avais croisé un fantôme de garou mort. Pas même au Père-Lachaise. L'esprit de la Meute était immortel, il était pétri de ceux qui la composaient. Les Saint-Blaise avaient accueilli l'âme qui leur appartenait de toute éternité.

Je restai là muette quelques secondes, puis pris une profonde inspiration avant de gravir l'escalier jusqu'au bureau. Je m'installai à ma table, prête à me battre avec n'importe quel arbre généalogique, aurait-il remonté à l'homme des cavernes.

À midi, mon oncle me fit apporter le journal de l'immobilier et je commençai à cercler les petites annonces intéressantes. J'avais encore trois mois devant moi avant le 30 avril. Ils passèrent comme un rêve…

***

Le réveil sonna minuit et je me réveillai en sursaut. Le Grand Sabbat débutait. Je filai à la douche, m'assommai de whisky et partis dire adieu à Jacques.

Je mis une heure à réaliser la deuxième partie du programme.

Deux heures du matin sonnèrent quand je me présentai devant la grille en fer forgé que je connaissais bien maintenant. Et cette fois, je n'étais pas habillée comme une idiote. Les escarpins de Navarre attendraient sagement mon retour au bureau, le lendemain. J'escaladai vivement les grilles du Père-Lachaise et me réceptionnai sur mes baskets en souplesse, en moins de cinq minutes. J'avais progressé par rapport à l'année précédente. Déjà, j'étais deux fois plus ivre.

Le faire-part en main, je m'orientai sans problème entre les tombes, on avait enterré mon amour non loin de mes parents.

Je titubai à peine en parvenant vers la simple dalle de granit au nom de Jacques. Aucune fleur, seulement un faux livre de bronze offert par l'Amicale des bibliothécaires du vingtième arrondissement. Pas d'épitaphe non plus. Juste sa date de naissance et celle de son décès. Je m'assis sur la pierre blanche piquetée de noir et cherchai quelque chose à dire dans le ciel sans étoile.

Je me tendis, espérant percevoir l'esprit de la Meute dont je savais désormais qu'il était partout autour de moi, peut-être que ce qui était encore Jacques en elle, pourrait me répondre… Mais rien ne vint. Sans doute l'alcool lui opposait-il un barrage à elle aussi. Ou alors cet esprit ne m'était pas accessible, après tout la Meute était bien vivante.

Je reniflai et pleurai sereinement. Ça au moins, ça avait un sens.

Je ne sais pas combien de temps je restai ainsi à renifler, pas très longtemps sans doute. Puis, je sentis que la barrière d'alcool que j'avais montée contre les fantômes faiblissait dangereusement. Ma vue était plus nette et je sentais les promesses de courbatures dues à l'escalade se faufiler entre mes muscles. Je me relevai, résignée à partir. Ce n'était pas encore cette fois que je pourrais passer sur la tombe de mes parents. Je pris le chemin du retour tandis que des fumerolles étranges sourdaient des tombeaux voisins. J'entendis des rires étouffés et des gémissements et m'apprêtai donc à piquer un sprint hasardeux dans la demi-obscurité.

Quand soudain tout s'arrêta. Les fumées disparurent brusquement et tous les bruits se turent. Un néant doux bien connu tombait sur les environs.

— Navarre ? dis-je d'une toute petite voix.

Mais je sus immédiatement en reprenant ma respiration que ce n'était pas Navarre.

— Et comment se porte ma petite guimauve ? susurra une voix tout contre mon oreille.

Je fis un bond.

— Herfauges !

Puis je fus pliée en deux par la nausée. L'odeur de sucre brûlé était montée d'un coup, insupportable. Avec le whisky, le mélange était… détonnant.

— Lui-même, quel bel esprit de déduction !

Perché sur une sainte à l'auréole bancale, le vamp me fixait avec gourmandise. Il tenta une révérence qui faillit se terminer en chute, mais il atterrit à mes pieds avec désinvolture.

— Qu'est-ce que vous me voulez ? demandai-je sèchement.

— Oh, pas de faux-semblant entre nous, ma jolie, tu sais très bien ce que je veux. Viens ici ! Tu pues toujours aussi atrocement, bien sûr. Je sens que je vais me résigner, cependant.

Je voulus résister mais sa voix avait un tel accent que je ne pus qu'obéir. Une seconde plus tard, j'étais dans ses bras. Il dégageait mon cou couvert par le col roulé de mon pull en murmurant :

— N'aie pas peur, je ne vais pas te boire tout entière. Enfin, pas ce soir. Je vais juste te goûter.

Je tremblais comme une feuille, mes genoux avaient du mal à me porter. Des frissons chauds couraient à l'endroit où son souffle pourtant glacial se condensait sur ma peau. Je sentais sa bouche toute proche et le sourire frémissant qui y jouait. Et mon corps ne pouvait s'empêcher de réagir au charme d'Herfauges, malgré les vagues de nausée qui me secouaient. Il restait là immobile, crocs tout contre ma jugulaire. Mon sang battait follement contre ses lèvres. Il jouissait de ma terreur et du désir que je ne pouvais réprimer.

— Ne t'inquiète pas, répéta-t-il. Tu me dois un œil mais je te dois une vie, après tout…

Je négligeai de remarquer que selon mes propres comptes nous en étions à un partout, balle au centre. Cette disposition d'esprit me convenait fort bien.

— Ttt, ttt, rectifia-t-il en réponse à mes pensées. Tu n'as pas seulement éliminé ce salopard de Denis, tu as aussi sauvé Anne, elle me l'a dit. Du coup, je t'en dois une de plus, n'est-ce pas ?

Merde ! Comment il le sait, ça ?

Puis je rougis en me rappelant les paroles de Navarre, « les vamps ne communiquent en esprit qu'avec ceux qu'ils baisent ou qu'ils sucent ». Pourtant Herfauges ne m'avait pas « sucée » comme disait Navarre… Ou bien si ?

Il sourit finement.

— Bien sûr que si, tu ne te rappelles pas ? Le puits d'angoisse ? Le plafond qui nous tombe sur la tête ? Je serais mort si je m'étais contenté de te protéger. Alors, je t'en ai pris un peu. Juste assez. Mais c'était délicieux. Les sorcières sont toujours délicieuses !

Puis il se pencha et ses canines percèrent ma peau. Très doucement. Je sentis l'épiderme plier sous la pression, puis se déchirer. Je ne criai pas. Ou alors, je gémis. Ç'avait été à peine comme une piqûre avant de se transformer en une étoile brûlante de pur plaisir qui s'épanouit au creux de mon ventre. Il dut me retenir contre lui avant de s'abreuver de moi.

Il me relâcha brusquement en jurant :

— La garce !

Je titubai en arrière, manquant de tomber, et il ne fit rien pour m'en empêcher. Il était trop occupé à cracher ce qu'il m'avait arraché.

— Qu'est-ce qu'il y a ?

— Azraël ! Ton sang, c'est du sirop ! C'est infect !

Il cracha encore une fois.

Je reculai encore d'un pas en hoquetant. Mon ventre était secoué de spasmes dont le sens m'était indéchiffrable jusqu'à ce qu'un fou rire dévastateur jaillisse de mes lèvres et que je doive m'asseoir. Je m'asphyxiais tant je riais, mes côtes me lançaient atrocement. Lui vomissait ses tripes, un lourd sang noir, qui ne devait pas m'appartenir entièrement.

— Salope ! éructa-t-il entre deux rejets.

— Oh merde ! Herfie, je n'y suis pour rien moi ! fis-je au milieu de ce qui tournait aux sanglots.

Et soudain, je me mis à pleurer désespérément, de façon aussi ravageuse que l'avait été mon accès de fou rire.

— Je suis désolée, je suis désolée, répétai-je indéfiniment.

Quelque part, tout au fond de moi, une voix sèche me réprimanda pour cette crise manifeste d'hystérie.

Maman, fous-moi la paix, ce n'est pas le jour, je te jure ! dis-je à la voix intérieure sans me soucier du fait que j'avais sûrement perdu la tête.

Il y eut l'équivalent mental d'un soupir.

Ce n'est pas ta mère qui te cause, petite idiote, c'est moi ! Je te causais déjà pendant le combat contre Denis, tu ne te souviens pas ? Putain, je dormais et tout ce que je pouvais faire, c'était te regarder plantée comme une folle avec tes chaussures ridicules !

Herfauges ? D'accord. Eh bien, foutez-moi la paix, je craque si je veux !

Un mouchoir jaillit de l'obscurité.

— OK, reprit-il à voix haute. J'ai horreur de voir pleurer les gens. Mouche-toi.

Je le regardai, ahurie. Il avait bien dû provoquer des torrents de larmes, celui-là ! C'était quoi cet accès de philanthropie ?

— Ça n'a rien à voir, je trouve que ça enlaidit, c'est tout.

Il balaya la question d'un geste nonchalant. La lune sortit soudain des nuages et son visage apparut, mi-partie, ombre et lumière. Ses cheveux légèrement bouclés ondulèrent et il sourit de sa bouche fine, si bien dessinée. Mon sang tachait encore ses lèvres.

— Alors, tu n'avais pas compris que c'était moi qui t'avais avertie pour le féal sur la statue ? Tu es vraiment longue à la détente, ma jolie.

— Oh, ça va, hein ? Comment j'aurais su que vous m'aviez bue ? Pendant que trois tonnes de pierres nous dégringolaient dessus ?

— Crois-moi que si ça n'avait pas été le cas, je ne me serais pas arrêté en si bon chemin, rétorqua-t-il d'un ton gourmand. Salope d'Azraël ! ajouta-t-il avec rage.

Je ne répondis pas.

— Bon, je ferais aussi bien de te ramener chez toi, n'est-ce pas ? Je ne voudrais pas qu'il t'arrive quoi que ce soit de fâcheux, déclara-t-il encore. Pas sans moi.

Il me tendit la main pour m'aider à me relever, je la pris avec hésitation. Il tira d'un coup sec et je me retrouvai à nouveau blottie contre lui.

— Mais ne t'illusionne pas, souffla-t-il contre mon oreille. Un jour Azraël oubliera, ou lèvera la Contrainte, pour rire. Les Instances sont comme ça.

— Et ?

Je m'efforçai de prendre un ton détaché, mais je n'en menais pas large pour autant. Il pouvait encore décider de me tuer, en me tordant le cou par exemple, même s'il devait renoncer à se nourrir de moi. Il me libéra.

— Et ce jour-là, je serai près de toi. Je ne serai jamais loin de toi. N'oublie pas ça.

Je soupirai :

— Pourquoi ? Je ne vous ai rien fait et vous avez tous les Cénacles de France aux trousses. Vous n'avez pas mieux à… ?

— Ça, ma petite guimauve, tu trouveras la réponse toute seule ! m'interrompit-il, jouant avec une mèche égarée dans mon col.

Puis sans prévenir, il me prit dans ses bras et s'envola.

— C'est de la frime, Herfauges, il vous faudra des jours pour vous en remettre ! protestai-je.

Mais mon ton n'était pas très convaincu, je dois l'avouer.

Et je fredonnai :

I am the bones you couldn't break…

— Que tu dis ! gronda-t-il en me serrant contre lui.

En vol, le parfum de guimauve était presque agréable, suave et consolant.

Imprimer en France par CPI en avril 2021
N° d'impression : 163903
Dépôt légal : mai 2021